'SNA'M DIANC
I'W GAEL

'Sna'm Dianc i'w Gael

Dyddiadur Gwraig Fferm
gan
Margiad Roberts

Argraffiad cyntaf: Tachwedd 1994

Rhif Llyfr Safonol Rhyngwladol:
0-86381-295-3

Clawr a chartwnau: Carys Owen

Dymuna'r awdur gydnabod derbyn ysgoloriaeth
gan Gyngor y Celfyddydau i gwblhau/ysgrifennu'r llyfr hwn.

Argraffwyd a chyhoeddwyd gan Wasg Carreg Gwalch,
Iard yr Orsaf, Llanrwst, Gwynedd.
☎ (01492) 642031

I
Mam a 'Nhad
a Robat fy ngŵr.

Gyda diolch
i Nain Bryn Aur, Nain Bryn Efail
a Nerys fy chwaer am eu parodrwydd
i warchod y mwncwns;

i Elena a Myrddin am yr awgrymiadau buddiol.

Nos Galan

Dydi cael Now i wneud adduned blwyddyn newydd ddim yn draffarth yn y byd achos mae o'n gwneud yr un un rŵan ers saith mlynadd.

'Oes ganddon ni obaith am fis mêl *leni* 'ta?' Y fi ofynnodd.

'Mis mêl? Paid â bod yn wirion. 'Dan ni wedi priodi ers pum mlynadd,' medda Now yn gysglyd.

Saith sy' 'na, wrth gwrs; ac mi drodd Now ar ei ochor ar ôl mwmian rwbath am addo rhoi'r gorau i regi, ella . . . Ond rois i fawr o ystyriaeth i hynny; ma'n amlwg mai siarad yn ei gwsg oedd o.

'Be am *wylia* 'ta?' medda fi wedyn.

'Ia iawn, a' i â chdi, cyfla cynta ga' i. Dwi'n gaddo.'

A dyna fo, mae o wedi ei ddeud o eto leni yn union fel parot ac yn union fel bydd o'n ei ddeud o bob blwyddyn, ran hynny. Ond ma' un peth yn saff, mae o'n mynd i gadw at ei air tro yma!

Ac mi edrychais i yn y *Geiriadur Mawr* i weld be'n union ma' 'adduned' yn ei feddwl.

'Adduned: addewid ddifrifol, llw, ymrwymiad.'

'Wel, dyna chdi 'ta Now,' medda fi wrtha'n hun. 'Os nad ei di â fi ar 'y ngwylia i rwla o hyn tan ddiwadd Rhagfyr, mi fyddi di wedi torri llw, ymrwymiad, addewid ddifrifol ac mi fydd hi'n *rhy hwyr*!'

Mis Ionawr

Mawrth, 1

Nid dathlu Calan oeddan ni heddiw ond dathlu gorffan byta'r twrci. Neb isio clywad ogla tyrci na thorri gwynt stwffin tan Dolig nesa, fan bella. Nenwedig Now. Fuodd o ar ei draed rhan fwya o'r nos yn ffarwelio â'r twrci i lawr y toilet ond chafodd o ddim cydymdeimlad gen i o gwbwl, yn oeri'r gwely ac yn crachboeri a thagu yn y bathrŵm fel rhyw gi â blewyn yn sownd yn ei wddw fo; a lwcus na ddeffrodd o mo'r plant. Ond dyna fo, ddudis i wrtho fo ddigon mai mewn gwydr sheri ac nid mewn glàs peint ma' pawb call yn yfad *Baileys*.

Rhyfadd mynd i'r pantri pnawn 'ma. Ma'r lle'n edrach yn llwm heb y twrci.

Now fymryn yn well erbyn gyda'r nos. Ond mae o'n dal i siarad mwy hefo'r toilet na hefo neb arall yn y tŷ; ac afraid deud, ond mae o wedi rhegi'n barod. Ond wedyn fedar Now ddim cyfathrebu heb regi ac ma'n haws gen i goelio yr eith o â fi ar wylia cyn y rhoith o'r gora' i regi.

Mercher, 2

Bîns ar dôst ges i i ginio heddiw. Neb arall isio dim byd 'mond llonydd. Bol Now yn dal i siglo fel tonnan ac mae o'n cwyno ei fod o'n dal i dorri gwynt ar ôl y stwffin. A dwi byth i brynu twrci na chyw iâr na run deryn eto. 'Sna'm sens yn y peth medda fo, prynu rhyw ostrij o dwrci dros ugian pwys, wedi 'i bwmpio hefo antibeiotics, a'i fyta fo bob pryd am wsnos a mwy nes codi pwys ar bawb.

Ond chymerais i ddim sylw o'i gwyno fo, wrth gwrs, achos mi fydda i'n cael y bregath hon gan Now bob blwyddyn ar ôl i Bet a Dei Dros Rafon fod draw yn dathlu.

Iau, 3

Now wedi dŵad ato 'i hun ac yn taeru na fuodd o rioed yn sâl.

Amsar delfrydol, felly, i fynd i'w ben o am wylia. Ac ar ôl rhoi'r plant yn eu gwlâu mi sibrydais i'n gariadus yn ei glust o:

'Be am rhyw dridia'n rwla, wsnos nesa 'ma . . . ?'

' . . . Y?'

Ond fel pob ffarmwr dydi o'n clywad dim byd ond be mae o isio'i glywad. A chwara teg i finna, fydda i ddim yn swnian yn amal, ond dwi'n dal i ddisgwl am fis mêl.

Roeddan ni ar 'n ffordd yn ôl cyn i ni hyd yn oed gychwyn. I Sgotland oeddan ni'n fod i fynd a stopio'n Carlisle y noson gynta. Ond droeson ni'n ôl cyn cyrraedd Caernarfon. Anti Nel yn ein fflagio ni i lawr hefo'i ffedog wrth ymyl *Leos*.

'Isio i chi droi'n ôl. Traffarth hefo rhyw fuwch *Charlois*.'

'Ydi hi'n fyw?' Oedd yr unig eiriau ddaeth o enau Now ac roedd o'n Llithfaen cyn i Anti Nel gael cyfla i atab.

A dyna ddiwadd ar y mis mêl.

Gwener, 4

Dau ffesant ar gliciad y drws. Ia, ar ein drws ni, y ni sydd wedi bod yn bystachu am wsnosa i orffan byta'r twrci 'na. Ond wn i'n iawn pwy adawodd nhw. Dim ond Cen Cipar fasa'n ddigon slei a sgafndroed. Ac mae o'n lwcus mai sleifio ddaru o hefyd achos taswn i wedi ei weld o mi faswn i wedi lapio'r ddau ffesant rownd ei wddw fo.

Mi gynigiais i'r ddau i Piff sy'n gweithio yma. Ond ddaru o'm byd 'mond chwerthin i'w bwdin ac anwybyddu 'nghynnig i. Doedd gen i'm stumog na mynadd i'w pluo nhw felly mi taflais i nhw i'r garej gan obeithio y basan nhw'n fflio i ffwrdd i rwla.

Sadwrn, 5

'Be ma' rhain yn wneud yn fa'ma? Plua nhw. Mi wnan bryd.'

Now ddudodd, a fo welodd gynffon y ceiliog ffesant yn sdicio allan o'r bag rybish.

'Ma' 'na dri chant a phump deg a phedwar o ddyddia i fynd tan Dolig nesa,' medda finna'n ddoeth.

Ond do'n i'm tamad haws a Now yn gweld pryd-o-fwyd-am-ddim o'i flaen.

Mi fytodd pawb y ddau ffesant yn ddigon distaw ac ara deg. Ond

10

yn ôl Now doedd dim angan poeni am haels achos hefo 'nghwcio fi mi fasa'r plwm wedi toddi prun bynnag.

Sul, 6

Ma' hi'n hannar awr wedi hannar nos rŵan, a dwi newydd olchi llestri panad Dei a Bet Dros Rafon landiodd yma'n syth ar ôl swpar. Jyst dŵad i weld os oeddan ni dal yn fyw ar ôl nos Galan meddan nhw; ac oeddan, mi roeddan ni. Ond dwi jyst a marw rŵan!

'Golwg wedi hario arna chdi,' medda Bet. 'Ac ma' pob dynas feichiog angan hynny o orffwys geith hi.'

Ond hamddenol iawn fuo Bet a Dei rioed. Byth frys arnyn nhw. A welais i rioed run o'r ddau yn rhedag i nunlla. Fydda i'n deud hynny wrth Now yn amal. Rhyfadd. Ac ma' nhw'n gallu byw run fath yn union.

'Ma' ganddo fo ddau o hogia mawr i wneud yn 'i le fo does,' fydd atab Now bob gafael.

'Biti na fasa plant yn cael eu geni'n bymthag oed,' medda finna. 'Mi fasan ni'n cael gwylia wedyn.'

Llun, 7

Rhys yn ôl i'r ysgol heddiw a Sioned yn ôl i'r ysgol feithrin. A dwi byth wedi cael hyd i dei ysgol Rhys er i mi fod yn chwilio trwy'r dydd ddoe a ben bora heddiw. Yn drôr dresal fuodd hi dros wylia'r Dolig . . . Ond dyna fo, ma' 'na lot o betha'n diflannu yn y tŷ yma, a nid am ei fod o'n dŷ mawr ond am fod petha'n cael eu cario i fyny i'r iard sydd fel *Bermuda Triangle*.

Unwaith cyrhaeddith petha fan'no, waeth i mi heb â holi amdanyn nhw, dim ond cau'r ffeil a derbyn 'mod i wedi eu gweld nhw am y tro diwetha. A taswn i'n dechra rhestru bob dim dwi wedi golli; yn fflashlamp, cyllill bara, sisyrna, scriw dreifars, pwcedi, sebon, tyweli . . . mi faswn i'n gallu cynnal 'OcsiwNia' am fora cyfan.

Llŷr a finna'n tynnu'r trimings Dolig i lawr. Er, doedd 'na fawr o waith tynnu achos ma' nhw wedi bod hannar ffordd i lawr ers pan rois i nhw i fyny.

Mawrth, 8

Danfon Sioned i'r ysgol feithrin eto heddiw. A dyna fydd hi rŵan bob dydd Llun, Mawrth a Iau am dymor arall. A dwi wedi dechrau laru ar y daith yn barod. Ma' hi'n bedair milltir *un* ffordd, ond dim ond dwy a hannar ar y mwya tasa 'na rywun callach wedi gwneud y lôn yn sythach pan oedd o wrthi.

Wnes i rioed sylwi ar belltar nes i mi ddŵad i fyw i Ganol Cae 'ma. Does 'na nunlla'n agos ac ma' hyd yn oed y giât lôn yn bell.

Felly dwi'n ôl ar y cae ras eto, a'r gwningan ydi bysadd y cloc sy'n rhedag o 'mlaen i bob gafael. Giât lôn erbyn 8.30, ysgol feithrin erbyn 9.30. Yn ôl i'r ysgol feithrin erbyn 11.30. Cinio erbyn deuddeg. Yn ôl i'r giât lôn erbyn 3.45. Te erbyn pedwar. Swpar erbyn chwech. Plant ddim isio mynd i'w gwlâu erbyn 7.30, ond yn gorfod mynd, a finna sydd bron â marw isio mynd, ddim yn cael! A dwi'n ôl ar wastad 'y nghefn yn yr union rych caethiwus yr o'n i ynddo fo cyn Dolig.

Gwylia tramor yn rwla cynnas. Dyna dwi isio! Rhyw newid bach, rhyw brêc, lle 'mod i'n gwneud yr un un hen betha fel hyn bob dydd rhwng yr un un pedair wal a'r un un pedwar clawdd.

I Tahiti neu Honolwlw neu rwla poeth lle ma' eis-crîm yn toddi. Dyna lle dwi am fynd. Ac mi a' i rhyw ddwrnod hefyd; ella'n gynt na dwi'n feddwl. 'Mond codi 'mhac ac i ffwrdd â fi. Ac mi ddaw Now hefo fi hefyd rhyw dro, medda fo, pan fydd pob dafad a buwch wedi dŵad ag oen a llo a phob cae seilej a gwair a gwellt dan do a phob jac-do yn wyn . . .

Mercher, 9

Mi faglodd y dyn bara ar draws Mot eto heddiw. Dwn i'm be sy' ar ei ben o. Ond wedyn mae o'n bymthag oed, yn fyddar fel pastwn, yn ddall bost ac yn fusgrall. (Y ci, nid y dyn bara). A ddaw o byth i'r tŷ 'mond gorfadd ar garrag y drws trwy'r dydd nes bydda i'n ei lusgo fo'n ôl i'w gwt bob nos.

Mae o'n gallu bod yn reit beryg a deud y gwir. Baglu ar draws Mot ddaru niwad i benglinia Mam. Ar ôl hynny y dechreuon nhw 'fynd yn ddrwg', be bynnag ma' hynny'n ei feddwl, achos dydi o ddim yn ei rhwystro hi rhag chwara bowls ddwywaith yr wsnos.

Mot ddisymud, hen, i bob pwrpas ydi'n carrag ddrws ni felly; 'mond biti na fasa pawb, gan gynnwys y dyn bara, yn cofio hynny ac yn cofio codi'i goesa. Ond y drwg ydi fod ganddo fo rhyw hen arfar gwirion o fagio'n ôl wrth siarad. Nes i weiddi: 'Gwatshiwch y ci!' ond roedd hi'n rhy hwyr. Doedd o ddim tamad gwaeth diolch i'r drefn. Ond mi boetshiodd y dyn bara ei gôt a thaflud cynnwys ei fag prês fel bwyd ieir i bob man dros y cowt; a finna'n gorfod agor dyrna'r plant i gael y ceinioga yn ôl i'w fag o.

'Ho ho! 'Na ni, 'na ni. Pawb yn iawn. Dim tamad gwaeth. Wela' i chi dydd Gwenar Musus! Hwyl rŵan!'

Ond soniais i ddim byd am y baw iâr oedd ar din ei drowsus o . . .

Iau, 10 *manuring*

Dynion yn teilo. Ond doedd y tractors ddim i'w gweld yn gyrru'n wyllt iawn. Felly mi ofynnais i i Now ar ôl cinio:

'Sgin ti amsar i roi bylb yn y gola-allan rhywbryd heddiw? Ac ma'r landar yn gollwng reit uwchben drws y ffrynt . . . '

Ond ddaru o'm cymryd arno ei fod o wedi clywad o gwbwl, 'mond berwi rwbath wrth Piff am rhyw dail oedd 'dat folia rhyw fustych yn rhyw sied.

A rhai fel'na ydi ffarmwrs. Mi gymeran arnyn eu bod nhw'n ofnadwy o brysur, mwya sydyn, pan fydd ganddoch chi joban iddyn nhw. Ond pan fydd ganddyn nhw joban i chi ma' nhw'n dechra rhegi a rhuo os na neidiwch chi i'ch welingtons yr eiliad honno.

Ma' Now wedi gaddo ei fod o am roi silff yn y bathrŵm i ddal petha molchi ers pan briodon ni, heb sôn am drwshio'r switsh gola ar ben y landing sydd yn beryg bywyd i neb roi blaen ei fys arno fo. A wedyn ma' isio lagio'r tanc dŵr oer yn nenfwd y llofft ers pan roth y plymar un newydd yno chwe mlynadd yn ôl. Ond mi fydd yn rhaid i hwnnw fyrstio a malu cyn y cymerith Now sylw ohono fo bellach, ma' siŵr; a byrstio a malu wneith o hefyd rhyw ddwrnod, gewch chi weld.

Cael hyd i dei ysgol Rhys pan es i i'r tŷ gwair i nôl gwellt i'w roi yn nythod yr ieir. Ond ges i dipyn o waith i'w daffod hi odd' ar y swing. Ac er 'mod i wedi ei golchi a'i smwddio hi, ma' hi dal yn ddigon mawr i fynd rownd canol swmo reslar.

Gwener, 11

Dwrnod ofnadwy. Roedd hi'n hannar dydd cyn y ces i gyfla i fynd i wagio mladyr, ar ôl dal trwy'r bora, wrth redag yn ôl a blaen yn danfon Rhys at y bŷs, Sioned i'r ysgol feithrin, gwneud cinio a gwneud rhyw fath o lwybr llyffant o'r drws-allan i'r gegin. Ac wedyn mi ffôniodd rhywun fel ro'n i wrthi'n codi lludw yn grât y parlwr. Ond erbyn i mi gadw'r rhaw a'r bwcad a'r brwsh o grafanga Llyr ac atab y ffôn doedd 'na neb yno. Ond fel y tynnais i nhw i gyd allan am yr eildro mi ddechreuodd y ffôn ganu eto. A phan ruthrais i i'w atab o, 'Sori rong nymbyr!' medda rhyw lembo. Ond erbyn hynny roedd Llyr wedi mynd â'i dractor sgŵp i ganol y lludw ac wedi dechra ei gario a'i ddadlwytho fo yn docia yma ac acw ar hyd y carpad. Mae hi'n hwyr glas i'r tywydd 'ma gnesu!

Dim ond pan steddodd y dynion wrth y bwrdd i fyta'u cinio y llwyddais i i gael llonydd i ddenig i fyny'r grisia o'r diwadd, a 'nhrowsus am fy mhenaglinia fel ro'n i'n cyrraedd drws y toilet. Fuos i rioed cyn agosad i 'lychu'n ffera'. Ond ches i'm llonydd hyd yn oed yn fan'no achos ro'n i wedi anghofio rhoi potal sôs coch ar y bwrdd.

'Hei? Lle ma'r sôs coch?' gwaeddodd Now gan glepian drws pob cwpwrdd ond yr un iawn.

Ac mae o'n rhyfeddod i mi sut ma' Now sy'n gallu nabod ei ddefaid o bell, yn methu'n glir â gweld potal sôs coch pan fydd hi reit o dan ei drwyn o.

Es i i 'ngwely bron run amsar â'r plant heno. Jympr bolo nec dros fy sgwydda, potal dŵr poeth dan fy nhraed, twmpath o frôshyrs gwylia ar fy nglin a llond fy mhen o freuddwydion cynnas.

Sadwrn, 12

Ac ar ryw ynys boeth bell yn y *Pacific* yr o'n i'n ymlacio mewn môr o dywod melyn, meddal a sŵn miwsig Hawaii yn fy siglo fi'n ôl a blaen yn hamddenol pan waeddodd rhywun:

'Hoi! Lle ma'n brecwast ni?!'

Hwn ydi'r ail fora i mi gael fy nal yn 'y ngwely. Sgin i'm awydd *desire*
codi i wneud brecwast wedi mynd. Ma'n rhaid 'mod i fwy o angan
y gwylia 'ma na feddyliais i . . .

Now yn hwyr yn dod i nôl ei ginio felly mi ddechreuodd Llyr a
Sioned a Piff a finna fyta. Un tawedog iawn ydi Piff; mae'n haws i
chi gael sgwrs hefo'r pupur a'r halan na hefo fo. Ond wedyn ella y
basa hi'n haws tynnu sgwrs ohono fo tasa fo'n tynnu'r *walkman* 'na
o'i glustia. Ella y basa fo'n byta'n ddistawach hefyd . . .

Fydd o'n codi pwys ar Mam. Fiw iddi isda ar yr un bwrdd ag o.
Mae o fel ci drws nesa, medda hi, wedi hannar ei lwgu pan oedd o'n
ifanc, a 'sna'm gobaith ei ddigoni fo rŵan, waeth faint fytith o.

Sul, 13

Mi ddaeth Mam draw am ginio Sul. Ma' hi'n licio'i thendars ac mi
ddaeth yn ei dillad capal. 'Bechodd Now cyn iddi ddŵad drwy'r
drws. 'Glywais i o'n deud wrthi am ei bachu hi i'r tŷ yn reit handi
'cofn i Cen Cipar feddwl mai ffesant oedd hi yn ei het newydd.

A dyna beth rhyfadd, ond ddudodd hi ddim byd am Mot heddiw
wrth iddi gamu drosto fo, dim ond mwytho'i choesa a dechra
gwneud rhyw stumia tra o'n i wrthi'n gwneud cinio.

'O'n i'n meddwl dy fod ti'n mynd ar dy wylia?' medda hi toc. *presently*

'Wel, ydw, ma' Now wedi deud yr eith o â fi cyn diwadd mis,'
medda finna.

'Digon hawdd *deud* tydi, ond ydi o'n ei feddwl o ydi'r cwestiwn.
Ti'n tendio gormod arno fo. Gadael iddo fo gael gormod o'i ffordd
ei hun. A be wyt ti'n wneud yn cario'r bwcad lo 'na? Ti'm yn fod i
gario pwysa mawr fel'na yn dy gyflwr di. Y *fo* ddylia gario glo i'r tŷ,
bob clapyn.' *lump?*

'Ond fydd o byth yn dŵad i tŷ 'mond i fyta a chysgu.'

'Gydiais i rioed yn run bwcad lo. Dy dad fydda'n gofalu am y tân
yn tŷ ni bob amsar.'

'Ffarmwr ydi Now, Mam. Nid banc manijar.'

Ond fel hyn ma' Mam wedi bod byth ers i mi briodi. Ddaru Anti
Lili Wen ei chwaer hi yr un un camgymeriad, medda hi. Briododd
honno rhyw ffarmwr gwyllt o dopia Tregaron a threulio gweddill ei
hoes mewn rhyw drowsus a welingtons budron, yn brefu a magu

15

ŵyn llywath am yn ail, a doedd 'na run *Marks & Sparks* na *Sainsburys* o fewn can milltir iddi. Ac ma'n rhaid i Mam gael syrffedu pawb hefo'i dameg bob tro y bydd hi'n dŵad draw. Deud y gwir, dwi'm yn meddwl ei bod hi byth wedi cynefino â'r ffaith 'mod i wedi priodi ffarmwr. *get used*

'Banc manijar neu athro bach del. Rhywun hefo digon yn ei ben a'i bocad, siwt a dwylo meddal. Dyna oeddat ti isio. Dim rwbath hefo dwylo mawr budur ac un siwt sy'n ei ffitio fo fel croen sosej.'

Ac ar ôl byta llond ei bol a gorffan ei phregath, mi aeth yn ôl adra i Pentra Poeth.

Ac ar ôl i Now gyrraedd y gwely mi ofynnais i iddo fo ar ei ben:

'Wyt ti am fynd â fi i rwla cyn i'r defaid 'ma ddechra dŵad ag ŵyn, 'ta be?'

'Awn ni ddydd Merchar,' medda Now mwya'r syndod, ac mi agorais i'r gola uwch ben y gwely, jyst rhag ofn mai siarad yn ei gwsg oedd o. Ond hyd y gwelwn i, roedd o'n reit effro.

Llun, 14

Rowlio'n ddidraffarth o 'ngwely ben bora a chanu fel deryn trwy'r dydd. Rhyfadd fel ma' gwaith dyddiol undonog rhywun yn gallu troi'n blesar llwyr pan fydd ganddoch chi rwbath i edrych ymlaen ato fo; a 'dw inna'n teimlo 'mod i wedi neidio allan o'r hen rych yna a landio ar flaena 'nhraed fel balarina. Ac ma' hyd yn oed y bedair milltir droellog i'r ysgol feithrin yn edrach yn fyr ac yn syth fel saeth heddiw.

Mi ffôniais i Mam i ofyn fasa hi'n gwarchod. Wedyn mi sgwennais i restr o gyfarwyddiada yn 'mestyn o fan hyn i giât lôn o betha i'w gwneud ac i beidio'u gwneud. Peidio cyffwrdd y switsh gola ar ben y landing na phlwg y sosban tships ar dywydd tamp, a chofio bod isio dwy law ac un benglin i agor drws y cwpwrdd o dan y sinc . . .

Fuos i wrthi tan toc wedi hannar nos rhwng llenwi'r siwt-ces a bob dim. Ond roedd o'n fwy o blesar na dim arall achos o'r diwadd ro'n i'n cael mynd ar 'y ngwylia!

Mawrth, 15

Doedd gen i'm syniad faint o'r gloch oedd hi pan ddeffrais i ond ro'n i'n meddwl 'mod i newydd glywad rhyw sŵn tebyg i sŵn rhywun yn gwagio pwcedad o fwyd moch ar lawr. A phan gyrhaeddais i lofft y plant roedd Rhys yn chwilio'n feddw hurt am ddihangfa trwy ddrws y wardrob. Ac ar ôl agor y gola roedd Sioned yn isda yn ei gwely'n crio a'i gwallt fel *spaghetti bolognaise* am fod Rhys wedi taflud i fyny ar ei phen hi, a'r ogla'n gymysgadd o gaws wedi suro a phit seilej newydd ei agor.

Erbyn i mi roi bath i'r ddau, newid dillad y gwlâu a golchi'r carpad, roedd y llofft yn drewi fel ysbyty a finna'n teimlo fel doctor wedi bod ar shifft dri dwrnod heb gwsg. A phan gyrhaeddais i 'ngwely o'r diwadd mi rois i'r botal ddŵr poeth, oedd yn oer fel llechan, ar gefn Now, a theimlo'n well o'r hannar.

Mercher, 16

'Wel, ti'n barod?' Now ofynnodd wrth grenshian ei gornfflêcs yn awchus. 'Gychwynwn ni'n syth ar ôl brecwast,' medda fo wedyn.

Ond fuo dim rhaid i mi egluro, achos erbyn hynny roedd Sioned wedi cyrraedd y gegin yn ei choban ac wedi taflud i fyny ar y llawr reit o dan ei drwyn o.

Estyn a chyrraedd a thendio ar y plant 'ma fuos i wedyn trwy'r dydd, yn fodlon gwneud bob dim fedrwn i i gadw'r ddysgl yn wastad a'r môr yn llyfn. smooth   diol

'Mam! Dwi isio diod!'
'Mam! Dwi isio ffisig!'
'Mam! Dwi isio taflud i fyny!'

Iau, 17

Piff ddim yma heddiw. Ogla salwch ddoe wedi mynd yn drech na fo ma' siŵr. Ond wedyn, mi fydd 'na rhyw biff ar Piff yn reit amal.

Llyr dal yn iach ac yn helpu'n gydwybodol hefo'r sdethasgôp gafodd o gan Sion Corn, Dolig. Ond mae o'n methu'n glir â dallt pam fod ei gleifion o mor bigog.

Rhys fymryn yn well, a'r peth cynta ddaru o oedd trio tagu Llyr hefo'r sdethasgôp!

Dim awydd swpar ar Now heno. Rhyw bwys arno fo medda fo. A chyn nos roedd o'n gwneud sprints o'r parlwr i'r toilet mewn pylia afreolaidd ond amal iawn.

Dwy lwyad o Galpol i bawb (gan gynnwys Llyr a fi'n hun). Dwi'n benderfynol o gael llonydd i gysgu heno. Ond ches i ddim wrth gwrs, rhwng bod Now yn codi a rhedag yn ôl a blaen trwy'r nos; ac i goroni'r cwbwl fe chwydodd Llyr lond ei got.

Ta-ta Torquay . . . !

Gwener, 18

Rhys yn holliach ac yn swnian am gael mynd yn ôl i'r ysgol. Ond sut danfona' i o i giât y lôn heb i Llyr chwydu lond y car? A does ganddon ni'm dewis 'mond mynd yn y car achos ma' hi'n treshio bwrw.

Fuodd Sioned yn help mawr iawn, chwara teg iddi. Hi ddaliodd y twb eis-crîm gwag o dan drwyn Llyr yr holl ffordd i lawr y lôn ac yn ôl i fyny, tra o'n i'n gyrru ac arafu bob yn ail ag edrach yn ôl dros fy ysgwydd.

A rŵan ar ôl cyrraedd adra ma' gen i blentyn sâl *a* chric yn 'y ngwddw.

Now wedi dŵad ato'i hun ac yn lladd ar ysgolion am wastraffu gormod o bres ar wresogi a magu jyrms, a dim digon ar brynu llyfra a dysgu syms! Ond mae o'n berffaith wir, achos ar ddechra bob tymor mi ddaw'r plant 'ma adra hefo rhyw lychedan neu'i gilydd fydd yn saff o effeithio ar y naill ben neu'r llall i bob un ohonan ni.

Sadwrn, 19

Piff yn ôl wrth ei waith ac wrth fwrdd y gegin yn disgwl am ei fwyd ac yn edrach fel tasa fo wedi cael stumog o'r newydd; ac am rhyw reswm fy job i ydi ei llenwi hi. Tydi'n stumog i'n hun ddim yn rhyw gadarn iawn bora 'ma ac ma' ogla bwyd o unrhyw fath yn codi pwys arna' i. Yr unig gysur sgin i ydi mai 'mond i frecwast a chinio fydd Piff yma ar Sadyrna yn ystod y gaeaf fel hyn.

Ma' hi'n amsar swpar a 'dwn i'm prun ydi'r gwaetha erbyn hyn; ogla bwyd heb ei dreulio 'ta ogla bwyd wedi'i dreulio. A thra ma'r plant a Now yn byta'u ŵy ar dost i swpar, dwi allan yn y cowt yn trio meddwl am betha solat, di-flas, diarogl, anfwytadwy fel cerrig, wal, llechi, concrit, car. Car a hwnnw'n llawn o ogla taflud i—. Ac mi chwydais inna dros wal y cowt.

Sul, 20

Mi fuos i'n sâl trwy'r nos a dwi'n wan fel pluan, ac ar ôl codi i wneud brecwast i Now, ma'n stumog i newydd godi i fyny i 'ngwddw fi eto.

Fedra i'm meddwl am fwyd, heb sôn am wneud cinio. Ond ddudodd Now y basa fo'n gwneud rwbath, ac mi es inna i drwmgwsg gan adael y tŷ ar drugaradd y plant a fynta, nes y deffrais i amsar cinio a chlywad ogla llosgi mawr yn hel yn gymyla duon ar do'r llofft.

'Lle ma'r peth agor tunia?' Now oedd yn gweiddi. 'Iawn! Dwi 'di gael o.'

'Dad! Ma' tost yn llosgi!'

'Lle ma'r bagia te 'ta . . . ? Sioned, lle ma' nhw?' gwaeddodd Now yn wyllt.

Ond roedd y gêm yn ddifyrrach wrth beidio deud.

Sŵn drysa cypyrdda yn agor a chau. Agor. Clep! Agor. Clep! Agor. Crash!

'Harclwydd mawr!' bloeddiodd Now a neidio rownd y gegin ar un goes.

Ond i be oedd isio agor y cwpwrdd o dan y sinc? Chwilio am dun bîns oedd o ma' siŵr . . . A dyna pryd y penderfynais i y basa'n well i mi godi cyn i rywun frifo go iawn.

A phan es i i lawr roedd y gegin yn edrach fel tasa 'na deulu o fwncwns wedi bod yn trio gwneud pryd tri chwrs hefo hancas bocad dros eu llgada. Pwy ddudodd mai dynion ydi *chefs* gorau'r byd? Doedd gen i'm dewis 'mond gwella.

Llun, 21

Ma'r tŷ 'ma fel ffrij a dwi'm yn ama y basa ni'n cael gwell cysgod mewn rhwyd. 'Dwn i'm pam cododd neb dŷ mewn lle mor amlwg rioed. Does 'na'm cysgod cawnen yma, dim ond Môr 'r Iwerydd yn poeri a sgyrnygu'i ddannadd arnan ni bob dwrnod.

'O, tydach chi'n lwcus, dim ond dau gae rhyngoch chi a'r môr glas braf 'na!'

Hawdd y medar fisitors ramantu. Ma' nhw'n meddwl fod yr haul yn t'wynnu arnan ni'n fa'ma trwy'r flwyddyn am ein bod ni'n byw ar lan môr. Dyna pam y bydd gen i ffansi eu gwadd nhw draw ganol gaeaf weithia tasa 'mond iddyn nhw gael ein gweld ni'n gori ar ben y *Rayburn* neu'n isda ar ben y tân parlwr. Ond wedyn, tasan nhw'n dŵad, mi fasa'n beryg iddyn nhw gael niwmonia.

Ma' 'nhraed i'n oer, 'y nhrwyn i'n oer, a 'nwylo fi'n oer er 'mod i wedi lapio fel nionyn.

'Now,' medda fi, 'Dan ni'n mynd ar 'n gwylia ddiwadd rwsnos 'ma. Ma'n rhaid i mi gael mynd i rwla tasa ond i mi gael dadmar!' Ac os ydan ni am fynd, ma'n rhaid i ni fynd rŵan, neu ti'n gwbod be ddaw nesa dwyt!'

'Y babi,' medda Now yn ddigyffro.

'Naci. *Y defaid a'r ŵyn 'de!* Ac mi fydd hi wedi canu arnan ni i gael mynd i nunlla am hir iawn wedyn, bydd!'

Mawrth, 22

'Ma' hi fel hyricen yn yr iard 'na!' corddodd Now fel corwynt wrth lowcio'i lobscows a haffio'i frechdan. 'Ac ma' toua'r beudai yn dylla'n barod!'

Ac roedd gen i ddarlun erchyll o'r iard yn fy meddwl. Llechi wedi eu codi a'u chwythu fel pac o gardia dros y lle i gyd a bob to sinc wedi ei agor fel tun sardins . . . !

Ac wedyn mi chwythodd Cen Cipar o rwla a landio wrth y bwrdd bwyd a dechra berwi am wyntoedd a chorwyntoedd y gorffennol fel tasa fo wedi bod ar y ddaear 'ma o'r blaen, rhywdro.

'Gaddo hwn am dridia rŵan. Gêl ffôrs nein.'

A tasa fo wedi deud neinti fasa fo ddim wedi bod yn ormod i' gredu yn ôl sŵn y storm tu allan. Ac ma' hyd yn oed Piff wedi tynnu ei *walkman* heddiw ac wedi rhoi balaclafa mawr du dros ei wynab i gyd. Dau dwll i'w llgada fo, un i'w drwyn a'r llall i'w geg. A thynnodd o mohono fo i fyta ei de, chwaith.

Now yn cyfri llechi yn ei gwsg a finna'n swatio o dan y dillad ac yn gobeithio y bydd y gwynt 'ma wedi chwythu'i blwc cyn gwneud mwy o lanast.

Mercher, 23

Y gwynt wedi mynd i ofyrdreif dros nos a dydi hi ddim ffit i fentro allan trwy'r drws. Piff wedi ffeirio ei falaclafa am helmet motobeic a wnes i ddim chwerthin ar ei ben o achos fuo bron i mi gael fy lladd gan dwb eis-crîm ddaeth i 'nghyfarfod i fel un o eroplêns Fali rownd gongol y tŷ neithiwr. A'r jôc oedd mai chwilio am yr union dwb hwnnw, i roi swpar Mot i mewn ynddo fo, yr o'n i ar y pryd.

Y dynion yn cymryd pymthag munud yn lle pump i gerddad i fyny i'r iard. Ond ma' Now am forol y bydd y ddau yn mynd yn ôl a blaen yn y tractor fory, medda fo, achos fedar o ddim fforddio talu i Piff gerddad yn ei unfan trwy'r dydd.

Iau, 24

Ma'r gwynt wedi tawelu. Ond ma' hi'n bwrw glaw rŵan, sy'n golygu na fedar y dynion ddim mynd i ben y toua i'w trwshio nhw heb iddyn nhw a'r sment sglefrio i lawr fel baw clomenod.

Ac ma' hyn yn argyfwng achos does na'm gobaith y cychwynith Now ar ei wylia a'i doua fo'n y fath gyflwr.

Fedra i 'mond gobeithio eto heno. Gobeithio y bydd hi wedi chwipio sychu erbyn bora ac y medar y dynion drwshio'r cwbwl lot cyn cinio, neu o leia cyn te. Mewn gwirionedd, fasa dim ots tasa ni ddim yn gallu cychwyn ar 'n gwylia tan ar ôl te fory, tasa raid . . .

Ond chychwynnon ni ddim ar ôl te na swpar, a phan ddaeth Now i'w wely dyma fo'n deud:

'Dydi'm ffit o dywydd i ni gychwyn i nunlla fory. Well i ni aros adra dydi. Be ti'n ddeud Branwen? Bran?'

Ond mi chwaraeais i ei gêm o, am unwaith, a smalio 'mod i'n cysgu.

Gwener, 25

Codi ben bora i gael trefn go lew ar betha cyn cychwyn, a thrio osgoi Now rhag ofn iddo fo ddeud rwbath fel:

'Yli, waeth i ti heb â meddwl cychwyn heddiw. Fedran ni'm

mynd. Ma' gen i ormod o waith i' wneud a fedra i'm gadael y lle 'ma
a hwnnw'n edrach fel tasa fo newydd gael ei fomio.'

A dyna'n union ddudodd o.

'Ond ella y bydd hi wedi stopio bwrw erbyn cinio, a gewch chi
amsar i drwshio,' medda finna'n obeithiol.

'Go brin,' medda Now. 'Ond paid â phoeni, gawn ni ddigon o
gyfla i fynd i rwla eto, sdi. Dim ond dechra flwyddyn ydi hi o hyd,
cofia.'

A diflannodd Now allan yn ei ddillad oel.

Sadwrn, 26
Roeddan ni i fod yn Torquay heddiw yn cerddad law yn llaw yn
rhamantus ar hyd rhyw stryd, a newydd gael panad yn rhyw gaffi a
chinio yn rhyw dŷ byta. Ond yn lle hynny, dwi dal yma ac yn trio
cadw cinio Now a Piff yn gynnas am nad ydyn nhw byth wedi dŵad
i'w nôl o a hitha bron yn hannar awr wedi deuddag. Wel, mi es i i'r
iard yn diwadd i chwilio amdanyn nhw. A taswn i wedi gweld Now
ar ben to yn trwshio, mi faswn i wedi hannar maddau iddo fo. Ond
pan welais i mai maniciwrio gewin troed rhyw fuwch oedd o,
fedrwn i'm atal 'y nhafod:

'Sôn am chwilio am rwbath i wneud!' medda fi wrtho fo yn fy
hyll cyn troi ar fy sowdwl yn ôl i'r tŷ.

Pampro rhyw fuchod. O, oes ma' ganddo fo ddigonadd o amsar i
hynny ond gofynnwch chi iddo fo fynd â'i wraig am dro ac ma'
hynny'n anhwylustod o'r mwya.

Ddim wedi torri gair hefo Now ers cyn cinio. Ond ma'n amlwg ei
fod o wedi sylwi achos mi soniodd rwbath am wylia yn ei wely
heno. Ond do'n i'm isio clywad mwy o rhyw hen esgusodion, felly
mi ddudis i wrtho fo ar ei ben:

'Ma 'na *bedwar* dwrnod o Ionawr yn dal ar ôl. A dydi hi ddim yn
rhy hwyr i ni gychwyn fory.'

Ac mi afaelodd amdanaf i'n dynn, am ei bod hi'n noson oer ac yn
rhewi tu allan neu am ei fod o wedi penderfynu mynd â fi ar wylia
fory, do'n i ddim yn rhyw siŵr iawn prun . . .

Sul, 27

Dydi sentigrêds na ffarenheits y dyn tywydd yn cnesu dim arnan ni. Ond ma' Now fel tae o wedi gweld sens o'r diwadd ac wedi dechra siapio am y gwylia 'ma achos mi drwshiodd Piff a fynta'r toua ar ôl cinio.

Llun, 28

Dyna ryfadd, ond fedra i'm gwneud panad. 'Sna'm diferyn o ddŵr yn dŵad allan o'r tap!

Ac mi driais i dynnu dŵr y toilet wedyn ond ddaru hwnnw ddim byd 'mond gwrthod, a gwneud rhyw sŵn gwag barus.

'Ond fydd hi byth yn rhewi, a ninna mor agos at y môr, *Gulf Stream* a ballu . . . '

A dyna pryd cofiais i am y tanc dŵr oer sydd yn y nenfwd, yn union uwch ben ein gwely ni. Y tanc dŵr oer y ma' Now wedi gaddo ei lagio ers blynyddoedd ond byth wedi gwneud. Ac mi ddechreuais i weddïo na fasa hwnnw'n byrstio ac yn taflu'r tanciad diwetha o ddŵr oer ar ben ein gwylia ni.

Ond mae o'n ddigon gwir, pur anamal y gwneith hi rewi yma; ac mi wnes inna basio mai wedi brigo'n reit drwm yr oedd hi. A phan gyrhaeddodd y dynion awr yn hwyr i nôl eu brecwast mi ofynnais i iddyn nhw mewn anghrediniaeth:

'Be 'dach chi wedi bod yn wneud? Trin traed pob dafad yn y sied m'wn!'

'Naci. Eu troi nhw i gyd allan. Ma' bob peipan a chafn a phwll wedi rhewi'n gorn. Bob dim ond 'rafon fach 'na,' meddai Now yn oer a llonydd fel tasa pob teimlad yn ei gorff o wedi rhewi'n gorn hefyd.

Mawrth, 29

Ac ma' hi'n rhyfadd gen i edrach ar y môr mawr 'na trwy'r ffenast. Mae o'n llawn i'r ymylon, yn wir yn cael ei *daflud* dros y creigia, ond does 'na run diferyn i gael yn y tŷ, byth. Ac oni bai am Dei Dros Rafon sydd wedi gofalu lapio pob peipan yn gynnas, fasan ni ddim wedi cael panad o de na dim.

Dwi'n dal i boeni am y tanc dŵr oer. Dwi mor boenus ynglŷn â

23

fo, deud y gwir, nes y symudais i'r gwely i gongol bella'r llofft, pnawn 'ma, rhag ofn i ni gael damwain yn y nos a chael llond tanc dŵr oer ar 'n penna!

Anghofiais i ddeud wrth Now 'mod i wedi symud y gwely a phan driodd o isda arno fo fel arfar, i dynnu ei ddillad, mi steddodd yn glewt ar wagle!

Mercher, 30

Llyr wedi drysu'n lân. Dwi wedi bod yn trio'i ddysgu fo i bi-pi yn y pan ers wsnosa, a rŵan dwi'n trio'i ddysgu fo i fynd allan a gwneud yn y gwellt glas o flaen tŷ.

Y plant ma'n gwneud ati i yfad dŵr, dim ond am ei fod o'n brin. Troi eu trwyna fyddan nhw fel arfar.

Iau, 31

'Mam! Ma' Llyr wedi troi dŵr ar llawr bathrŵm!'

Ac ar ôl i mi fystachu i gario llond bwcedad o ddŵr o'r afon i wagio'r pan, ma' Llyr wedi trio 'i gwagio hi i lawr y pan ei hun ac wedi methu, nes ma' carpad y bathrŵm yn wlyb fel cors.

Ma'n bryd i'r tywydd 'ma ddadmar!

A thrwy rhyw drugaredd mi ddaru, ac mi ddechreuodd pob diferyn o ddŵr sisial yn rhydd yn y peipia unwaith eto ac mi gafodd y defaid fynd yn ôl i'r sied.

'Dyna ni 'ta,' medda finna. 'Bob dim yn ôl i drefn.'

'Ydi, diolch byth,' medda Now.

Ac erbyn hyn ma' Now yr un mor frwdfrydig a finna i gael cychwyn fory.

'Dan ni'n haeddu cael mynd.' Dyna oedd ei eiria fo gynna beth bynnag, er 'mod i'n dal i drio'u treulio nhw . . .

Dwi'n dal yn ei chael hi'n anodd i gredu'r peth. Ond ma' hi'n ffaith ac ma' bob dim wedi 'i drefnu. Ma' Mam yn dŵad i warchod y plant . . . A dwi wedi cynhyrfu gymaint nes na fedra' i ddim cysgu. Dyna pam dwi newydd agor y gola a bodio'r brôshyr 'ma ar Torquay unwaith eto. A dim ond wedi picio allan i roi tro rownd y defaid, cyn dŵad i'w wely, ma' Now.

'Mmmmm . . . *jacuzzi* a *sauna* a *massage parlour* . . . ' ac ro'n i'n cnesu wrth droi pob tudalan.

Ac fel y rhoddodd Now ei ben rownd y drws, dyma fi'n gofyn iddo fo:

'Sgin ti ffansi mynd i'r Ganolfan Haul 'ma fory?'

'Sgin ti ffansi mynd i chwilio am oen llywath?' medda fynta.

Ond wnes i'm traffarth atab, 'mond diffod y gola a throi ar fy ochor.

Mis Chwefror

Gwener, 1

'Lle ma'r oen llywath? Ges di un?' Now oedd yn holi'n wyllt yn ffenast y gegin.

'Naddo. Cer i nôl o dy hun. Sgin i'm amsar. Dwi'n rhy brysur yn *dadbacio*!' medda fi wrtho fo.

A thra o'n i wrthi'n bytheirio a phledu petha yma ac acw pwy gyrhaeddodd ond Heulwen y nyrs.

'Ydi bob dim yn iawn? Ti'm wedi dechra cael poena, naddo?'

'Naddo. Pam?'

'Dy weld ti'n pacio'n fuan iawn . . . '

Fesurodd hi 'mhwysadd gwaed i ac mi fodiodd 'y mol i ac mi ofynnodd sut o'n i'n teimlo.

'Mmm. Dy breshiar di fymryn yn uchal bora 'ma . . . Ti'm wedi bod yn gor-wneud petha nagwyt?'

'Nag'dw.' (Mond wedi myllio hefo Now nes bod 'y ngheg i'n ffrothian. Ond wnes i'm traffarth deud wrthi.)

'Iawn 'ta. Dyna ni. Mi ddo' i draw eto ddechra'r wsnos i gael golwg ar dy breshiar di, jyst rhag ofn. 'Dan ni'm isio'i weld o'n mynd yn rhy uchal, nag'dan?'

'Nag'dan,' medda finna. Er, roedd o'n saff o ostwng erbyn hynny a finna'n mynd i gael y penwythnos i gyd i ollwng stêm.

'Iawn, dyna ni 'ta, mi a' i rŵan! Ar dipyn o ras heddiw, deud gwir. Criw ohonan ni am fynd i lawr i Gaerdydd i weld y Gêm. Wela' i di wsnos nesa. Hwyl!'

'Gwatshia'r ci!' Ac mi ddaru, cyn diflannu yn ei *Fiesta* bach coch.

Sadwrn, 2

Taro i mewn i Draw Dros y Don i weld Angharad tra o'n i wrthi'n siopio'n Dre 'mond i ddeud wrthi 'mod i dal adra rhag ofn iddi ddisgwl cardyn post.

'Torquay? Anghofia am Torquay. Tyrd hefo fi i'r Tyrol!' medda hi a thaflud brôshyr o dan 'y nhrwyn i.

'Be?'

'Ma'n rhaid i mi bicio i'r Swistir ac i'r *Austrian Tyrol* wsnos nesa am dair noson. Tshecio'r *accommodation* a gwneud 'chydig o *sight-seeing*. Ddoi di?'

'I'r Tyrol?'

'Ia.'

'Am dair noson.'

'Ia.'

'Ond be am dicad ac injecshions ac inshiwrans a rhyw betha fel'na a dwi'n *disgwl*, a sgin i 'mond mis a hannar i fynd.'

'Dim problam. Ffônia i i gael gwbod rŵan.'

'A be am y plant?'

'Fedar dy fam warchod?'

'Dwn i'm, ma' hi wedi cael gymaint o ffols-alarms-gwarchod mis diwetha, dwi'm yn siŵr os medar ei nerfa hi ddal un arall . . . !'

'Hwda, ffônia hi rŵan.'

'Ac ma' gen Rhys ddwrnod agorad yn rysgol ddydd Mawrth. Ac ma' ysgol feithrin Sioned. Ac ma' Heulwen y nyrs wedi deud ei bod hi'n dŵad draw ddechra'r wsnos. Fedra i'm mynd sdi. Amhosib. Ond cofia amdanaf i 'mhen rhyw bymthag mlynadd wnei di?'

Sul, 3

Cael sylwebaeth drylwyr gan Now ddydd a nos ar enedigaeth pob oen. Ond dwi wedi penderfynu 'mod i ddim am wrando leni. Dwi'm isio gwbod.

Llun, 4

Heb siarad hefo Now ers tridia ond mi fuo'n rhaid i mi ben bora heddiw, achos mi ffagiodd yr holl ffordd i fyny grisia yn ei welingtons i ddeud wrthaf i ei fod o newydd gael tri oen gan rhyw ddafad.

'Hegla hi o'ma, ma' dy draed di'n sglyfaethus!' medda fi wrtho fo, a'i bledu fo hefo'r peth cynta fedrwn i gael gafael arno fo. Ond mi gaeodd y drws jyst mewn pryd ac mi dolciais inna'r dresing tebl hefo 'nghlocsan.

Dal i feddwl am gynnig Angharad. Ond ma' hi'n rhy hwyr rŵan, achos ma' hi rwla yn y cymyla ac ar ei ffordd i'r Tyrol. Sgwn i os aeth Russell hefo hi? Soniodd hi ddim byd, ond ma'r ddau wedi gweld y rhan fwya o'r byd hefo'i gilydd erbyn hyn. Rŵan, pam na faswn i wedi priodi acowntant . . . ? Ma' pobol mewn swyddi call fel 'na'n cael talpia mawr hael o wylia. Gwylia y medrwch chi ei gnoi, tra dwi'n fa'ma'n trio crafu am friwsion.

Mawrth, 5

Yr ŵyn yn powlio dŵad eto heddiw a Piff yn ei waith yn troi defaid ac ŵyn allan o'r sied. Ac yn anffodus dyma ydi unig gyfraniad Piff at y tymor ŵyna bob blwyddyn fel ei gilydd. Dyn peirianna ydi Piff. Dyn *walkman* a thractor, a dydi gorfod symud o un lle i'r llall heb fod 'na olwynion o dan ei din o ddim yn apelio rhyw lawar.

Ffôniodd Mam ar ôl cinio yn gofyn i mi ei danfon hi at y doctor.

'Arna chdi dy hun ma'r bai,' medda Now. 'Ddudis i wrtha chdi am beidio prynu'r Enseiclopidia Salwch 'na iddi'n do? Wedi bod yn prowla yn hwnna ma' hi eto, saff i chdi.'

Mercher, 6

Agor yr injan golchi dillad ben bora yn barod i dynnu'r dillad glân allan a'u rhoi nhw ar y lein. Ond wnes i'm byd 'mond rhoi'n llaw i mewn a'i thynnu hi allan yn handiach fyth. Roeddan nhw'n debyg iawn i ragolygon y tywydd gawson ni neithiwr: sych ar y cyfan ond glaw mewn mannau. Ac mi rois inna fy llaw ynghanol y glaw slafenog, budur, anghynnas.

Welais i rioed injan golchi dillad fel hon. Ma' hi'n fwy oriog na'r tywydd ei hun. Mi olchith weithia am wsnosa ar y tro, misoedd hyd yn oed, heb i ddim byd o gwbwl ddigwydd iddi. Ac yna, mwya sydyn a phan fydd fwya ei hangan hi fel arfar, mi nogith ac mi stopith yn stond.

Iau, 7

Ddaru'r injan ddim byd ddoe ond ma'n rhaid ei bod hi wedi magu digon o stumog erbyn heddiw achos mi olchodd ddillad budron Now i gyd. Ond yn wahanol iawn i ddoe ma' hi'n treshio bwrw heddiw a fedra inna wneud dim byd 'mond eu plygu nhw a'u rhoi nhw'n ôl yn y fasgiad.

Ma'r defaid yn dal i ddŵad ag ŵyn. Ond dydi hwylia Now ddim

mor llawn ag y buon nhw. Blindar ma' siŵr. A deud y gwir, 'dw inna'n fwy anghysurus yn 'y ngwely'r nosweithia diwetha 'ma hefyd.

Gwener, 8

Bet yn picio draw jyst cyn cinio ac mi arhosodd i gael rhyw damad hefo ni'n diwadd.

'Sgin ti ginio i Dei?' Y fi ddigwyddodd ofyn.

'Nagoes. Mae o'n dal i dreulio'i dwrci!' chwarddodd Bet dros y lle.

Ond cywilyddio ddaru Now. Mae o'n meddwl bod Bet yn cael gormod o ryddid, a'i bod hi'n ffeminist am ei bod hi wedi dangos i Dei a'r hogia sut i ffrio bêcyn ac ŵy iddyn nhw'u hunain. Ond teimlo ma' Bet, ar ôl pum mlynadd ar hugain o gaethiwad i'r stôf a'r sinc, y dylia hi fod wedi llifio'r aerwy yn ei hannar ymhell cyn hyn!

Sadwrn, 9

Now mewn stâd ac yn martshio i'r tŷ ganol bora fel ro'n i newydd orffan golchi llawr y gegin. Ei draed o'n drybola a'i ddillad o'n drewi o ogla amonia a thoilets cyhoeddus. Ac os ydi'r defaid 'na ar ei feddwl o ddydd a nos, ma'u hogla nhw hefyd, waeth lle mae o'n mynd.

'Lle ma'r poteli ŵyn llywath?'

'Yn cefn.'

'Tyrd â nhw rŵan 'ta. Dydi'r defaid 'ma'n godro'n debyg i ddim!'

Ac mi gychwynnodd allan am ddeg yn bora hefo llond jwg o lefrith, a welais i mohono fo wedyn, i siarad hefo fo, tan ddeg yn nos.

Mam yn ffônio i ddeud na fydd hi'n dŵad i ginio fory. Wedi cael gwadd i rwla arall. Lwcus, medda finna, achos tasa hi wedi dŵad i Ganol Cae mi fasa hi wedi gorfod dŵad â photal a theth hefo hi.

Sul, 10

Now wedi gwneud dim byd trwy'r nos 'mond mwydro am y defaid sydd ddim yn llaetha fel dylian nhw a nhwytha'n cael dau bwys o nyts yr un bob dydd, nyts gora'r wlad i fod. Trio 'ngora glas i ddangos diddordab ond cwsg yn drech na fi yn diwadd.

Llun, 11

Now yn dal i roi boliad o laeth-cynta i bob oen ar ei fwriad ac un ai mae o wedi cael rhyw besychiad rhyfedd yn ei wddw neu mae o wedi dechra brefu fel dafad! A'r ofn nesa sgin i ydi y bydd o'n gadael llwybr o gyraints bach duon ar ei ôl wrth fynd allan o'r tŷ . . .

Ond trwy rhyw lwc mi ffôniodd Dei Dros Rafon gyda'r nos. Wedi clywad am ddefaid Now, pyrsau mawr ond yn godro'n drefn dim a dyna oedd union hanas ei ddefaid ynta hefyd, a rhai amal i un arall yn yr ardal, erbyn dallt. A'r unig beth oedd yn cysylltu'r cyfan oedd y cwmni nyts ac fe ddaethpwyd i'r penderfyniad mai'r peth gora' i' wneud fasa cael cynrychiolwyr o'r cwmni draw i gael golwg ar nyts pawb.

Ac erbyn hynny, roedd yr holl fwydro wedi dechra mynd ar fy nyts inna. Ond ar ôl tua awr ar y ffôn doedd Now ddim yr un dyn, ma'n amlwg. Roedd o wedi cael rhyw ollyngdod mawr, a phan ddaeth o i'w wely mi ddechreuodd ailadrodd straeon Dei Dros Rafon ar y ffôn, air am air i 'nghlust i ac yna i 'nghlustog i!

Mawrth, 12

Piff yn sâl ond ma' gwylia hannar tymor gan Rhys eto fory ac ma' Now yn reit falch o'i gael o i gario poteli ŵyn yn ôl a blaen o'r tŷ i'r sied ac o'r sied i'r tŷ.

Mi gyrhaeddodd Breian Bara Brith, y trafeiliwr blawd a awgrymodd y nyts gwych yma i Now mor bell yn ôl â gaeaf diwetha, erbyn te, fel arfar, ac mi gafodd fargan heddiw am ei bod hi'n Ddydd Mawrth Crempog. Dwn i'm be ddudodd o am y nyts ond roedd o'n amlwg yn licio'r grempog.

Mercher, 13

Rhys wedi cael digon ar helpu, a phan es i i alw ar bawb i ddŵad i nôl eu cinio roedd Rhys yn rhedag ar ôl Sioned hefo syrinj a nodwydd. Rois inna row i Now am adael y fath betha o fewn cyrraedd y plant. Ond wedyn geith o faddeuant am bob dim radag yma o'r flwyddyn. A stwffio llaeth i folia ŵyn bach hefo peipan a theth a photal a lot fawr o fynadd fuodd o trwy'r dydd tra oedd y defaid yn cnoi rhyw nyts drud yn y sied oedd yn amlwg yn ddim byd ond tail ieir ar siâp bwledi.

Awgrymais i i Now lenwi ei wn hefo'r nyts a saethu Breian Bara Brith i ebargofiant!

Iau, 14

Gwrando ar Now yn deud hanas y nyts diffygiol wrth Piff amsar cinio. A dwi'n siŵr fod Piff yn difaru na fasa fo wedi cymryd heddiw i ffwrdd hefyd! A finna? Wel, fuo bron i mi a gofyn i Piff lle prynodd o'i *walkman* . . .

Gwener, 15

Now ar y ffôn hefo Dei Dros Rafon eto heno a syndod mawr yn ei lais o pan ddudodd Dei fod Breian Bara Brith newydd fod yn Tenerife ar rhyw wylia comisiwn neu rwbath. Gwerthwr nyts gorau yng ngogledd Cymru llynadd.

'Glywis di hynna?!' medda Now.

'Be? Bod yn well gen ti dalu am wylia i Breian Bara Brith na mynd â fi am dro i rwla hyd yn oed am ddwrnod?' medda fi. 'Faswn i wedi gallu deud hynna wrtha chdi flynyddoedd yn ôl . . . !'

Sadwrn, 16

'Ti'n cofio'r ddafad fawr 'na hefo trwyn du?'

'O, ia.' A dwi wedi dysgu ers tro byd fod yn rhaid i mi ymatab mewn rhyw ffordd neu'i gilydd i barablu Now, neu cha' i ddim llonydd.

'A ti'n cofio'r ddafad *Suffolk* 'na hefo un glust lipa?'

'O, ydw.' Sy'n gelwydd noeth achos ma' nhw i gyd yn edrach yn union yr un fath i mi.

'Wel, ma' hi wedi dŵad â dau oen da eto leni. Cythral o ddafad dda.'

'O da iawn.'

'Ia, ond does ganddi hi'm llaeth nagoes!'

'O, nagoes?'

'Wel, nagoes debyg! Dyna dwi 'di bod yn drio'i ddeud wrtha chdi 'de. Dydi'r nyts 'na'n da i ddim byd, nag'dyn. Ond ma' Breian

Bara Brith wedi deud bod ei fosus o'n dŵad yma peth cynta dydd Llun. Setlo'r busnas.'

'O, da iawn.'

'A ti'n cofio'r ddafad un deth 'na?'

Ond fuo'n rhaid i mi droi ar fy ochor a chysgu . . .

Sul, 17

Pan gyrhaeddais i'r gegin bora 'ma roedd Now yn cysgu'n ei gadair hefo un sowdwl ar ben y *Rayburn* a'r llall yn dal yn ei welington ac roedd 'na ogla fel ogla Ferrodo yn dŵad o gyfeiriad y stôf.

'Hoi!' medda fi.

'Ydi'i ben o allan?' baglodd Now a sgrialu'n wyllt at y drws nes iddo fo sylweddoli mai dim ond un welington oedd am ei droed.

'Ma 'na rwbath yn llosgi!' medda fi wedyn a thynnu'r sosban odd' ar y tân.

'Damia!' medda Now. Ond roedd hi'n rhy hwyr, achos roedd y sosban roddodd o ar y tân eiliad neu ddwy ynghynt, i ddadmar llond twb plastig o golostrym o'r rhewgell, wedi berwi'n sych a'r twb plastig wedi toddi.

Now yn meddwl ella y basa'n well i rai ohonan ni ddechra mynd i capal . . .

'Dw inna wedi dechra trugarhau ac wedi mynd i'w helpu fo i roi llaeth i'r gweiniaid, hefo masg a menyg rybr.

Llun, 18

Breian Bara Brith yn ffônio i ymddiheuro. Deud fod y ddau nytar ddim yn gallu dŵad tan fory. Rhyw bwyllgor pwysig neu rwbath ganddyn nhw'n rwla. Ac wedyn mi ddudodd y basa fo'n dŵad draw ei hun yn nes ymlaen, at amsar te, ballu, i egluro'n iawn.

Rhyw oen fuodd Now yn ei fagu ar botal o'r funud y cafodd ei eni bron, wedi boddi yn rhyw gafn dŵr yn cae heddiw; ac ma' Now yn dechra meddwl bod 'na rhyw farn arno fo eto leni. Ac mae o'n cael hunllefa. Dim yn ei wely'n unig erbyn hyn ond ar y soffa'n y parlwr hefyd. Ma'i llgada fo'n goch fel draciwla, ma' ganddo fo farfas fel Desbret Dan ac ma'i gefn o'n mynd yn debycach i fanana bob dydd.

33

Mae o'n meddwl fod pob dafad ac oen ar y lle ma'n mynd i farw o dan ei drwyn o ac y bydd o yn Seilam cyn gwanwyn nesa a ninna ar stryd mewn bocsus cardbord.

Mawrth, 19

Y diwrnod mawr, a Breian Bara Brith yn cyrraedd erbyn te ddeg. Ond cyn iddo fo gael ei ail banad roedd y ddau nytar wedi cyrraedd yn eu *body warmers* gwyrdd a'u *Range Rover* oedd yn eu dyrchafu nhw ddwy droedfadd go dda uwchlaw pawb arall hyd yn oed cyn iddyn nhw agor eu cega.

Mi gyflwynodd Breian bawb i'w gilydd yn barablus a bywiog, ac fel dau anifail yn awyddus i ddangos eu hawdurdod mi fygodd y ddau ogla pawb arall hefo'u hafftyrshêf. Ac ma'n rhaid fod ganddyn nhw sentiach go gry i fedru mygu ogla Now. Dydi Now ddim wedi molchi ers wsnosa 'mond sblashio rhywfaint o ddŵr ar walia'r bathrŵm a rhwbio'i ddwylo budron yn y llian. Ac mae o'n edrach yn gyntefig iawn yn ymyl y ddau nytar a Breian Bara Brith. Ac mi fasach chi'n meddwl ar ei olwg o mai Now sy'n gyfrifol am roi brêns a pherfadd anifeiliaid mewn nyts defaid ac nid y nytars yma . . .

'Dipyn o waith gwneud calciwleshiyns rŵan ma' siŵr,' medda Breian wrth Now, fel tae o'n gwbod yn union be oeddan nhw'n ei wneud. Ac roedd ganddo fynta *body warmer* gwyrdd hefo enw'r cwmni nyts, 'I.Q.' wedi ei sgwennu arno mewn *italics* aur.

'Jyst tshiecio ansawdd y borfa yn gyntaf Mr Morus,' medda un, toc.

'Ac yna mi fyddwn ni angan gyrru sampl o'r seilej i ffwrdd am *analysis* rhag ofn mai yn fan'no mae'r *deficiency* . . . ' medda'r llall.

'A be am y nyts?' gofynnodd Now.

Ond dim ond ar ôl i un fod yn isda ar ei din ar ben giât am un hannar awr yn ffidlan hefo rhyw galciwletor a'r llall yn cerddad yn ôl a blaen ar hyd y cae, yr aethon nhw i mewn i'r sied at y defaid a'r nyts o'r diwadd. A doedd 'na neb balchach na fi o'u gweld nhw'n diflannu i fan'no, achos o'r diwadd roedd cwynion Now yn mynd i daro ar glustia'r ddau arbenigwr yn lle hofran yn fyddarol rownd 'y mhen i trwy'r dydd.

Ac ar ôl rhyw awr yn y sied mi ddaeth y ddau a Breian i'r golwg unwaith eto ac mi adawodd un ei galciwletor ym mhocad ucha ei *body warmer* tra tynnodd y llall ei welingtons cyn eu rhoi nhw mewn rhyw fag yng nghefn y *Range Rover*. Doedd 'na'm golwg o Now, dim ond Breian Bara Brith yn gwenu a sgwrsio a chwerthin yn herciog, wrth ffarwelio â nhw.

Ond pan gyrhaeddodd Now y tŷ o'r diwadd dyma fi'n gofyn iddo fo:

'Wel, be ddudon nhw 'ta?' Ac ro'n i'n gofyn o wir ddiddordab am unwaith.

Ond ddaru o'm byd 'mond dechra chwerthin yn afreolus nes i mi feddwl y basa'n rhaid i mi daflud pwcedad o ddŵr oer ar ei ben o i'w gael o at ei goed.

'Wel, be ddudon nhw 'ta?' medda fi wedyn.

'Geshia be ddudon nhw?' medda fynta rhwng pylia hurt o chwerthin.

'Wel *be*? *Deud*!' medda finna.

'Sna'm byd yn rong hefo'r nyts. Y fi yn ôl pob tebyg sydd ddim yn iwsio hannar digon ohonyn nhw ac ma' isio i mi ddyblu shâr pob dafad.

'A be ddudis di?'

'Tydw i ddim yn sharog yn eich cwmni chi, medda fi, ond dwi wedi sincio beth uffar o bres i'ch pocedi chi, a dwi'n disgwl dipyn bach mwy o barch na hyn!'

Ac wedyn mi gaeodd Now un llygad a gwneud syms sydyn yn ei ben; hyn a hyn o bwysi'r ddafad a rwbath neu'i gilydd, ac mai felly y bydd o'n gwneud bob blwyddyn ers blynyddoedd, ac mi fydd y defaid yn godro'n iawn. 'Ond yr unig betha sy'n cael hwyl ar odro leni ydi rheinia!' medda Now.

'Clywch! Clywch!' medda finna, ac yn ei rwystredigaeth mi roddodd Now un ergyd egar i'r palis hefo'i dalcan, cyn mynd allan.

Fuodd Now ar y ffôn hefo Dei Dros Rafon trwy'r gyda'r nos. A phwy ddudodd fod merchaid yn siarad? Soniais inna ddim faint oedd y bil teliffôn diwetha gaethon ni achos ro'n i mor falch o weld Now yn cael rhyw fath o theràpi. Ac ma'n debyg mai'r un un cyngor oedd gan y ddau nytar i'w roi i'w cwsmeriaid eraill yn yr ardal hefyd . . .

'Ond ma' Dei am sgwennu llythyr at rhywun uwch eto,' medda Now, ar ôl rhoi y ffôn i lawr.

'Wel, os ydi o am sgwennu llythyr at yr undeb mawr,' medda finna, 'waeth iddo fo'i bostio fo'n syth i dwll tin twrch daear ddim.'

Mercher, 20

Fasa waeth gen i fod yn ddafad. 'Fuos i'n meddwl o ddifri bora 'ma wrth wneud cinio. Meddyliwch yr holl sylw a thendars ma' nhw'n ei gael gan Now ers misoedd rŵan. A be amdanaf i? 'Dw inna'n feichiog hefyd. Ond dydw i'm hyd yn oed wedi cael panad o de ganddo fo eto. A nid ers pan dwi'n feichiog dwi'n feddwl ond ers pan 'dan ni wedi priodi. Ac eto mae o'n cario dau bryd yn dydd i'r defaid 'na, 'yr hen genod' fel bydd o'n eu galw nhw, ac yn morol fod ganddyn nhw ddigonadd o wair a dŵr a gwely glân, cynnas odanyn nhw bob amsar.

A dyma fo rŵan, mae o hyd yn oed yn cael arbenigwyr yma i destio eu bwyd nhw ac yn gwneud rhyw ffys fawr am nad ydi'r bwyd ma' nhw'n ei fyta ddim yn ddigon da. Wel, dwi'n gorfod gwneud bwyd i fi'n hun heb sôn am bawb arall. Ond dyna fo, ma'n siŵr gen i fod defaid wedi llosgi eu brasiars ers blynyddoedd, neu na fuon nhw rioed yn ddigon gwirion i ddechra'u gwisgo nhw.

Ac ydyn, ma' *nhw* hyd yn oed yn llwyddo i gael gwylia; yn cael mynd i'r mynyddoedd, i'r Alpa, ar ôl dyfnu eu hŵyn. A lle bydda' i? Wel, yn fa'ma, debyg, yn dal i dendio ar Now a'r plant heb sôn am Piff a phob rhyw fol gwag arall sy'n digwydd pasio.

Gwely toc ar ôl y plant, a dim ond pan glywais i ogla Now yn dŵad i'w wely y cofiais i am stâd ei ddillad brychlyd o gofyn iddo fo fasa fo'n gallu pico i lawr y grisia i'w rhoi nhw yn yr injan olchi. Ddaru o, ai peidio, 'dwn i'm achos mi es i i drwmgwsg yn syth ar ôl gofyn.

Iau, 21

Petha'n gwella tu allan heddiw ar ôl i Now gael rhyw gydad o nyts am ddim gan y cwmni; er ei fod o wedi hannar disgwl cael llwyth lorri *a body warmer*. Ond mi ddudis i wrtho fo fod disgwl *body warmer* braidd yn uchelgeisiol ac y basa'n haws iddo fo gael croen y bòs ei hun nag un o'r rheiny.

Ond os ydi petha'n gwella allan, ma' petha'n gwaethygu yn y tŷ, achos pan agorais i ddrws y cefn i fynd i wagio'r injan golchi dillad roedd hi wedi gwagio'n barod nes roedd y lle'n nofio fel rhyw Gantre'r Gwaelod. Ac ro'n i'n gwbod nad oedd na'm pwynt gofyn i Now gael golwg arni, radag yma o'r flwyddyn, achos fasa fo'n gallu gwneud dim byd mwy na rhoi ei law i mewn a thynnu'r dillad budron allan fel oen.

Felly mi ffôniais i Byris Dre.

'Byris ia?'

'Ia del. Fedra' i dy helpu di?'

'Injan golchi dillad sy' wedi torri. Fedrwch chi ei thrwshio hi?'

'Wel, dibynnu sut hwyl 'ti 'di gael ar ei thorri hi tydi del. Heeeeeeee! Jôc del, Jôc.'

'Fedrwch chi ei thrwshio hi 'ta be?'

'Fedran ni ei thrwshio hi 'ta be? Reit 'ta del deud be ydi 'i mêc hi wrtha' i ac ella medra' i dy helpu di.'

'*Tyrannosaurus rex.*'

'O wela' i . . . Un o rheiny ia. Reit del, ddaw 'na rywun draw gyntad â phosib. O.K? Ta-ra.'

A dyna hynna wedi'i setlo. Ond ddaw 'na neb heddiw, ma' siŵr, a hitha'n tynnu am bump. 'Mond ffanatics fel Now sydd yn gweithio cyn bump yn bora ac yn dal ati ar ôl pump yn nos.

Gwener, 22

Cael traffarth i gysgu neithiwr. Yn anghyfforddus, waeth ffordd o'n i'n gorfadd. Rhyw ben yn gwasgu'n erbyn fy 'senna fi a rhyw droed yn mynnu 'nghicio fi yn yr un un lle drosodd a throsodd. Ac fel yr o'n i newydd lithro i rhyw drwmgwsg tangnefeddus mi ges i 'neffro gan rhyw weiddi a gola lamp ynghanol 'y ngwynab.

Tri o'r gloch y bora. Dyna faint oedd hi, a Now yn hofran yn wyllt fel moth rownd 'y mhen i, isio gwbod lle'r oedd ei ddillad gwisgo fo. Ond ro'n i wedi mynd â nhw i lawr i'r sinc yn cefn i'w mwydo nhw dros nos mewn dŵr berwedig a phowdwr golchi, ac wedi anghofio estyn rhai glân iddo fo yn eu lle nhw.

'Ti'n gwbod lle ma'r cwpwrdd eirio. Estyn nhw dy hun a diffod y gola 'na rŵan!' medda fi wrtho fo'n bigog, achos wedi'r cwbwl fo oedd y llymbar gwirion dorrodd yr injan.

Ac wedyn mi drois i ar fy ochor a thynnu'r dillad dros 'y mhen.

Ond pan welais i Now amsar brecwast fedrwn i'm credu'n llgada. O dan ei jympr roedd o'n gwisgo ei grys gwyn gora' a'r llewys wedi ei dorchi'n slafan fudur dros lawes ei jympr. Roedd hi'n rhy hwyr yn barod i feddwl am drio'i achub o. Ond mi wylltiais i run fath, a deud wrtho fo am dynnu'r crys gwyn y funud honno; ac fel yr oedd Now yn mynd allan mi ddaeth dyn Byris i mewn.

'Haia del. Hei, dydi un ddim yn ddigon da yli. Rhaid i chdi gael dau grys gwyn, dwy injan a dau bowdwr golchi gwahanol i wneud y test yn iawn sdi.'

Fuodd y dyn ddim yn hir diolch i'r drefn, yn enwedig ar ôl i mi ddiflannu a chau'r drws arno fo. Ac ar ôl gorffan dyma fo'n gofyn:

'Be fyddi di'n olchi'n hon del? Dillad 'ta tŵls?' Ac mi roddodd hoelan, un stwffwl, dwy washiar a chyllall bocad yn fy llaw i. 'Honna, yr hoelan 'na oedd y drwg yli. Mynd yn sownd yn y beipan.'

Ac er mai profiad digon anghynnas ydi gwagio pocedi Now, gwneud y bydda' i bob tro, er lles yr injan. Ond mae'n amlwg na ddaru o ei hun ddim trafferthu tydi!

Sadwrn, 23

Llyr yn deud ei fod o isio pi-pi dair gwaith cyn cinio. Ond ar ôl estyn y pot, tynnu ei drowsus a bystachu i agor pin ei glwt o doedd o ddim isio gwneud yn diwadd. Ac fel ro'n i yn mynd i roi ei glwt o'n ôl mi ddengodd yn dinoeth i'r gegin a gwneud llyn mawr ar y mat o flaen stôf. Ella y basa hi'n ddoethach disgwl tan yr haf cyn dechra hefo'r pot 'ma . . .

Yr injan yn gweithio'n iawn unwaith eto diolch i'r drefn. Ond ma' Now wedi colli dafad hefo clwy seilej a Dei wedi colli oen hefo clwy ieir. Felly mi ddaeth Bet draw i nôl yr oen a'i roi o i'w dafad nhw.

Sul, 24

Yr ŵyn wedi 'rafu rŵan am bwl ond Now yn dal i godi'n nos i roi tro rownd yr *antenatal* yn y sied. Treulio'r rhan fwya o'r dwrnod yn cario bagia nyts ar ei gefn i'r caea. Rhyfadd. Ond fydd o byth o gwmpas pan fydda' i angan cario bagia rybish i giât lôn . . .

Dwrnod sychu da ynghanol mis o rai prin,ac roedd gen i leiniad o ddillad glân yn chwifio'n ddel yn y gwynt nes i gwmwl o ddrwdwns ddŵad yn ddirybudd o rwla, a gollwng cawod sydyn fudur dros y cwbwl. Lwcus 'mod i wedi cael trwshio'r injan!

Now wedi cysgu ar ei hyd ar y soffa cyn diwadd y tywydd a'r plant yn gyrru tractors a cheir bach yn ôl a blaen ar hyd ei gefn o.

Llun, 25

Ma' hi'n ddydd Llun eto fyth. Ond yn waeth na hynny mae hi'n ddydd Llun hanner ffordd trwy ganol y tymor defaid ac ŵyn a dwi'n teimlo fel tasa pob cymal yn 'y nghorff i angan ei oelio. Mi fasa hi'n help tasa Now yn cydnabod penwythnosa. Ond tydi o ddim, achos dwi'm yn meddwl eu bod nhw ar ei galendr o.

O ran hynny, dydi calendr Now ddim byd tebyg i un pawb arall. Does ganddo fo ddim syniad be ydi Gŵyl y Banc a dydi wsnosa a misoedd ddim wedi eu rhannu'n rhesi a blocia bach taclus. Os rwbath, calendr crwn ydi un Now, yn ddim byd ond merigorownd o dymhora yn toddi i'w gilydd, a Now yn rhedag ar eu hola nhw flwyddyn ar ôl blwyddyn a'i dafod yn hongian.

Ac mae o wedi dechra hawlio popdy isa'r *Rayburn*·'ma fel rhyw Bair Dadeni eto leni fel bydd o'n ei wneud bob blwyddyn, ac mae o'n hollol grediniol fod pob oen hannar marw stwffith o i mewn i'r popdy isa yn siŵr ddyn o ddŵad allan yn fyw bob tro. Ond ma' un peth yn saff, waeth i mi heb â dymuno na disgwl i hud a lledrith ddŵad i llnau'r stôf yn fy lle fi, neu disgwl bydda' i.

Mawrth, 26

Now wedi meddwl iddo fo godi'n y nos a mynd rownd ei ddefaid fel arfar. Ond ddaru o ddim, 'mond breuddwydio'i fod o wedi gwneud, ac erbyn y bora roedd o wedi colli oen hefo wisgan am ei ben. Ond doedd ganddo fo ddim digon o nerth i weld bai arno fo'i hun. Dim ond deud biti na fasa fo wedi breuddwydio'r gollad hefyd!

'Dw inna wedi blino. Wedi blino'n gorfforol heb sôn am flino ar y defaid a'r ŵyn 'ma a'r holl strach sydd hefo nhw. Digon ydi digon. A dwi yn 'y ngwaith yn brwydro'n erbyn budreddi dynion, plant ac anifeiliaid ac ma' bob dim yn dechra mynd yn drech na fi. Ma' bob dim ar 'y mhen i. Ma' Now wedi trio'n injectio fi ddwy noson ar ôl ei gilydd, ac wedyn neithiwr mi gododd gorlan o glustoga o 'nghwmpas i.

Sgin i'm llai na'i ofn o radag yma o'r flwyddyn pan fydd o'n gweld dim byd 'mond defaid yn bob man. Er, ma'n rhaid i mi ddeud, ar yr un pryd ei bod hi'n reit braf cael rhywfaint o'i sylw fo achos o'r holl ddullia atal cenhedlu sydd ar gael, does 'na run saffach na'r tymor defaid ac ŵyn.

Mercher, 27

Cael cardyn gan Angharad o'r Swistir. Wedi bod ar goll yn y post, ma'n amlwg, achos roedd o'n stampia crwn blêr drosto fel tasa pob swyddfa bost o fa'ma i'r Swistir wedi gorffwys eu cwpana coffi arno fo.

> *Annwyl Branwen,*
>
> *Choeli di byth, ond wedi cael diwrnod diddorol iawn yng nghwmni defaid a geifr heddiw, ac yn meddwl amdanat yn naturiol. Siŵr dy fod ti'n fflamio na ddois di hefo fi rŵan, yn dwyt?*
>
> *Daw cyfla eto, cofion, Angharad.*

Iau, 28

Newydd fod yn sefyll ar y glorian a newydd edrach arnaf i'n hun yn y gwydr hir sydd ar ddrws y wardrob yn llofft. Dwi'n cario dros stôn a hannar o bwysa yn fwy nag arfar a dwi newydd sylwi ar 'y mreichia. Dwi'n siŵr eu bod nhw wedi sdretshio. Cario'r bwcedi glo 'na o'r cwt ydi'r drwg, a 'di o'n gwneud dim lles i 'nghefn i chwaith.

Dwi'n teimlo ac yn edrach fel rhyw *orang-utang* hefo 'mol mawr crwn a 'mreichia lastig. Er, erbyn meddwl mi fasa cael breichia mawr hir 'dat fy ffera' yn gallu bod yn reit fanteisiol yn fy nghyflwr i. Mi faswn i'n gallu geni'r babi ar fy mhen fy hun; ac mi fasa rhyw hannar dwsin o freichia ychwanegol yn gallu bod yn fwy defnyddiol fyth at y dyfodol. Meddyliwch, mi faswn i'n gallu gwneud cinio, golchi'r llawr, newid clwt Llyr a bwydo'r babi i gyd yr un pryd.

Now newydd ddod i'r tŷ i ffônio'r ffariar. Meddwl fod 'na rhyw *E-coli* ar yr ŵyn 'ma rŵan, eto. 'Dw inna ar fy ffordd i 'ngwely ac yn diolch nad ydi hi'n flwyddyn naid neu mi fasa 'na ddwrnod arall o hyn i'w ddiodda . . .

Mis Mawrth

Dydd Gŵyl Dewi

'Y traed 'na i fyny rŵan cofia. Bob cyfla gei di.'

Ond fedar neb godi'i draed i fyny heb roi ei din i lawr gynta. Wel, dyna ddudodd Newton beth bynnag.

Ond ma' Heulwen, y nyrs, yn gallu gwneud iddo fo swnio'n beth mor hawdd i'w wneud. Ac ma'n siŵr ei fod o. Ond wedyn ma' ganddi hi ŵr sydd yn gallu berwi teciall, ma' siŵr. Wneith Now ddim byd yn tŷ 'mond byta a chysgu a gwneud yn saff fod ei ddwylo fo'n ddigon budur *jyst* rhag ofn iddo fo orfod gwneud rwbath i helpu.

Rhes o benna melyn ar glawdd yr ardd. Peth prin gweld daffodils wedi agor erbyn Dydd Gŵyl Dewi.

Sadwrn, 2

Rhes o goesa gwyrdd ar glawdd yr ardd. Now wedi troi dwy ddafad a dau oen yno ar ôl te ddoe. Ddudis i fod gweld daffodils yn beth prin radag yma o'r flwyddyn yn do!

Yr ŵyn yn dal i bowlio dŵad a Now yn dal i bowlio o'i wely i'r sied ac o'r sied i'w wely. Mae o wedi anghofio sut i siarad yn gwrtais ers blynyddoedd ond dwi wedi cael dim byd ond gorchmynion ganddo fo ers mis a mwy rŵan. A dyna ges i ben bora heddiw eto cyn i mi agor fy llgada'n iawn.

'Cer i nôl dwy botal *Terrymycin* — un blaen a un *longacting*.'

'I bwy ma' nhw?' medda fi. 'I chdi?'

Ond ddudodd o ddim byd 'mond ychwanegu at y list.

'Tyrd a *Bactakil* hefyd!'

Rŵan, ma' hwnna'n swnio'n beth digon handi i llnau toilet neu i ddisinffectio Now cyn iddo fo ddŵad i'w wely . . .

Sul, 3

Mam wedi cadw draw ers dechra'r busnas defaid ac ŵyn 'ma. Ma' hi'n *allergic* i'r rhan fwya o anifeiliaid, os nad ydyn nhw ar blât o'i blaen hi. A deud y gwir, ma' hi'n *allergic* i lot fawr o betha — gyrru car, gwaith tŷ, gwaith allan a phob math o waith 'ran hynny. Yr unig beth ma' Now yn *allergic* iddo fo, yn anffodus, ydi gwylia.

Llun, 4

Dechra gwneud y VAT i gael gorffan cyn mynd i ffwrdd. Ond treulio'r dwrnod i gyd ar helfa drysor hunllefus yn trio cael hyd i'r risîts. Risît Coparet mis Ionawr oedd yr un pwysica oedd ar goll. Ond mi ges i hyd iddo fo'n diwadd, yn sownd mewn dau *wine gum* a thri stwffwl ym mhocad crysbas Now. A doedd o ddim yn fatar hawdd cael hyd i'r crysbas, chwaith, oedd o dan sbageti o linynna bêl yng nghefn un o'r tractors yn yr iard.

Mawrth, 5

Cael dau oen llywath yn bresant gan Now.

'Dwi'm isio nhw!' medda fi. 'Ma' gen i ddigon o waith bwydo yn tŷ heb sôn am ddechra mynd â *meals-on-wheels* i'r iard hefyd!'

Er, hefo dipyn o lwc, 'mond gwely a brecwast fydd y ddau yma'i angan — os ydi petha cynddrwg â ma' Now yn ei ddeud.

Mercher, 6

Newyddion da ben bora. Y ddau oen llywath wedi mynd. Ond y newyddion drwg oedd bod y fan wedi mynd heb betrol.

Dydi hyn yn ddim byd newydd, wrth gwrs, y fan yn stopio'n ganol rhyw gae heb ddiferyn o betrol. A'r cloc sydd yn cael y bai bob tro achos ma'i fys o wedi torri'i galon ac wedi disgyn yn fflat ar wastad ei gefn ers blynyddoedd. Erbyn meddwl, y fan ydi'r unig beth sydd yn digwydd bod mewn gwaeth cyflwr na fi ar y ffarm 'ma.

'Cer i nôl jariad o betrol i'r fan!' oedd yr ordors ges i pan ddaeth Now yn ei ôl. Ac er 'mod i wrthi'n plicio tatws ar y pryd, mi es i, achos dwi'm yn meddwl fod gan Now syniad lle ma'r garej. 'Runig lefydd mae o'n gwbod amdanyn nhw yn y byd mawr tu allan i Canol Cae ydi'r mart, lle ffariar a lle trwshio tractors.

Iau, 7

Ydi, dwi'n gwbod, ma' hi braidd yn rhy hwyr i mi ddechra meddwl am fis mêl rŵan. Ond dydi rhywun ddim gwaeth â breuddwydio nag'di . . . ?

Dyna pam dwi'n isda yn 'y ngwely. Potal dŵr poeth o dan 'y nhraed, cardigan dros 'y ngwar ac '*Experience the Beautiful Phillippines*' yn cnesu 'mol i.

A deud y gwir, dwi'n dechra edrach ymlaen at gael mynd i'r sbyty 'na rŵan. Mi fydd o'r peth agosa ga' i at wylia ma' siŵr . . . Bwyd wedi'i wneud a phanad yn fy llaw.

Gwener, 8

Ma' Llyr yn gwella wrth ddysgu pi-pi'n pot. Mae o'n gwneud yn nes at y pot bob tro. Ar ben grisia ddaru o ddechra'r wsnos ond mi lwyddodd i wneud ddwy waith ar lawr y bathrŵm heddiw.

Sadwrn, 9

Ma' cysgu hefo Now fel cysgu hefo hadog melyn. Dydi o ddim wedi molchi uwch na'i ddau benelin ers dechra'r ŵyna 'ma. Erbyn meddwl, dwi'm wedi gweld Now ers dyddia, 'mond ei gysgod o'n dŵad i'r tŷ i nôl ei bryda' bwyd.

Be ddigwyddodd i'r gwanwyn liciwn i wbod? O'n i'n arfar meddwl mai tymor o hapusrwydd, o eni, o ddeffro, o egino oedd o. Ond ma' Now yn edrach fel tasa fo'n dal i heibyrnetio!

Gwneud llwyth o *pizzas* a'u rhewi jyst rhag ofn i bawb ddechra cnoi carpad tra bydda i o'ma.

Sul, 10

Cael 'y neffro gan Llyr yn gweiddi crio wedi baeddu ei glwt am 5.30 yn y bora. Gorfod rowlio o 'ngwely, ymbalfalu'n ddall i lawr y grisia cyn dal 'y ngwynt a rhedag ar flaena 'nhraed ar deils oer y gegin a chipio'r clwt glân odd' ar y *Rayburn*.

Meddwl 'mod i wedi gweld coesa oen yn sdicio allan o'r popdy isa. Ond chymerais i'm sylw o'r peth 'mond cau'n llgada a smalio 'mod i'n cerddad yn 'y nghwsg. Newid clwt Llyr a rowlio nôl i 'ngwely.

Llusgo o 'ngwely wedyn tua 7.00 i ganol sŵn byddarol byrlymus cartŵns a phlant, a'r tŷ fel sgubor a phob drws yn 'gorad ym mhob man. Ac o ddyn sydd yn gwneud yn siŵr ei fod o'n cau pob giât a chlwyd ar ei ôl, *bob amsar*, dydi Now ddim hannar mor barticlar yn tŷ. Chaeith o byth run drws na drôr na chwpwrdd na bocs cornfflêcs!

Fawr o fynadd gwneud cinio dydd Sul. Ffansi rhoi letrig ffens trwy ganol y cwpwrdd bwyd a gadael i bawb helpu ei hun!

Llun, 11

Wedi pasio fod Now yn trio cael ei enw yn y *Guinness Book of Records*. Ma' gwinadd ei draed o wedi tyfu gymaint nes ma' nhw wedi dechra cyrlio rownd ei glustia fo. 'Paid â bod yn wirion!' ges i. Ond wnes i'm lol 'mond deud wrtho fo am fynd i nôl gwella i'w torri nhw.

Fasa fo byth yn esgeuluso'i anifeiliaid fel hyn.

. . . A'r dwrnod mawr yn agosáu, meddwl y basa'n well i mi ddechra chwilio am fy siwt-ces . . .

Mawrth, 12

Fydda i'n ama weithia os ydi Now yn cofio 'mod i'n feichiog o gwbwl. Dydi o'm wedi gofyn sut ydw i o gwbwl. A dydi o'm wedi gwneud dim byd 'mond neidio o'i wely i'r sied ac o'r sied i'w wely ac yn ôl a blaen fel io-io ers dros fis, yn estyn a chyrraedd i'r defaid 'na. Mae o'n eu trin nhw fel tasan nhw'n perthyn i BUPA!

Mercher, 13

Ella ma'n hormons i sy' ar fai ond dwi'n dechra teimlo 'mod i'n magu'r plant 'ma ar fy mhen fy hun. Dydi eu tad nhw byth yn tŷ. Ac i wneud petha'n waeth, ges i hunlla neithiwr. Gweld Llyr yn neidio i freichia'r dyn bara ac yn galw 'Dad' arno fo, cyn i hwnnw redag ataf inna wedyn a'i freichia'n 'gorad yn fawr fel adenydd eroplên a'i ddannadd gosod o'n clecian! A dyna pryd sgrechiais i dros tŷ a chyrraedd am y gola. Ond styrbiodd Now ddim, 'mond gofyn faint o'r gloch oedd hi rhag ofn ei fod o wedi cysgu'n hwyr.

Ac erbyn meddwl, yr unig wahaniaeth rhwng shifftia Now a shifftia doctor ydi'r cyflog. Dwi wedi trio deud wrtho fo ers blynyddoedd nad ydi o'm gwerth iddo fo godi o'i wely 'nelo hynny o bres mae o'n wneud. Ond 'di o'n gwrando dim . . .

Iau, 14

'Cer i Dros Rafon a gofyn os oes ganddyn nhw oen llywath!' medda Now gan chwythu cymyla mawr gwynion ar ffenast y gegin cyn diflannu mor ddisymwth ag y cyrhaeddodd o.

Ond doedd dim ots gen i fynd i Dros Rafon. Deud y gwir, ro'n i'n edrach ymlaen i gael sgwrs hefo Bet. Sgwrs wahanol am betha gwahanol hefo rhywun gwahanol yn lle 'mod i'n gorfod gwrando ar Now yn berwi am ddefaid, ŵyn llywath, llawas goch, llestar, pyrsa, tethi, sugno, blingo, dolur oen a nyts . . . Ma' Bet fel asprin, a'r geiria cyntaf ddudodd hi pan gyrhaeddais i trwy'r drws oedd:

'Isda. Mi wna'i banad.'

Ond do'n i'm wedi deud dau air, pan ganodd y ffôn. Now isio i mi bicio i lle ffariar ar fy ffordd adra i nôl mwy o'r poteli bach duon drud 'na.

'Llenwa'r hen rai hefo dŵr,' medda Bet. 'Mi arbedi ugian punt y tro. A sdim isio i chdi redag sdi,' medda hi wedyn. 'Ma' dynion yn meddwl mai nhw ydi'r unig rai sydd ar frys yn y byd 'ma.'

Ond doedd gen i'm dewis ond llyncu 'nghoffi a llosgi 'ngwddw a llwytho'r plant unwaith eto, neu fasa cinio byth ar bwrdd mewn pryd.

Gwener, 15

Dwi'n poeni am Now. Mae o'n rhy hapus o'r hannar ac mi afaelodd amdanaf i wrth sinc ar ôl cinio, chwythu'n gynnas i lawr 'y ngwddw fi a dechra cnoi 'nghlustia i.

'Ches di'm digon o ginio?' medda fi'n ddiniwad.

Ond erbyn dallt, wedi mopio'i ben am fod y ddafad *Suffolk* wedi cymryd oen llywath Dros Rafon mor ddidraffath oedd o. Welodd o run ddafad rioed yn cymryd oen mor ddi-lol â hon, a fuo dim rhaid iddo fo flingo'r oen marw na dim. Ac mi wenodd Now, a rhyw hen gyboli wedyn, cyn mynd allan.

Ma' 'na rwbath ofnadwy'n mynd i ddigwydd medda fi wrtha'n hun . . .

Ac mi ddaru hefyd, ac yn gynt o'r hannar nag o'n i wedi feddwl, achos pan aeth Now i'r sied, peth diwetha cyn mynd i'w wely, roedd oen Dros Rafon wedi stwffio'i ben rhwng rhyw giât a chafn bwydo ac wedi mygu. Ddudis i 'do.

Yr unig beth da ddaeth o'r dwrnod i gyd felly oedd i mi lwyddo i ffendio'r siwt-ces, o dan wely Sioned. Ac mi roedd hi'n dda o beth i mi wneud achos ar ôl ei agor o mi ffendiais i domenydd o risîts, dwsin o feiros, a phacad o grisps ar ei hannar. Do'n i ddim wedi gwirioni cymaint â hynny hefo'r crisps ond roedd ffendio'r risîts a'r beiros fel ffendio aur.

Sadwrn, 16

Now yn dal i ferwi am y gollad eto heddiw. Berwi fuodd o trwy'r nos hefyd ran hynny. 'Dynnais i ei ben o allan o'r wardrob ddwywaith. Fedra i'm dallt Now, hefo'r holl brofedigaetha mae o wedi gael yn y busnas yma rioed, dydi o byth wedi caledu i'r gollad. Fedra inna wneud dim byd 'mond cydymdeimlo ac amenio bob dim ar ei ôl o. Mi faswn i'n gwneud gwraig gweinidog reit dda. Dwi wedi cael digon o bractis cydymdeimlo, beth bynnag.

Alwodd Heulwen yn pnawn, i weld sut o'n i. Ond ynghanol yr holl gydymdeimlo ro'n i wedi anghofio yn llwyr mai 'nwrnod mawr i oedd heddiw i fod.

'Dal yma, felly, dwi'n gweld!' oedd ei chyfarchiad cynta hi. 'A'r cês yn barod gen ti gobeithio ydi?'

Ond wnes i'm atab 'mond newid y trywydd yn reit handi. Dydi rhywun ddim yn cynhyrfu run fath ar ei bedwerydd plentyn rhywsut, 'nenwedig ar ôl cario dros ei amsar hefo'r lleill.

A wnes i ddim cynhyrfu, ac oedd mi roedd 'y mhreshiar i'n iawn nes y clywais i Cen Cipar yn pasio'r ffenast, a finna ar wastad 'y nghefn ar y mat o flaen stôf, a 'mol noeth i'n sticio i fyny i'r awyr fel Moel Hebog.

'Wel, gobeithio 'reith bob dim yn hwylus i chdi. A cofia be ddudis i. Traed 'na i fyny. *Rŵan* ma' dy gyfla di. Fydd gen ti ddim gobaith wedyn na fydd! Reit 'ta, dyna ni. Unrhyw broblam?'

A dyna adnod Mam yn dŵad i 'ngo' fi eto . . .

'Banc manijar neu athro bach del. Rhywun hefo digon yn 'i ben a'i bocad, siwt a dwylo meddal. Dyna wyt ti isio. Dim rwbath hefo dwylo mawr budur ac un siwt sy'n ei ffitio fo fel croen sosej.'

'Bob dim yn iawn felly? Grêt. Wela' i di ar ôl y geni. Hwyl!'

'Hwyl Heulwen!' A dyna pryd cofiais i. 'Gwatshia'r ci!'

Ond welais i rioed mo Heulwen yn baglu.

Taflud dau gadach gwlanan i'r siwt-ces. Jyst rhag ofn y bydda' i ar amsar tro yma.

Sul, 17

Dwi'n anghysurus wrth sefyll, isda a gorfadd. Ond dwi'n fwy anghysurus fyth wrth feddwl am orfod gwneud cinio. Biti na faswn i'n gallu troi pawb allan i bori! Sgin i'm owns o nerth yn sbâr i ddim byd ond i anadlu. Bystachu i wneud bîns ar dost oedd ei diwadd hi a'r plant yn protestio.

'Bîns eto! O Maaaaaaammm!'

'Mishio bîns Mam!'

'Ych-a-pych. Bîns!'

A Now? Wel, sylwodd o ddim. Taswn i'n rhoi aligetor ar blât Now fasa fo ddim yn sylwi achos ma'i feddwl o'n golledig, ers misoedd, i'r ward geni 'na'n y sied.

Llun, 18

Ma' 'nghoesa fi fel bonau coed a fy faricos-fêns i fel eiddaw wedi lapio amdanyn nhw. Dyna pam, ar ôl danfon Sioned i'r ysgol feithrin, y cymerais i gyngor doeth Heulwen a meddwl codi 'nhraed i fyny. Rois i fygiad o lefrith i Llyr a gwneud panad o de i fi'n hun. Isda'n gadair Now a chodi 'nghoesa i ben y pwffi. (Er, dwn i'm pam 'mod i'n ei galw hi'n gadair Now chwaith. Cadair *Parker Knoll* ydi hi a fi prynodd hi hefo prês fisitors.) Ond fel ro'n i'n mynd i gymryd cegiad o'r te dyma Llyr yn troi'r cwbwl lot ar ei ben! Ac mi fuo'n rhaid i 'nhraed inna ddŵad yn ôl ar y ddaear yn sydyn iawn hefyd!

Taflud past dannadd i'r siwt-ces at y ddau gadach gwlanan.

Mawrth, 19

Now yn dal i gael amball i gollad weithia er ei fod o'n gweithio shifftia hir ac ar ofyrteim ers wsnosa. Ac fel dudis i wrtho fo, ma' pobol yn cael *bonus* am weithio dros amsar, fel arfar. Ond nid Now wrth gwrs. Dydi o'm yn edrach hannar da àc mae o wedi dechra bagio allan o bob cwt a sied rŵan rhag ofn iddo fo gael collad wrth droi ei gefn.

'Be s'arnat ti,' medda fi, 'ti'n drysu? Bagio i bob man?'

Ac mi fagiodd i'w wely neithiwr. Bagio allan o'r tŷ bora 'ma. A lwc i mi weiddi: 'Gwatshia'r ci!' neu mi fasa wedi landio yn yr un lle â'r dyn bara.

Ond gweld ei hun yn bagio'n ôl bob dydd ma' Now medda fo. Ac mi fydd hi'n waeth fyth eto pan ddaw hi'n amsar gwerthu'r ŵyn 'ma, os bywian nhw tan hynny.

Dim ond dau gadach gwlanan sgin i'n y siwt-ces rŵan. Gafodd Llyr afael ar y past dannadd a rhoi ei droed arno fo ar ben grisia, nes saethodd ei gynnwys o allan fel llyngar mawr gwyn.

Mercher, 20

Nôl llond tryc o negas o Dre. Y siopio diwetha wna' i, gobeithio, cyn mynd i ffwrdd. 'Ddaeth Now i'r tŷ cyn i mi gychwyn yn gofyn i mi ddŵad â rwbath iddo fo o Dre. Ond ddalltais i ddim be ddudodd o eto. Ma' prindar cwsg wedi dechra deud ar ei leferydd o. Mae o'n siarad yn fwy aneglur na Llyr. Ond dim ond cwta ddyflwydd ydi Llyr.

Pan ddois i yn fy ôl roedd Now'n cysgu'n gegin. Ei ben o'n hongian dros fraich y gadair a'i draed o wedi'u plethu ar ben bwcad *Lego*'r plant. Ond fel yr agorais i'r drws mi lyncodd ei lafoerion yn swnllyd a neidio ar ei draed a gweiddi 'Dal hi Mot!'

Dwi'n dechra ama os bydd Now mewn ffit stâd i 'nreifio fi i Fangor. Ella fasa'n well i mi feddwl am gael ambiwlans . . .

Oria'n ddiweddarach a 'nghefn i'n hollti ar ôl plygu i'r bŵt ac i'r *kitchen cabinet* am yn ail, dwi'n difaru na faswn i wedi bagio'r car reit trwy wal y gegin a'i barcio fo lathan o'r cwpwrdd! Dwi'n teimlo run fath â'r *Hunchback of Notredame*. 'Y nghefn i'n gam ond bod y lwmpyn wedi llithro i 'mol i!

Taflud tri pacad o *Dr. Whites* i mewn i'r siwt-ces heno. Ella sa'n well taswn i wedi prynu'r rhai newydd 'na hefo adenydd arnyn nhw, i mi gael fflio i ffwrdd i rwla a denig o olwg y geni 'ma. Ma'r atgofion newydd ddŵad yn ôl i' meddwl i, yn rhy fyw o'r hannar . . . !

Iau, 21

Now yn anghofio codi'n nos i fynd rownd y defaid. Ma'r codi'n nos 'ma jyst â'n lladd inna hefyd, a 'mond i'r toilet drws nesa fydda i'n gorfod mynd. Cael traffarth i ailafael yn 'y nghwsg ydi'r broblam. Ac fel bydda' i ar fin gwneud hynny, mi grafangith Now yn ôl i'w wely yn oer fel llyffant.

Ond roedd o'n methu credu'i lwc bora 'ma. Pawb yn iawn. Pawb yn fyw. Pawb yn hapus a neb mewn profedigaeth gan gynnwys Now ac ynta wedi cysgu trwy'r nos.

'Dyna ddangos,' medda fi, 'Mai dim ond rhywfaint o *lonydd* ma' pawb isio.'

Ond ddaru Now ddim byd 'mond chwerthin. A dyna ryfadd, ond ro'n i wedi anghofio fod gan Now ddannadd o gwbwl.

Taro dwy goban a *dressing gown* ar ben y cês.

Gwener, 22

Danfon Rhys i giât lôn am tro diwetha tymor yma ac yn hwyr eto. Gwylia Pasg yn dechra fory ac yn para am bythefnos. Ac wrth lwytho pawb i'r car a 'nhafod allan fedra i'm coelio 'mod i wedi bod yn gwneud hyn ers dwy flynadd ac yn dal yma. Cael pawb at eu bwyd, i mewn i'w dillad a chyrraedd giât lôn erbyn hannar awr wedi wyth bob dydd.

Ac ma' nhw'n deud fod 'na lot o bwysa ar beilot eroplên. Wel, be mae o'n cwyno. O leia ma' ganddo *fo* go-peilot a llond trwmbal o êr-hostesus i'w helpu fo!

Sadwrn, 23

Gwely cynnar hefo 'mhotal ddŵr poeth ar ôl shafio 'nghoesa. 'Mond gobeithio na fydda' i lawar dros fy amsar tro yma achos dwi'm yn meddwl y medra' i blygu i lawr i'w cyrraedd nhw eto. Syrthio i drwmgwsg hyd nes i Now godi ganol nos a hudo gwynt Siberia i'w ganlyn o dan y dŵfe.

Be s'arno fo'n piwsio'r defaid 'na bob munud, dwn i'm. 'Fasa'n well o'r hannar iddo fo adael llonydd iddyn nhw a chysgu trwy'r nos fel ddaru o echnos. Ond wrandawodd o ddim arnaf i. Ac wrth gwrs, pan ddaeth o'n ôl 'mhen awr a chwartar roedd o mewn cythral o stêm. Rhyw ddryswch mawr yn y sied. Pedair dafad yn hawlio chwech oen a'r cwbwl lot yr un mor ddryslyd â Now ynglŷn â pwy oedd pia pwy. Prun bynnag, ar ôl gwneud syms a stydio *body language* mi ffendiodd Now fod 'na un ddafad yn ddim byd ond stumia, ac nad oedd hi wedi dŵad ag oen o gwbwl. A'r diwadd fu i honno fynd yn ôl i'r *antenatal* a Now yn ôl i'w wely.

'Mond gobeithio byddan nhw'n fwy gofalus yn yr ysbyty . . . !

Sul, 24

Mam yn ffônio fel ro'n i'n mynd i isda i lawr i fyta 'nghinio. Ond fuodd hi ddim yn hir achos roedd hi i fod yn nhŷ Doris a John erbyn un. Athrawes goginio oedd Doris cyn iddi ymddeol ac ma' gan Mam drwyn go lew am *Egon Ronay*.

'Dim ond d'atgoffa di ei bod hi'n Sul y Mama Sul nesa ac atach chi y bydda' i'n dŵad bob Sul Mama 'te.'

'Ia iawn.'

Ond mi ddaeth 'na rwbath mawr drostaf i ar ôl cinio. Ac mi dynnais i gynnwys cypyrdda dillad y plant i gyd allan a'u rhoi nhw'n ôl yn daclus. Fydda' i byth yn gwneud petha fel hyn, fel arfar, a dyna pam y teimlais i rhyw ofn yr un pryd. Ma'n rhaid 'mod i'n gwneud fy nyth neu 'mod i'n gobeithio cael mynd i ffwrdd cyn Sul nesa i gael sbario gwneud cinio mawr trafferthus i Mam.

Rhoi dau lian a sebon a brashiars bwydo yn y cês heno. Chydig iawn welais i ar Now trwy'r dydd. Ond os daw 'na rhyw ysfa llnau heibio fory eto mi fydd gofyn i mi ddeud wrtho fo am beidio mynd yn bell iawn o olwg y tŷ 'ma . . .

Llun, 25

Now yn mynd â dafad at ffariar i gael siserian. 'Gostiodd y siserian £25. Ond fuo'n rhaid iddo fo dalu £40 arall hefyd am iddo fo gael ei ddal yn gyrru trwy Pentra Poeth ar y ffordd yno. Ond nid talu'r holl brês roddodd y sioc fwya i Now, fel basa rhywun yn ei feddwl, ond ffendio bod y fan yn gallu gwneud mwy na 50 milltir yr awr! Achos pan fydd o'n trio cael y blaen ar rhyw ddafad neu fustach ar y cae, wneith hi'm cyrraedd 20 milltir yr awr heb sôn am 50!

A jyst lwcus na chraffodd y plisman yn fanylach ar y fan dduda i neu mi fasa wedi bod yn ddigon am leisians Now. Does na'm *seatbelt* yn ochor y pasenjar ers blynyddoedd achos ma'r cŵn wedi'i gnoi o, a hannar y sêt. Does na'm pwt o handbrêc arni chwaith, ac ma' be fuodd yn handbrêc ar un cyfnod yn cael ei gadw ar y silff o dan y dashbord.

Meddwl mynd i weld y ddafad gafodd siserian. Ond ddaeth 'na rhyw deimlad fel cyllall i losgi croen 'y mol i a 'des i ddim yn diwadd.

Llnau fel ffŵl i dynnu'n meddwl odd' ar ddefaid ac ŵyn a babis . . .

Mawrth, 26

Wedi llnau gormod ddoe. 'Nghefn i'n brifo trwy'r dydd heddiw nes fod 'na boen yn saethu i lawr 'y nghoes i bob hyn a hyn. Ond dwi'n benderfynol o ddal ati i llnau gan obeithio y styrbia i dipyn ar betha. Wnes i hyd yn oed dynnu'r *carry-cot* allan a golchi'r dillad babi. Un fantais byw mor agos i'r môr. Does na byth brindar gwynt.

'Ti rioed yn dal yma?' Bet ofynnodd. Ond mi froliais inna gymaint yr o'n i'n llnau a pharatoi.

'Cym' lwyad go dda o Castor Oel a rho'r gorau i'r llnau gwirion 'ma neu mi fyddi di wedi cael *nervous exhaustion* cyn cael y babi. Coel gwrach ydi o i gyd. Mi wnes i am fis cyfan cyn cael Dylan 'cw ac ro'n i bythefnos yn hwyr yn diwadd. A chael fy nghychwyn nes i wedyn! Lle ma' dy ddail te di? Mi wna' i banad i chdi yli.'

Ond cyn i mi gael cyfla i fwynhau'r banad boeth mi waeddodd Sioned.

'Mam! Ma' Llyr wedi gwneud yn ei drowsus!'

Mercher, 27

Dydd Merchar, clinic. Ac fel ro'n i ar adael y tŷ pwy gamodd dros Mot ond Cen Cipar. Un sâl ydi o am gnocio. Ond wedyn, tasa fo'n swnllyd iawn fasa fo byth yn dal run ffesant na llwynog, debyg.

'Now wedi talu'r ffein, 'ta ydi o'n mynd i jêl?'

'Be ti'n feddwl *mynd* i jêl?' medda finna. 'Yn *jêl* mae o ers blynyddoedd!'

Ro'n i'n hwyr fel roedd hi.

'Mynd â dafad at ffariar oedd o?'

'Ia.'

'Siserian?'

'Ia.'

Dwn i'm pam oedd o'n traffarth gofyn ac ynta'n gwbod yn barod. Ma' Cen yn cael newyddion yn gynt na Fleet Street. A dyna pryd cofiais i am fy sampyl dŵr oedd mewn pot mêl ar ben dresal.

'Ofn llwgu'n clinic 'na?' busnesodd wedyn, wrth edrach arnaf i'n rhoi'r pot *Gales Honey* yn y mag.

Ond ro'n i'n rhy ddarbodus i wagio pot mwstard hannar llawn, a doedd 'na ddim byd arall amdani 'mond pot mêl neu jàr *Nescafé*. Handbag bach sgin i, felly'r pot mêl oedd yr unig ddewis.

'Ma' Now yn sied,' medda fi'n diwadd, cyn camu dros Mot a siglo fel chwadan at y car.

Ac ar ôl rhuthro a rhedag i'r clinic, chyrhaeddodd y doctor ddim am un awr arall. A fuos i'n isda yn yr un un gadar blastig oren nes cyrhaeddodd o. A phan alwodd y nyrs:

'Mrs Morus?'

Fedrwn i yn fy myw â chodi ohoni.

Roedd 'y mhreshiar i'n iawn. Ond wedyn alla fo ddim peidio bod a finna wedi isda a chael llonydd am bron i ddwy awr. Roedd 'na chydig bach o olion siwgwr yn fy nŵr i medda'r nyrs. Ond doedd hynny'n synnu dim arnaf i achos ches i ddim hwyl dda iawn ar olchi'r pot!

Iau, 28

Gorfod brawddegu'n ofalus trwy'r dydd. Now wedi cael ergyd arall. Wedi colli hesbin am iddi dorheulo ar wastad ei chefn ar ganol cae a methu troi'n ôl ar ei thraed.

Llyncu 'mhoeri wrth roi 'mrwsh dannadd yn y cês. Meddwl 'mod i wedi teimlo rhyw frathu yng ngwaelod 'y nghefn. Ond rhoi'r brwsh yn ôl yn y bathrŵm cyn mynd i 'ngwely. Dim byd yn bod, 'mond wedi tynnu rwbath yn 'y nghefn wrth lusgo Mot odd' ar garrag y drws i'w gwt, mwya'r tebyg. 'Dwn i'm os mentra' i ei lusgo fo nos fory . . .

Dim hanas o Now. Byth wedi dŵad i'r tŷ . . .

Gwener, 29

Dwi wedi ymlâdd. Fedra i'm cysgu, fedra i'm byta, fedra i'm cerddad heb hencian, ma' 'nghefn i'n brifo, ma' 'mol i'n tynnu a 'nhraed i'n dechra chwyddo. A bob tro dwi'n isda i lawr ma' 'nghoes chwith i'n dechra cysgu.

Ma'n hen bryd i ddynion gael babis tasa ond iddyn nhw ddysgu cydymdeimlo dipyn.

Gwely cynnar i mi heno. Now yn dal i lusgo rwla rhwng y sied a'r tŷ.

Methu credu y bydda' i fel Moel Hebog am lawar iawn eto . . .

Sadwrn, 30

Troi clocia awr ymlaen heno. Edrach ymlaen at yr haf fel bydd Bet yn 'i ddeud. Wel, fedar o ddim bod llawar gwaeth na'r gwanwyn does bosib . . . !

Gwely cynnar. A dwi'n bendant ddim yn mynd i lusgo Mot nos fory. Ma' hi'n cymryd pum munud go dda i mi fedru sythu 'nghefn yn ôl i fyny ar ôl y plygu a'r halio.

Mi landiodd Now yn glewt ar y gwely ac mi chwyrnodd ar ei union a soniais inna ddim byd am droi'r awr. Mi fasa deud rwbath felly'n gallu bod yn ddigon amdano fo radag yma o'r flwyddyn. Er, wneith awr yn llai yn y gwely ddim gwahaniaeth i mi. Fedra i'm cysgu prun bynnag.

Sul, 31

Newydd isda i lawr hefo 'mhanad yr o'n i, a newydd ddeud wrtha'n hun y basa ŵy wedi'i ferwi yn ddigon da i ginio i bawb eto heddiw pan wasgodd Rhys ei drwyn yn fflat fel bocsar ar y ffenast a gofyn:

'Pryd 'dan ni'n mynd i nôl Nain?'

'Nain?'

Ond do'n i'n cofio dim am Sul y Mama na'r trefniada. Finna wedi breuddwydio am ddwrnod llonydd, tawal, digyffro . . . Roedd hi'n chwartar wedi un ar ddeg a ninna'n fod yn Pentra erbyn un ar ddeg!

Llwytho pawb i'r car. Tshy,tshy,tshy,tshy . . . Ond mi wrthododd danio. Llwytho pawb i'r *Daihatsu* ac i ffwrdd â ni a phawb yn sglefrio ynghanol gwellt budur, surni defaid a llinynna bêl yn y cefn. Ac mi glywodd Mam y sŵn ymhell cyn i'r Racsan felyn rydlyd, dau ddrws, dwy droedfadd odd' ar y llawr, hefo olwynion a thwrw fel tractor stopio'n stond o'i blaen.

'Lle ma'r car?!' saethodd y gatran gynta.

'Adra. Batri'n fflat, ma' siŵr. Plant wedi chwara hefo'r goleuada,' medda finna'n ddi-hid.

A thawelodd, er bod ei gwefusa'n dal i symud wrth iddi aflio i mewn i'r fan a oedd yn rhy uchal odd' ar y llawr, a thrawodd ei het yn gam yn y to cyn isda.

'A lle ma' Owen? *Fo* o'n i'n ei ddisgwl.'

'Hefo'r defaid a'r ŵyn.'

'Defaid ac ŵyn? 'Di o'm *dal* hefo rheiny! Faint sydd ganddo fo nenor tad?!'

'Gormod pan ma' hi'n amsar ŵyna a dim digon pan ma' hi'n amsar gwerthu!'

'Wel, mi fasa wedi gallu mentro dŵad i fy nôl i. Ti'm ffit i ddreifio'n dy gyflwr di. A 'sna'm disgwl i ddynas wbod sut ma' dreifio peth fel hyn, nagoes debyg!'

'Be 'dach chi'n feddwl?!'

'Wyt ti'n *dallt* y lorri 'ma? Gwneud rhyw dwrw rhyfedda tydi. Fel gwn yn saethu.'

'O, bacffeirio neu rwbath ma' hi, ma' siŵr . . . '

A gollyngodd glec annaearol arall yn union fel roeddan ni ar gyrraedd yr iard.

'Fedrwch chi ddŵad allan?'

'Sut ma' disgwl i neb ddŵad allan o fa'ma heb dorri'i goes. Pam na fasat ti wedi dŵad â'r car?'

Dechreuodd fwydro eto wrth drio penderfynu pa goes i'w

mentro ar y ddaear gynta, gan ofni, ar yr un pryd, nad oedd y run o'r ddwy'n ddigon hir i gyrraedd.

'Gwatshiwch y ci!' medda fi, wrth iddi basio'r ffenast; ac ar ôl codi ei choesa dros Mot fe blanodd ei hun yng nghadair Now a dechra ar ei grwndi arferol.

'Wedi bod yn cael rhyw wayw'n 'y nghoesa eto cofia. Methu symud,' a geiria'r sgript yn cael eu hatgyfnerthu wrth iddi fwytho'i choesa yn ara deg.

Ond cyn iddi ddeud 'Mi fasa panad yn dda,' ro'n i wedi gwneud un iddi. Ac ar ôl cinio fe gysgodd Now a Mam yn gadair, (dwy gadair wahanol) ac mi es inna i olchi dillad.

Mi benderfynodd Mam aros nos. Roedd un trip garw yn y Racsan yn ddigon am un dwrnod.

Anghofiais inna atgoffa Now am fatri fflat y car. Ond ma' gen i go' ohono fo'n crafangio i'w wely ac yn deud.

'Dim nos codi heno. Dolur oen neb.'

Wedyn mi waeddodd 'Dal hi Mot!' rhyw dro gefn nos ond ma'n rhaid iddo setlo i gysgu ar ôl hynny achos dyna pryd y deffrais i a theimlo poena yn caledu 'mol i!

Mis Ebrill

Llun, 1

Mi ddisgwyliais i tan hannar awr wedi dau cyn deffro Now.

'Now, cod!'

'Nag'dw. Dim heno . . . '

'Now brysia! Well i ni fynd . . . '

'Nag'dw heno. Bora fory.'

'O! Aw!'

'Blincing hec! Lle ma'n sana fi?'

'Am dy draed ti ma' siŵr . . . '

'Y cês 'ta! Lle ma'r cês?'

'Tu ôl i drws.' Ac roedd 'y mol i'n gwasgu'n rheolaidd a chalad fel lwmp o goncrit.

'Brysia!' Ac roedd Now wedi taflud y cês i'r bwt ac yn pwmpio'r sbardun yn wyllt pan gyrhaeddais i'r car.

A dyna pryd y cofiais i: 'Ma'r batri'n fflat!' medda fi.

'Y batri'n be? Blincing hec! Y batri'n fflat! Ond pam fasa chdi wedi deud fod y batri'n fflat. Wel, 'sna'm byd amdani felly nagoes . . . '

'Be ti'n feddwl . . . ?' medda finna.

Ond roedd o wedi neidio i mewn i'r Racsan cyn i mi gael amsar i gwyno.

'Fedra i'm isda. *Fedra i'm isda,*' medda fi.

'Y? Wel mi fydd yn rhaid i chdi fynd i'r cefn 'ta bydd!'

'Cefn?! Ond ma' hi'n fudur a . . . be am 'y nillad i . . . ?'

Ond cyn i mi gael amsar i gwyno roedd Now wedi agor rhes o fagia blawd i guddio'r budreddi.

'Be ti'n wneud? Paid â mynd ar dy bedwar! Be ti'n feddwl wyt ti, dafad?!'

'O! Aw! Brysia!'

A chyn iddo fo gau drysa'r Racsan arnaf i roedd Now wedi cyrraedd giât y lôn, lle'r oedodd am eiliad.

'Dde! Dde! Dde!' Medda fi wrtho fo, jyst rhag ofn iddo fo fynd â fi at y ffariar. 'O! Aw!'

A thaith digon arw ges i, a Now yn gyrru'n orffwyll a phob troad yn tynnu a finna'n chwysu. Ac ro'n i'n meddwl mai yn fy isymwybod y clywais i o gynta. Ond seiran car plisman oedd o, a hwnnw'n agosáu . . .

'Uffarn dân. Be nesa?'

A stopiodd Now yn stond, a chlecian yr indicetor yn colbio fel gordd yn 'y mhen i!

'O naci, dim y *chi* eto. Dwi newydd ych ffeinio chi am yrru yn y fan felyn yma wsnos diwetha, os ydw i'n cofio'n iawn. A be ydi'r esgus tro yma? Dafad at ffariar eto mae'n siŵr ia. Hm?' gofynnodd y plisman yn bwysig.

'Naci, y wraig.'

'Ho ho, ia ia, reit dda rŵan. Ho ho. Doniol iawn. Meddwl 'mod i ddim yn cofio ia?'

'Y?!'

'Ebrill y cynta tydi. Meddwl gwneud ffŵl ohonaf i ia?'

A dyna pryd clywais i sŵn traed pwyllog, pwysig yn cerddad rownd at y ddwy ffenast ôl, yn stopio'n stond ac yn deud.

'*Po . . . po . . . po . . . police escort. Follow me.* Rŵan!'

* * *

'Dyna chi, Branwen. Gwthiwch a gwthiwch fel tasa chi rioed wedi gwthio o'r blaen . . . !'

'O llongyfarchiada. 'Dach chi wedi cael hogyn bach, Mr Morus! Mr Morus?'

Ac mi drodd y nyrs ata' i a deud: 'O bechod, ma'r cwbwl wedi bod yn ormod i'r gŵr dwi'n meddwl. Creadur! Ddim wedi arfar hefo genedigaetha ma' siŵr nag'di.'

'Nag'di,' medda finna a phump cant o ddefaid yn brefu yn 'y mhen i.

'Tro cynta iddo fo ddŵad hefo chi ia?'

'Ia,' medda finna'n gelwydd i gyd, eto, gan edrach ar Now yn gorfadd ar ei hyd yn y gadair siglo ledar a'i draed ar y siwt-ces. Dim wedi llewygu oedd o wrth gwrs, dim ond cysgu. Ac mi gysgith Now yn *rwla* radag yma o'r flwyddyn.

'Gymerwch chi banad 'mach i?' gofynnodd rhyw lais angylaidd mewn dillad gwyrdd, toc.

'O ia, plis,' medda finna.

Mi ddudis i y basa hyn fel gwylia 'n do. Wel, yr agosa ga' i at wylia am hir iawn, beth bynnag.

Mawrth, 2

Dwi'n y nefoedd. Ma'n rhaid 'y mod i achos dwi newydd glywad rhywun yn gweiddi: 'Brecwast yn barod!' ac nid y fi waeddodd.

Mi godais i ar fy isda, a thynnu'n llaw trwy 'ngwallt, i wneud yn siŵr 'mod i'n dal yn fyw. A phan glywais i ogla rybr ar 'y ngwynab a 'nwylo, dyna pryd sylweddolais i lle ro'n i.' Godais i'n llaw a theimlo 'nhrwyn jyst rhag ofn fod masg y gasinêr yn dal yno.

Ond doedd o ddim. A doedd 'y mol i ddim chwaith, achos roedd rhywun wedi agor drws y popdy ar y swfflé Moel Hebog nes roedd o wedi crebachu a llithro i un ochor. Ac yn rhyfadd iawn, er nad ydi'r bychan sydd wrth fy ymyl i ddim wedi gweld ei dad eto, mae o wedi dechra gweiddi a swnian am ei fwyd yn union yr un fath ag o.

Mercher, 3

Ma' hyn fel bod mewn gwesty! Dim gwaith llnau na golchi na gwneud bwyd. Dim ond codi'n syth o 'ngwely at y bwrdd i fyta. Dim angan meddwl am fwydo'r cŵn, y cathod na'r ieir. Dim ŵyn llywath yn brefu a dim plant yn swnian a dim dynion llwglyd yn disgwl bwyd ar amsar. Dim angan codi lludw na thorri pricia tân na chario glo i'r tŷ; dim ond gorfadd yn fa'ma fel dafad mewn sied.

Now yn dŵad draw i 'ngweld i eto heno ond prin dwi'n ei nabod o. Mae o'n edrach fel dyn hollol ddiarth ar ôl molchi a newid ac ma' hi'n anodd gwbod yn iawn be i ddeud wrtho fo. Ond dydi Now ddim yn teimlo'n chwithig o gwbwl ac o'r funud y daw o i mewn trwy'r drws mae o'n dechra mwydro am yr helbul gafodd o i dynnu rhyw oen cyn cychwyn.

Iau, 4

Ma 'na haid o feddygon ifanc newydd ddŵad i hofran uwchben 'y ngwely fi ac ma' nhw'n rhythu arnaf i fel taswn i'r ddynas gynta

rioed i gael babi. Ma' 'nghalon i newydd stwffio i fyny trwy
'ngwddw fi ac i mewn i 'mhen i lle ma' hi'n pwmpio'n afreolus. A
dwi'n teimlo'r feibreshiyns yn dechra ysgwyd y gwely odanaf i.
Tydyn nhw, y deuddag ohonyn nhw, rioed yn mynd i gymryd
golwg ar 'y mhwytha fi?

Whiw! A dyna be ydi gollyngdod. Maen nhw newydd godi
hediad eto ac wedi mynd i hofran uwchben gwely rhywun arall.
'Dw inna'n dechra ama mai rhyw westy digon rhyfadd ydi hwn
wedi'r cwbwl. Gewch chi bob dim ond preifasi; a dwi'n dechra
hiraethu am y drws a'r clo a'r cyrtans sydd adra, hyd yn oed os oes
'na dwll yn y cyrtans.

Gwener, 5

'Dach chi'n siŵr ych bod chi am fynd 'mach i? Ma' croeso i chi aros
noson arall cofiwch.'

'Na, well i mi fynd, diolch yn fawr i chi run fath,' medda finna.

'Ond dyna fo, fedrwch chi ddim cwyno a chitha wedi cael y
gwylia tramor ecsotic 'na, yn na fedrwch?' medda'r nyrs.

'Gwylia?'

'O, mi faswn i wrth 'y modd yn cael mynd i Lansaroti. Pryd
fuoch chi? O, be s'arna' i, 'dach chi ddim yn cofio, ma' siŵr,
nag'dach? Ond munud rois i'r *Pethadine* 'na i chi, wnaethoch chi
ddim byd ond sôn am Lansaroti. O braf! A wyddoch chi be, o'n i'n
meddwl 'mod i yno hefo chi cofiwch. Ac ma'r gŵr a finna wedi bod
yn meddwl prynu *Time Share* ein hunan ers blynyddoedd. Ond
dyna fo, mi fasa gen inna fwy o siawns taswn i wedi priodi ffarmwr
yn basa! Hwyl i chi 'mach i, a chymerwch ofal.'

Ac wrth isda'n y car hefo Now ro'n i wedi anghofio'n llwyr am fy
mheils a 'mhwytha ac yn teimlo'n union fel taswn i'n cychwyn ar 'y
ngwylia. Now wedi molchi a newid yn daclus a dim sŵn plant yn
nunlla ac mi barodd y tangnefedd a'r freuddwyd am tua tri
chwartar awr nes y dechreuodd y bychan ar y sêt ôl grewian.

Ac yna, roeddan ni'n ôl adra a Now wedi neidio'n ôl i'w ddillad
chwara-adra (fydd o'n gwylltio pan fydda i'n galw'i ddillad gwaith
o yn ddillad chwara-adra!). Mi godais inna 'nghoesa dros Mot cyn
isda'n gadair yn cynnal a bwydo'r bychan hefo un fraich a chadw'r

mwncwns, oedd yn hongian o 'nghwmpas i draw hefo'r llall; a dwi'n teimlo 'mod i heb eu gweld nhw ers misoedd a'u bod nhw wedi tyfu droedfeddi.

Ond os ydi'r plant wedi ffynnu ma' Mam wedi nychu, ac yn edrach fel tasa hi wedi colli dwy neu dair modfadd o'i thaldra ac wedi mynd i'w gilydd i gyd fel consartina. Ma' hi'n isda'n fud a llonydd yng nghadair Now, ei llgada hi'n edrach yn bell i ffwrdd, ei gwallt hi'n flêr a does ganddi hi ddim lipstic.

Ond ma' hi'n braf cael bod adra. Now yn gweiddi 'Cer draw! Cer draw!' ar y cŵn yn ei gwsg. Ddaru o styrbio dim arnaf i wrth gwrs, ond mi ddeffrodd y bychan nes roedd o'n gweiddi dros y lle.

Sadwrn, 6

Byth wedi meddwl am enw i'r bychan, ond mae'n amlwg nad ydi hynny'n broblam gan y plant!

'Mam? Lle ma' E.T.?'

'Shhhht! Paid â gweiddi! Mae o'n cysgu . . . ! A dim *E.T.* ydi'i enw fo!'

Mam yn dal i edrach yn llwyd a llipa a bagia mawr o dan ei llgada hi ond mi gafodd ddigon o nerth i siarad, heddiw, a gofyn:

'Pryd ydach chi'n mynd i'w fedyddio fo?'

'Ar ôl i ni gael enw iddo fo!' medda finna'n swta. Fel tasa'i eni fo ddim wedi bod yn ddigon o straen!

Ond ma' hi'n braf cael bod adra a neb hefo rhyw obsesiwn am gael gweld 'y ngwaelodion i cyn brecwast. Ond fel ro'n i newydd orffan bwydo E.T., newid ei glwt o a'i roi o'n ôl i gysgu yn y cot ac yn edrach ymlaen at gael plannu 'nghyllall a fforc i blatiad o ginio, pwy gyrhaeddodd ond Heulwen y nyrs.

'Wel, llongyfarchiada! A sut ydach chi'ch dau? Pwysa da arno fo'n doedd!'

Ac wedyn mi ofynnodd sut oedd 'y mhwytha fi a deud: 'Well i mi gael rhyw olwg bach sydyn, jyst i wneud yn siŵr bod bob dim yn iawn.'

Ac fel tasa colli 'nghinio a chael·ymosodiad annisgwyl fel hyn ddim yn ddigon o styrbans i mi am y dwrnod, mi ddudodd

Heulwen, hefo gwên fawr ar ei gwynab, y bydd hi'n galw rhyw ben bob dwrnod o hyn tan ddydd Merchar.

Sul, 7

Agor y drws-allan a chymryd cam i'r awyr iach. Ond ches i ddim cyfla i 'nadlu ac mi fuo bron iawn i mi faglu ar draws Mot wrth sgrialu yn ôl i ddiogelwch y tŷ a chau'r drws yn glep ar y sŵ oedd yn rhuthro amdanaf i. A tydi o'n rhyfadd mor fyr ydi co' rhywun . . . '

'Pwy sy' wedi bod yn bwydo'r cŵn a'r cathod a'r ieir a'r oen llywath a'r gwningan tra buos i o'ma 'ta?' medda fi wrth Mam.

'Bwydwch chi bob dim sydd ar *ddwy* goes ac mi ofala' inna am bob dim sydd ar *bedair*.' Dyna oedd yr ordors ges i ganddo *fo*, beth bynnag,' medda Mam.

'Now?!'

'Duw duw sgin i'm amsar i ffidlan hefo rhyw bets!' medda fynta.

Ac ar ôl bwydo a thawelu'r sŵ tu allan a rhuthro i fwydo a molchi a newid E.T. (Rhaid i mi beidio'i alw fo'n hynna!) a gwneud bob man yn weddol barchus cyn i Heulwen gyrraedd, chyrhaeddodd hi ddim tan hannar dydd yn diwadd, yn union fel ddoe ac yn union fel ro'n i'n mynd i isda i lawr i fyta 'nghinio. Ac oedd, mi roedd hi isio golwg ar y 'mhwytha fi eto. Ond yn waeth na hynny mi fynnodd ddeffro E.T. o drwmgwsg, i dynnu ei waed o. Ac i wneud yn siŵr na fasa fo ddim yn setlo nes basa 'nghinio fi wedi sychu'n grimp yng ngwaelod y popdy mi wnaeth ati i'w bigo fo 'geinia o weithia yn ei sowdwl hefo rhyw nodwydd dew fel trosol nes y gwichiodd ac y gwaeddodd o fel mochyn!

Llun, 8

Dwi'n poeni am Mam. Ma' hi'n edrach fel trychiolaeth ac yn llusgo fel cysgod ar hyd y parwydydd o un stafall i'r llall drwy'r tŷ, ac ma' hi'n mynd i'w gwely yr un pryd â'r plant bob nos. Mi ofynnais i i Heulwen gymryd golwg arni, ac mi ddaru, ac mi ddudodd y basa potelaid o donic yn gwneud y tric.

'Tonic wir!' medda Mam ar ôl iddi fynd. 'Pwy ma' hi'n feddwl ydi hi? Doctor? Tonic wir! Tasa hi wedi f'archwilio fi'n iawn mi fasa hi'n gwbod fod yna rwbath mawr yn bod arnaf i.'

'Dw inna ar biga'r drain trwy'r dydd, nes bydd Heulwen wedi galw, ac ma' hi'n deud wrthaf i am ymlacio ac yn methu'n glir â dallt pam fod 'y mhreshiar i'n dal mor uchal. Ond sut medra' i ymlacio a hitha'n mynnu rhoi 'i thrwyn yn 'y mhreifets i bob dwrnod, a Piff a Cen Cipar a'r dyn bara wedyn hefo'u trwyna'n drws neu ar ffenast bob munud yn trio cael golwg ar 'y mrestia fi?

Mawrth, 9

Now yn danfon Mam adra heddiw, ar ei hyd ar sêt ôl y car. Ac mi fuo'n rhaid iddo fo ei chario hi i'r tŷ a'i dadlwytho hi wrth y drws cefn, rhag ofn i rywun ei gweld hi. Roedd hi fel dafad wedi nogio, medda Now.

'Mrs Huws yn iawn ydi?' gofynnodd y ddynas drws nesa ar garrag ei drws a golwg bryderus ar ei gwynab.

'O ydi tad, Musus Parri. Ond os gwelwch chi hi'n disgyn ar ei hochor ac yn dechra cicio, ffôniwch ac mi ddo' i draw hefo poteliad o galsiym!' medda Now a gadael Mrs Parri drws nesa mewn mwy o benbleth fyth.

Ffôniodd Mam gyda'r nos yn pitïo'i bod hi wedi gorfod 'y ngadael i mor fuan ond doedd ganddi ddim dewis, medda hi, rhwng y meigren a'r ecsôstion a phopeth, ac roedd hi'n mynd i siwio Now, a chwilio am *nanny* i mi. Ac mi atgoffodd fi i ffeindio enw i'r hogyn bach cyn iddo fo ddechra atab i'r hen lythrenna gwirion 'na ma'r plant yn ei alw fo.

'Rhaid i mi gael ci o rwla. Dydi'r llarbad Bow Wow 'na'n da i ddim byd ac ma'r ast 'na'n cwna eto!' medda Now, gyda'r nos.

Ac mi fuodd Now a Piff wrthi am ddarn o ddwrnod yn trio symud rhyw ddefaid ac ŵyn bach o un cae i'r llall a rheiny'n chwalu fel arian byw i bob cyfeiriad ond trwy'r adwy agorad o'u blaena. A bob tro roedd 'na gar yn pasio ar y lôn roedd Bow Wow yn anghofio am y defaid a'r ŵyn ac yn rhedag ar ôl yr olwynion.

'Rhaid i ni gael enw i'r hogyn bach 'ma rŵan,' medda fi ar draws mwydro diddiwadd Now.

'Mot,' medda fynta. 'Mot oedd y ci gora' fuo gen i rioed. Slas o gi pan oedd o'n ei breim. Gora'n yr ardal 'ma.'

'Be am Robin neu Iolo 'ta . . . ?' medda finna, wedyn.

'Pero. Hwnnw'n un da hefyd. Digon o blwc ynddo fo i rwbath. Ew, anghofia' i byth mohono fo'n cael cic gan rhyw hen fustach nes roedd o'n lledan am ddarn o ddwrnod.'

'Now! Gwranda! Rhaid i ni gael enw i'r hogyn bach 'ma *rŵan* neu mi fydd hi'n rhy hwyr ac *E.T.* fydd o am byth! Ti'n dallt?'

'E.T. Morus . . . ? Ia mi 'neith tro'n iawn. Wn i, mi ffônia' i Dei Dros Rafon, ella bydd ganddo fo hanas ci . . . '

'Ac mi es inna i 'ngwely hefo *Enwau Cymraeg i Blant*, E.T. a chur mawr yn fy mhen.

Mercher, 10

Now yn damio Bow Wow eto heddiw ac roedd Piff o dan y lach hefyd am nad oedd hwnnw fawr gwell. Un ddim yn gwrando a'r llall ddim yn clywad! A Now ei hun ddaliodd yr hesbin yn diwadd, medda fo, tra oedd Bow Wow yn dal i redag ar ôl rhyw wylan fôr nes 'raeth o ar ei ben i clawdd. Ac erbyn i Piff gyrraedd, yn tuchan ac yn gwasgu ei ochor wedi colli'i wynt, roedd Now wedi tynnu'r oen. Ac yna mi ddaeth Bow Wow yn hamddenol o rwla, cyn gollwng y brigyn oedd yn ei geg wrth draed ei fistar blin.

Ymweliad diwetha Heulwen heddiw ac ro'n i'n meddwl 'mod i wedi cael y blaen arni pan rois i 'nghinio yn y popdy isa tra oedd pawb arall yn byta. Ond yn wahanol i'r arfar chyrhaeddodd hi ddim tan *ar ôl* i bawb orffan ei ginio ac roedd hi'n nes at un o'r gloch na hannar dydd erbyn hynny.

'Hwyl Heulwen!'

A dyna ddiwadd ar bawb mewn iwnifform ac ogla Detol am byth. A dwi'n edrach ymlaen at fory tasa ond i mi gael isda wrth y bwrdd a mwynhau 'nghinio hefo pawb arall.

Iau, 11

Taflud bwyd i dawelu'r sŵ tu allan, a rhoi potal i'r oen llywath. Newydd orffan bwydo E.T., newid ei glwt a'i roi o yn ei wely ac o'r diwadd, dyma fi, dwi am gael y cyfla i fwynhau 'mwyd. A newydd lwytho 'mhlât o'n i, ar ôl torri cig a sdwnshio tatws y plant, pan ddudodd Now:

'Ma 'na rywun yn drws.'

'Nagoes! Oes?' medda finna yn gwrthod credu bod 'na rywun yn rwla oedd am darfu ar fy nghinio fi eto heddiw.

'Oes, ma 'na rywun yn gweiddi!' medda Now wedyn, a llond ei geg o datws poeth.

A phan agorais i'r drws:

'Helo? Canol Cae ife?'

'Ia . . . '

'O ma'n dda 'da fi gwrdd â chi. Y fi yw Mrs Watkins eich ymwelydd iechyd newi chi.

'O dowch i mewn. Gwatshiwch y ci!' medda finna gan obeithio y basa hi'n baglu.

'Wps a daisi!' medda hitha a chamu'n ofalus dros y ci anghynnas yr olwg.

'Nawr 'te ble ma' fe? Os ots 'da chi i fi gael pip fach arno fe?'

'Nagoes siŵr . . . Dowch i fyny'r grisia.' 'Sgwydwch o! Deffrwch o! Tolltwch ddŵr oer i mewn i'w glustia fo. Daliwch o ar ei ben i lawr! Rwbath liciwch chi, achos dim ond isio dipyn bach o lonydd ydan ni, y ddau ohonan ni, diolch yn fawr! A dwi jyst â marw isio byta 'nghinio, tasa chi ond yn gwbod, ac os na wna i fyta 'nghinio fydd gen i ddim llaeth a wneith E.T. ddim magu a cha inna ddim cysgu!'

'O na fe, na fe. Paid llefen. Paid llefen. O diar, diar amser bwyd i ti nawr odi 'ddi bach?'

Ac mi dynnodd pob cerpyn amdano fo, ei daflud o i glorian wen oer, taro'i bwysa fo i lawr ar bapur a botymu ei chôt yn barod i ymosod ar aelwyd dangnefeddus rhywun arall.

Roedd E.T. yn dal mewn hunlla pan achubais i o o'r glorian a fodlonodd o ddim nes cafodd o ddechra sugno o'r dechra unwaith eto. A phan gyrhaeddais i'r gegin roedd 'y mwyd i'n dal yn ei unfan ar y bwrdd, yn oer, y plant yn sefyll ar y fainc yn addurno'r ffenast hefo'u dwylo seimllyd a'r dynion wedi llyfu eu dysgla pwdin ac wedi mynd.

Ond yn waeth na hyn i gyd mi ddudodd Mrs Watkins y basa hi'n

'Pipan i mewn 'to,' i daro E.T. yn y glorian. A dwi'n dal i grynu yn fy sgidia ac yn teimlo fel mochyn bach yn disgwl i'r blaidd guro ar ei ddrws . . .

Gwener, 12

Bet a Dei yn dŵad draw i weld y bychan fel ro'n i wrthi'n bwydo gyda'r nos. Hefo potal fagodd Bet ei phlant hi i gyd. Dyna pam y bydda i'n teimlo'n reit anghyfforddus yn bwydo o flaen Dei. Er, dwn i'm pam y dylswn i chwaith achos dydi o wedi gwneud dim byd 'mond godro pyrsa cant o warthaig ddwywaith y dydd ers deng mlynadd ar hugain, ac mi ofynnodd i Now:

'Branwen a'r hen hogyn bach yn dŵad yn eu blaena'n iawn ydyn?'

'Ydan, diolch,' medda finna. Wel, fedrwn i'm peidio atab a finna'n isda union gyferbyn ag o.

Ond cochi ddaru Dei a gofyn i Now os oedd o wedi cael gafael ar gi bellach. Edrach i'r to ddaru Bet ac ysgwyd ei phen mewn anobaith a rhoi clec ar ei thafod yr un pryd. 'Ddaeth Bet â chacan hefo hi ac mi wnaeth banad i bawb. Ond ddaru Now a Dei ddim byd trwy'r nos 'mond trafod acha pob ci o Gelert i Bow Wow.

'Dach chi wedi cael enw iddo fo?' holodd Bet toc.

'Naddo, ond tasa fo'n gi mi fasa Now wedi cael un iddo fo ers tro byd,' medda finna.

Sadwrn, 13

Codi dair gwaith yn y nos i fwydo E.T. ac o gofio fod y cyfan yn cymryd awr bob tro, rhwng codi ei wynt o a newid ei glwt o, mi faswn i'n gallu cysgu ar fy nhrwyn. Ond does 'na'm peryg y ca' i achos mae o newydd ddechra crewian a chnoi ei ddyrna eto, gwta ddwy awr ar ôl iddo fo orffan sugno, a dwi'n teimlo fel tŷ potas prysur, ac ma'n amlwg na chlywodd E.T. rioed am stop tap.

A bob tro dwi'n agor drws y garej ma'r cathod a'r ieir yn clwcian a hedfan a baglu a mewian o dan 'y nhraed i. A bob tro dwi'n agor drws y tŷ ma'r cŵn a'r oen llywath yn ysgwyd eu cynffonna ac yn rhedag amdanaf i, yn llyfu eu gwefla a brefu a gwthio ar draws ei gilydd, ac mi fedra' i glywad dannadd y gwningan yn cnoi weiran ei chwt a sgrialu'r gwellt o dan ei thraed, ac mi glywa' i sŵn sgidia hoelion Now a Piff yn dŵad i'r tŷ i nôl eu cinio. Bob man dwi'n troi, bob drws dwi'n ei agor ma' pawb a bob dim yn disgwl i mi lenwi eu bolia nhw.

Sul, 14

Mi ddudis i wrth Bet y basa'n well taswn i ddim wedi mynd ar gyfyl y 'sbyty 'na o gwbwl ac wedi geni E.T. adra yn 'y ngwely neu yn y sied ddefaid rhwng te a swpar, achos mi faswn i wedi dŵad yn ôl i drefn yn gynt o'r hannar wedyn. Dwi'm yn meddwl fod clocia 'Sbyty Dewi Sant yn sgubo ar yr un cyflymdar â rhai Canol Cae 'ma achos roedd gen i ddigon o amsar i gael bath bob bora pan o'n i'n Dewi Sant. Ond fedra i'm cael amsar i dynnu cadach gwlanan dros 'y ngwynab, o un pen dwrnod i'r llall, yn fa'ma.

A bob tro dwi'n codi 'mhen ma' 'na rwbath angan ei wneud. A fedra i'm cofio sut ma'r sinc 'na'n edrach pan fydd o'n wag. Fedra i'm hyd yn oed gofio os mai *single* 'ta *double drainer* ydi o . . . Ac os nad ydi'r sinc o'r golwg dan lestri budron, yna ma'r bwrdd! A bob tro dwi'n sefyll yn fy unfan yn hwy na deg eiliad dwi'n dechra teimlo bod 'y nhu mewn i'n mynd i ddisgyn allan yn un tocyn ar lawr rhwng 'y nhraed i!

'Isio i chdi gael rhywun i dy helpu di sydd siŵr,' medda Bet.

Llun, 15

Gweld lliw coch a gwyn y bỳs ysgol yn pasio'r giât lôn eto heddiw fel roeddan ni'n dŵad rownd y troad diwetha. Ond mi lwyddon ni i'w ddal o hannar ffordd i'r ysgol. Ac fel ro'n i newydd gyrraedd yn f'ôl i'r tŷ, dadlwytho pawb, estyn E.T. o'i got a'i roi i sugno, pwy gurodd ar y drws ond Mrs Watkins:

'A shwt ych chi i gyd erbyn hyn 'te? A shwt ma . . . ? 'Chi wedi cael enw iddo fe 'to?'

'Do, E.T.' sythodd Sioned.

'Euros!' medda finna ar ei thraws hi. 'Euros Tudur,' a theimlo'n reit falch ohona'n hun.

'O 'na enw bach pert ondife. A shwt ma' Euros yn dod yn 'i fla'n 'te?'

'Dal i fwydo braidd yn amal mae o,' medda finna'n reit llipa.

'Gewn ni weld nawr. Mmmmm . . . Ma' fe wedi codi, ond dim cweit cyment ag y dylie fe falle . . . Chi'n twmlo bod 'da chi ddigon o laeth?'

'Wel . . . '

'Digon o orffwys. Tra'd lan. Chi'n cael digon o gyfle i godi'ch tra'd lan odi chi?'

'Wel . . . '

'A chymryd pethe'n fwy hamddenol. A gadel i bawb arall redeg oboiti. A fydde glasied fach o *Guinness* nawr ac yn y man ddim yn ffôl. Weda' i wrtho chi beth wnaf i. Fe bipa i i'ch gweld chi 'to cyn diwedd yr wthnos. Jyst i jecan ei bwysa fe.'

Mawrth, 16

Ac mi gymerais i gyngor Mrs Watkins a chodi 'nhraed i fyny, ar ôl gwneud swpar a rhoi'r plant yn eu gwlâu. Ac roedd o'n deimlad braf cael rhoi 'nhraed ar y pwffi a chael digon o amsar i sgwrsio a swsian a chodi gwynt E.T.

Allan yn 'redig fuodd Now nes y dechreuodd hi d'wyllu ac y dechreuodd ei fol o wneud twrw fel tractor. Ac wedyn mi ddaeth i'r tŷ yn fudur a gwyllt yn bytheirio'r cŵn am na ddaeth na run i'w helpu fo i nôl rhyw ddafad fawr drom, yr Hen Gasgan, o ben pella rhyw gae. Ac mi aeth ar y ffôn yn syth hefo Dei Dros Rafon i ferwi am gŵn defaid, eto fyth.

A dyna pryd y deffrais i o 'mharadwys ffŵl ac y cofiais i nad o'n i wedi rhoi bwyd i'r cŵn na'r cathod na'r gwningan na'r ieir, ers ben bora, a bod Mot yn dal ar garrag y drws. A phan es i i'r gegin i chwilio am sbarion mi sylweddolais i nad o'n i wedi golchi'r llestri swpar nac wedi rhoi dillad y plant yn yr injan. Ac roedd angan sgubo a golchi'r llawr, hwfrio'r mat a chadw teganna pawb, heb sôn am wneud swpar i Now.

Ond dyna fo, dyna sydd i'w gael am ffrîwilio'n rhy hir, ma' rhywun yn anghofio gwaith mor galad ydi pedlo!

Mercher, 17

Bwydo E.T. trwy'r nos a bwydo Boliog ben bora. Baglu ar draws y cathod wrth fynd i roi bwyd i'r ieir, y cŵn yn neidio ar 'y mhen i, a'r plant a Now yn gweiddi am frecwast wrth i mi newid clwt E.T. Dwi'n teimlo fel llyncu llond 'y mol o *Guinness* a chnoi'r tun, a dwi'n pitïo na fasa babis yn cael eu geni hefo llond ceg o ddannadd a chrystyn yn eu llaw!

A fasa gofyn i Now a Piff wneud cinio iddyn nhw'u hunain ddim yn rwbath rhy afresymol i wneud chwaith, dwi'n siŵr, achos sgin yr un o'r ddau beils, a dwi'n siŵr y basan nhw'n gallu berwi ŵy rhyngthyn. Wedi'r cwbwl dim disgwl iddyn nhw ei ddodwy o faswn i.

Iau, 18

Cael lot o amsar i hel meddylia tra oedd E.T. yn sugno . . . Ac mi alla i ddŵad i ben â bwydo Euros Tudur. Ond am fod gen i bâr o frestia dydi o ddim yn deud fod yn rhaid i mi fwydo pawb a phob dim yn y lle 'ma, nag'di debyg!

Clywad fan Cen Cipar yn stopio o flaen y tŷ rhywdro ganol pnawn. Wedi dŵad i chwilio am banad ma' siŵr a dyna pam wnes i gloi'r drws a chuddio ar fy mhedwar o flaen y sinc, a dal fy ngwynt nes clywais i o yn chwythu ar ffenast cyn cerddad yn ôl at ei fan a gyrru i lawr y lôn i rhyw gaffi arall.

Ond fuos i ddim mor ffodus i glywad y nesa, a phan agorais i'r drws pwy oedd yn sefyll yno ond Barbie a Ken, Tyddyn Ffarmwr. Y ddau wedi dŵad i weld E.T.

'Helyw Bronwin!'

'Dowch i mewn,' medda finna. 'Gwatshiwch y ci!'

'*Lovely doggy*,' medda Barbie a chamu filltir dros Mot yn ei welingtons reidio ceffyla a'i chôt Barbar fel newydd.

'Naw ddim yn y tŷ?' holodd Ken yn synn fel tae o'n meddwl fod pawb yn ffarmio'n ei slipas fel fo.

'Dim ond *little something* i'r *little darling*,' medda Barbie a gadael parsal taclus mewn papur babis pwrpasol ar y bwrdd.

Ac ar ôl rhoi panad a bara brith iddyn nhw mi ges i weld llunia'r gwylia sgïo. Do, fuon nhw'n sgïo'n Ffrainc tua dau fis yn ôl. Ken yn sglefrio i lawr y llethra tra oedd Now yn sglefrio ynghanol ŵyn bach a brychod. A dwi'n cofio deud wrth Now radag honno eu bod nhw wedi mynd ar eu gwylia.

'Dwn i'm be oedd o'n traffarth ffagio mor bell,' medda Now. 'Mi fasa wedi cael digon o gyfla i sgïo, adra. Duw a ŵyr ma'i gaea fo'n ddigon llwm!'

Ma'n siŵr fod 'na bedair mlynadd bellach ers pan ddaeth Barbie a Ken i fyw i Dyddyn Ffarmwr ac yn ystod y cyfnod hwnnw ma' nhw wedi arallgyfeirio'n amlach na ma' Now wedi bod yn newid ei drôns. Ma' nhw wedi cadw bob dim o falwod i fulod, ond Gwely a Brecwast ydi bob dim yn mynd i fod leni, ma'n siŵr gen i. Er, 'glywais i rhyw sôn fod Ken ffansi dechra ffarmio ostrijis hefyd . . .

'A dyma Kenneth ar y llethrau pan rwygodd ei *salopettes*! Aw haw haw!' gweryrodd Barbie.

Ond mae'n rhaid fod gwraig Tyddyn Ffarmwr yn athrylith, achos dwi'n trio cael gwylia — naci mis mêl — o groen Now ers saith mlynadd a dydw i'm tamad nes. A dyma hi, Barbie Higglebottom, newydd bicio i sgïo unwaith eto.

'Wel, rhaid rhedeg,' medda hi toc. 'Eisiau dashiow i Landwdnow cyn i'r shops gau. *Fancy* cael *lampshade* newydd yn y *dining room. Chow!*'

Ac ar ôl iddyn nhw fynd, mi ges i homar o *post-natal depression!*

Gwener, 19
Breuddwydio 'mod i'n gyrru gan milltir yr awr ar sgîs i lawr rhyw ochor ac ar fy mhen dros glogwyn nes neidiais i'n sydyn yn 'y ngwely! Chynhyrfodd Now ddim, ond mi neidiodd E.T. a dechra gweiddi crio. A doedd hynny ddim yn syndod achos roedd o wrthi'n sugno ar y pryd.

Cael fy nhemtio i gynnig potal lefrith yr oen llywath i E.T. os na geith o'i ddigoni'n reit fuan, neu mi fydd yn rhaid i mi fynd i chwilio am bympia newydd.

Awydd rhoi platiad o pasta neu *Cup a Soup* neu *Pot Noodle*, o flaen Now a Piff i ginio hefyd. Rwbath fasa'n barod mewn pum munud. Ond fytith y ddau ddim byd 'mond bwyd plaen — cig, grefi, tatws, moron a phwdin reis neu gacan blât; rwbath sy'n cymryd yn nes at dair awr i'w baratoi na dim arall. Ond tasan nhw'n gorfod ei wneud o eu hunan dwi'n siŵr y basan nhw'n dŵad yn ddynion *boil in the bag* a meicrowêf yn fuan iawn.

Sadwrn, 20

Mi ganodd y postman ei gorn fel ro'n i ar ganol bwydo E.T. eto heddiw. Dyna ydi ei arfar o ers pan mae o'n dŵad yma ac ers pan mae Bow Wow wedi dechra rhedag ar ei ôl o. Ac mi ganith ei gorn yn fyddarol nes y bydda' i wedi mynd at ffenast y fan i nôl y llythyra o'i ddwylo fo, waeth be fydda' i'n ei wneud ar y pryd. Finna wedi arfar gweld dim byd 'rioed 'mond derbyn llythyra a llefrith ar garrag y drws. Ond dydi bywyd ddim hannar mor syml yng nghefn gwlad, a ddaw'r dyn llefrith ddim cam yn nes na giât y lôn hefo'i boteli chwaith.

Now wedi codi hefo'r haul a diflannu fel rhyw Lawrence o Arabia ar gefn ei dractor dros y gorwel i ganol pridd llychlyd y cae 'redig. A phan gyrhaeddodd o'n ei ôl i'r tŷ heno roedd o'n flin fel tincar am ei fod o wedi gorfod dal rhyw hesbin â dolur oen arni, a hynny ar ben ei hun mewn cae pymthag acar. A Nel, yr ast, gafodd y bai am iddi godi dau fys ar bawb a bob dim a mynd i gwna.

Ac ar ôl bod ar y ffôn am hannar y gyda'r nos:

'Iawn, diolch yn fawr i ti Cen,' medda Now, a gwell hwylia arno fo o'r hannar . . .

'Ond ti'm isio *ci* arall does bosib!' medda finna'n wan gan weld dim byd o 'mlaen i 'mond ceg a bol arall i'w fwydo. 'A be am Bow Wow?' medda fi wedyn.

'Bow Wow? Bow Wow?!' gofynnodd Now drosodd a throsodd fel tae o wedi colli ei bwyll. Bow Wow?'

'Ia, mae o'n gallu rhedag ar ôl fan bost yn iawn tydi,' medda finna.

'O, ydi, ydi a be ti'n ddisgwl i mi wneud? Chwilio am ddefaid coch hefo rolyr scêts o dan eu traed nhw ia? Dydi o'n da i ddim byd! Ci rhech!'

'Wel, ci rhech ai peidio, y fi sy'n gorfod eu bwydo nhw i gyd!' medda finna.

Sul, 21

Mam ar y ffôn ac yn gofyn pryd ma'r bedydd.

'Dydw i ddim wedi ei gofrestru fo eto!' medda finna a rhoi'r ffôn i lawr.

Now yn dŵad i'r tŷ fel dyn glo eto heno a blew ei llgada fo'n dew gan fascara budur ac ma' bob dim mae o'n ei gyffwrdd yn troi'n bridd. Biti na fasa'i enw fo'n Meidas ac y basa bob dim mae o'n ei gyffwrdd yn troi'n aur!

Ma' ôl ei ben o ar gefn y gadair freichia, ôl ei din o ar y gadair wrth bwrdd, ôl ei law o ar y ffôn, ôl ei draed o ar bob mat a charpad a theilsan a bob tro mae o'n tishian ma' 'na gawod yn disgyn o'i wallt o. A taswn i wedi sylwi ar y pridd sydd yng nghwpan ei glustia fo cyn hyn, faswn i ddim wedi traffarth prynu *gro bags* i roi yn y tŷ gwydr. Deud y gwir faswn i ddim wedi traffarth hefo'r tŷ gwydr o gwbwl, 'mond planu'r tymatos yn syth yn ei glustia fo. Sgwn i faint o bridd sydd ar ôl yn y cae 'na erbyn hyn . . . ?

Meddwl fod 'na rwbath wedi digwydd i E.T. achos mi gysgodd am bump awr ar ôl te ac ro'n i mor falch o gael 'y nwylo'n rhydd nes y gadewais i lonydd iddo fo, a mynd i llnau'r Pair Dadeni ar ôl budreddi'r gwanwyn; rwbath ro'n i wedi meddwl ei wneud ers tro byd.

Mynd i 'ngwely yn pendroni be i wneud i ginio ar gyfar fory eto . . . A'r peth nesa welwn i oedd pen Piff ar gorff deinosor, yn rhedeg ar fy ôl i trwy ganol y cae 'redig cyn 'y nghornelu fi a'n rhwygo fi'n ddarna hefo'i ddannadd! A phan ddeffrais i roedd Now yn gweiddi dros y lle am fy 'mod i wedi planu 'ngwinadd i gnawd ei glun o ac yn gwrthod gollwng!

Llun, 22

'Wel, dyma fo. Be ti'n feddwl ohono fo?' Cen Cipar ofynnodd, a bwndal bach du a gwyn o dan ei gesail o. A chyn i mi fedru gweiddi 'Cer â fo o'ma! 'Dan ni'm isio fo!' Roedd Llyr a Sioned wedi dechra ei fwytho fo a rhedag ar ei ôl o o dan y bwrdd.

'Wel, be ti'n feddwl ohono fo 'ta, Now?' gofynnodd wedyn.

'Os gweithith o, mi ro' i ddegpunt i chdi,' medda Now.

'Os dysgi di o i beidio gwneud ei fusnas yn tŷ mi ro' i ganpunt i chdi,' medda finna.

'Wneith o'm poetshio llawar siŵr. Ci bach ydi o. Ynde washi?' medda Cen Cipar yn stumia i gyd.

'Wel, *dwi*'m yn edrach ar ei ôl o,' medda fi wrth Now. 'Ma' gen i ddigon o waith bwydo fel ma' hi.'

Ond 'chymrodd neb sylw, wrth gwrs.

Mawrth, 23

Y ci bach ac E.T. yn udo a chrio am y gora' trwy'r nos. Ond ma'n rhaid mai dim ond y fi glywodd nhw achos y fi oedd yr unig un gododd i fynd atyn nhw. Wnes i feddwl dŵad â'r ci bach i'r llofft a'i ollwng o, o gryn uchdar, ar fol noeth Now. Ond roedd o wedi poetshio digon yn y cefn, fel roedd hi, heb ei dynnu fo i nunlla arall i wneud mwy o waith llnau i fi'n hun. Felly mi gadewais i o lle'r oedd o.

Rhuthro i fyny i'r llofft am ddeg o'r gloch y bora, yn meddwl fod 'na rwbath mawr wedi digwydd i E.T. achos doedd o byth wedi deffro a finna'n teimlo 'mrestia'n dynn. Ac mi fuo'n rhaid i mi ei ysgwyd o i'w ddeffro fo ond doedd ganddo fo fawr o ddiddordab sugno hyd yn oed wedyn. A dim ond ar ôl i mi ddŵad yn fy ôl i lawr i'r gegin y sylwais i ar yr oen, yr oen gwlyb gwantan oedd wedi ei stwffio i'r Pair Dadeni. Y Pair yr o'n i newydd ei llnau nes ro'n i'n gweld fy llun ynddo fo echdoe.

Ac yna mi ddaeth Now i'r tŷ yn wyllt o rwla a phridd yn codi'n gymyla o lwch o'i ddillad o hefo bob symudiad.

Rŵan, taswn i wedi priodi athro bach del hefo morgej a semi a mond un cwt pren, a hwnnw'n waelod yr ardd yn cadw potia paent a chribin, faswn i ddim yn gorfod cysgu mewn gwely o bridd. A fasa 'na ddim llawar o waith gwneud bwyd iddo fo chwaith, 'mond brecwast ac un pryd am hannar awr wedi pump. A'r unig waith golchi ar ei ddillad o fasa rhwbio amball i ôl beiro odd' ar ei grys gwyn o weithia . . .

Ond ma' Now fel tasa fo'n gwneud ati i boetshio ac edrach mor anghynnas ag y medar o. Ma'i wallt o yn un gacan tshocled ac os gwneith hi gawod mi fydd y cwbwl yn llifo i lawr ei wynab o fel grêfi.

Mercher, 24

Breuddwydio neithiwr. Breuddwydio 'mod i ar draeth melyn yn ymestyn am filltiroedd o dan goed coconyts. Finna'n troi a throsi'n gynnas yn yr haul ac yn gwthio bodia 'nhraed o'r golwg i'w ganol o. A dyna pryd y deffrais i a theimlo pridd bras lond y gwely a chofio mai yn Canol Cae yr o'n i, a'r unig goconyts oedd 'y mrestia llawn i am fod E.T. wedi cysgu'n rhyfeddol o hir eto neithiwr.

Hwylia da ar Now ben bora am fod y ddafad ddiwetha, yr Hen Gasgan, wedi dŵad ag ŵyn, o'r diwadd.

'Tri oen da eto leni,' broliodd Now.

'Ond dim ond dwy deth sy' ganddi,' medda finna'n glyfar.

'Naci, un,' medda Now. 'Gafodd hi *mastisis* yn y llall llynadd. Biti, ond fel 'na ma' hi. Dau oen llywath arall.'

'Wel, fydda i ddim yn eu bwydo nhw,' medda fi ar ei ben.

'Fydd dim isio i chdi siŵr. Mi 'neith y plant. Wrth eu bodda!' medda Now. Yr Arab!

Iau, 25

Llnau ar ôl y ci bach o'r funud y codais i eto heddiw, ac fel ro'n i'n agor y drws cefn ac yn meddwl be i 'wneud i ginio i'r dynion mi ddechreuodd yr anghenfilod i gyd swnian a neidio ar 'y mhen i ac mi es i'n reit benysgafn. A dyna pryd y teimlais i 'mrest chwith yn galad a phoenus ac ro'n i'n chwys oer drostaf fel taswn i'n hel am ffliw. Ma'r holl fwydo 'ma bron â fy lladd i a dwi'n methu'n glir â dŵad i ben ac ma' pawb fel tae nhw'n trio 'myta fi'n fyw.

'Stwffio cinio! Stwffio pawb! Fedra i'm cario 'mlaen fel hyn! Fedra i ddim! FEDRA I DDIM!' medda fi dan sgrechian a sdampio 'nhroed ar y llawr drosodd a throsodd!

'O medri tad!' medda llais cyfarwydd Cen Cipar o ddrws y gegin. 'Pump am bunt neu twenti ffeif am ffeifar a phan glywi di be ydi'r wobr fawr, ma' hynna'n fargan!'

Sychais i nwylo a thaflud punt iddo fo cyn mynd i fwydo E.T. i'r llofft. A wnes i'm traffarth gofyn iddo fo be oedd y wobr achos fydda' i byth yn ennill. A dwi *rioed* wedi ennill raffl yn fy myw. Ond fel roedd o'n gadael mi glywais i o'n gweiddi:

'Dwi wedi llenwi'r bona' i chdi ac os enilli di mi ddo' i hefo chdi yli.'

Gwener, 26

Ma' E.T. yn gweiddi crio ac ma' 'mrest i'n galad fel pêl ffwtbol ac mor dendar nes na fedra i ddim codi 'mraich. Dwi wedi clywad am laeth yn codi i benna merchaid . . . 'ta buchod, fedra i'm cofio . . . Ond dwi'n dechra meddwl 'mod i'n colli arna' fy hun. Dwi newydd gadw'r bêcyn yn drôr dresal a sefyll yn parlwr hefo powlenad o bwdin reis, a ddoe mi rois i glwt papur i'r postman yn lle llythyr, a ffendio'n hun yn sefyll ar ben grisia ar ôl brecwast hefo pacad o gornfflêcs yn fy llaw!

'Hei be ti'n wneud? Lle ma' cinio?' Now oedd yn gweiddi o'r gegin.

'Ffônia doctor, dwi'n drysu . . . ' medda finna.

'Arglwydd mawr be sy'n bod arna chdi? Ti byth wedi gwneud cinio,' medda fynta.

'Dwi wedi cael *mastitis* . . . dwi'n meddwl . . . '

'*Mastitis*? O wel, paid â phoeni; tiwbs penisilin, dyna t'isio. Ffônia' i Dei Dros Rafon rŵan. Ma' ganddo fo ddigonadd ohonyn nhw!' medda Now â'i dafod yn ei foch.

Sadwrn, 27

Hunlla yn 'y ngwely neithiwr eto. Meddwl 'mod i wedi rhoi'r babi yn y ffrij a'r bêcyn yn y cot a phan edrychais i trwy'r ffenast roedd Now a Piff a'r plant i gyd yn Cae Cefn Tŷ fel teulu o Oes y Cerrig yn byta dafad wedi marw . . .

Ond os ydi'r antibeiotics ges i gan y doctor wedi llwyddo i dynnu'r llaeth i gyd o 'mhen i, does 'na ddim hyd yma wedi llwyddo i lacio 'mrest i.

Sul, 28

Bet yn dŵad draw i helpu am fod Mam wedi mynd i Bath hefo Trebor Huws Gweinidog a'i wraig (y ddinas nid y twb). A'r joban gynta fuodd yn rhaid iddi ei wneud oedd codi hynny fedra hi ei arbad o bowdwr llaeth ŵyn llywath odd' ar lawr y cefn ar ôl i Llyr ei gario fo a'i ollwng yn docia yma ac acw. Ac mi dreuliodd Sioned a Rhys y pnawn yn spreio paent defaid ar eu dwylo a'u dillad. Ond doedd yr olwg oedd arnyn nhw yn ddim byd o'i gymharu â'r olwg oedd ar walia'r sied medda Bet.

Dal i chwalu pridd i'r pedwar gwynt ma' Now o hyd ac mi arhosith allan tan d'wyllnos ma' siŵr. Unrhyw esgus i gael osgoi newid y plant a'u rhoi nhw yn eu gwlâu. Er, erbyn meddwl, tasa fo'n tŷ fasa fo'n da i ddim byd prun bynnag, achos munud mae o'n tynnu ei sgidia hoelion mae o'n cysgu; yn union fel petai'i fatris o i gyd yn eu gwadna nhw.

'Wel, Branwen fach, mi fydd yn rhaid i ti gael rhywun i dy helpu di rŵan 'ta'n bydd,' medda Bet dros banad.

Ond pwy ddaw i helpu? Pwy mewn difri sy'n barod i aberthu?

Llun, 29

'Helo 'na? A sut ma'r claf?' Cen Cipar ofynnodd cyn dechra mwydro rwbath fod merchaid yn betha gwantan a thrafferthus o'u cymharu â dynion. Ac er yr holl beirianna sydd ar gael i hwyluso gwaith tŷ heddiw, fedran nhw ddim dŵad i ben â fo yn diwadd. 'Ond paid â phoeni, dwi wedi dŵad yma hefo newyddion da i chdi. Dwi wedi cael gafael ar helpar i chdi.'

'Helpar?' medda finna yn llawn amheuon.

'Ia, ddo' i â hi draw heno.'

Mawrth, 30

Un ar ddeg o'r gloch y bora ac ro'n i bron â rhoi croglath am wddw Cen Cipar achos dydi helpar sydd yn dal yn ei gwely am un ar ddeg y bora, fel hyn, yn da i ddim byd i mi. A dyna pryd y dechreuais i hel meddylia. Oedd 'na rwbath wedi digwydd iddi . . . ?

Oedd hi dal yn fyw? Doedd 'na'm ebwch i'w glywad o'i llofft hi byth, er bod y plant wedi bod yno'n bysnesu a mwncïa cyn cychwyn i'r ysgol. A be am ginio? Be ydw i haws â chael helpar a gorfod gwneud cinio'n hun yn diwadd. Ond ar y gair pwy ddaeth i'r golwg ond Drudwen:

'Ma' Wncwl Now moin ei gino fe ar y ford ddouddeg o'r gloch *on the dot*, dyna wedodd Wncwl Cen. Reit 'te ble ma'r cig?'

A wnes inna ddim byd 'mond gadael iddi a mynd o'r golwg i fwydo E.T.

Am bum munud i hannar dydd mi ddechreuodd 'y nghalon i gyflymu'n reddfol er bod 'na ogla bendigedig yn treiddio trwy'r tŷ erbyn hynny. Hanner dydd ac mi basiodd Now a Piff heibio'r ffenast, cerdded i'r gegin, isda wrth y bwrdd a rhwbio'u dwylo yn eu trowsusa. Cododd Drudwen gaead y ddysgl *Pyrex* wen a rhannu'r bwyd i bawb.

'Mmmm ogla da yma,' medda fi i dorri ar y distawrwydd.

'Be ydi o?' medda Now, mewn tôn nad oedd yn rhy ymosodol diolch i'r drefn.

A dechreuodd Piff rawio'r bwyd i'w geg yn ôl ei arfar; ond ar ôl eiliad o ddistawrwydd, cochodd a phlygodd yn ei flaen cyn chwythu tân o'i geg fel draig a chwipio teils y gegin hefo'r *chili con carne* poeth!

Ac mi redodd y ci bach o flaen y stôf, pantio'i gefn yn grynedig a gadael llyn bach melyn crwn ar y mat.

Mis Mai

Mercher, 1

Now yn bigog ben bora. Wedi mynd ar ei ochor i ffos hefo'r fan wrth drio cael y blaen ar rhyw fustach. Ond ddudis i wrtho fo nad oedd o damad haws â bod yn bigog hefo fi. Wedi'r cwbwl, y fo aeth i'r ffos. Ac roedd Piff yn fwy na balch o gael mynd i'w dynnu fo oddi yno.

Ma' gwaeth golwg ar y Racsan rŵan nag oedd cynt. Ma 'na bant mawr fel padall ar un *wing* ac ma'r goleuada blaen wedi malu'n grybibion. Roedd hi angan brêc-pads ers tro byd ac roedd 'na rwbath newydd ddigwydd i'w sdartar hi. Ond dim ond manion ar y list fydd rheiny bellach ac mi ddudis i wrth Now ei fod o'n lwcus nad oedd y fan wedi disgyn oddi wrth ei gilydd. Ond wedyn, racs ydi fania pawb ffordd hyn oni bai am un y postman, y dyn bara a'r boi cemicals a *Toyota* newydd sbon Tyddyn Ffarmwr, wrth gwrs. Ac ar ôl chwalu cynnwys rhyw ddrôr a ffendio rhyw inshwrans *comprehensive* neu rwbath mi siriolodd Now rhyw gymaint cyn diflannu'n ôl allan.

Iau, 2

Meddwl mai heb gael amsar i llnau ei phowdwr a'i phaent oedd Drudwen ddoe, ond mae'n amlwg erbyn hyn mai yn dew ac yn ddu y ma' hi'n ei wisgo fo bob dwrnod. Ma'i gwallt hi fel cyrtans wedi eu cau dros hannar ei gwynab a do'n i ddim yn rhyw siŵr iawn 'ta allan 'ta'n tŷ yr oedd hi'n mynd i helpu hefo'r DM's oedd ganddi am ei thraed, achos roeddan nhw'n cyrraedd bron iawn 'dat ei phenglinia hi.

Ond ma' hi'n braf cael cwmni oedolyn yn y tŷ yn lle 'mod i'n cega ar y plant a siarad hefo fi'n hun trwy'r amsar. Ac er mai'r joban gynta wnes i ben bora heddiw eto cyn i Drudwen godi oedd llnau ar ôl y ci bach yn y cefn, o'r diwadd ma' gen i helpar.

Gwener, 3

Ma' Drudwen yn handi tasa ond am ei bod hi'n gallu dreifio; ac mi

81

aeth i nôl Sioned o'r ysgol feithrin cyn cinio tra o'n i'n bwydo E.T. Ac wrthi'n codi gwynt y bychan ar fy ysgwydd yr o'n i, pan chwydodd y llaeth i gyd yn ôl i fyny nes y llifodd o i lawr rhwng 'y nghrys a 'ngwddw fi. A'r eiliad honno fel yr oedd E.T. yn chwilio a phrotestio am fwy o fwyd, a'r tatws yn berwi'n sych ar y tân dyma gnoc ar y drws a rwbath llwyd llywath oedd yn edrach fel tasa fo'n gallu gwneud hefo dôs iawn o *Nilsan* yn gofyn i mi:

'Ydach chi'n sylweddoli fod diwadd y byd gerllaw?'

'Ydw, am hannar dydd union os na fydd cinio'n barod ar bwrdd o'u blaena nhw,' medda fi wrtho fo a chau'r drws yn glep yn ei wynab.

Ma' bywyd yn rhy fyr i athronyddu ynglŷn ag o, a phrun bynnag fedra i'm cwyno rŵan, a phetha ar i fyny. Ac mi ges i lonydd i fynd i hel wya ar ben fy hun ar ôl cinio tra oedd Sioned a Llyr yn helpu Drudwen i wneud cacan foron. Ia, moron. Dim ond gobeithio y bydd Now yn ddigon call i beidio gofyn am datws a grêfi i fynd hefo hi.

Sadwrn, 4

Ma' petha'n gwella bob dydd ac ma' Drudwen wedi cael dylanwad da ar y dynion yn barod. Now ofynnodd i mi cyn cinio ddoe:

'Lle ma'r llian?'

'Llian be?' medda finna'n syfrdan.

'Wel, llian sychu dwylo, be arall?' medda Now fel tasa fo'n golchi'i ddwylo'n rheolaidd fel syrjon.

Ac ma'r ddau ohonyn nhw, Piff a fynta ers dyddia rŵan, wedi dechra golchi eu dwylo a'u welingtons cyn dŵad i'r tŷ i nôl bwyd. Ac yn syth ar ôl cinio mi aeth Drudwen allan i chwara hefo'r plant ac mi ges inna heddwch i fynd i'r bath. A'r unig beth ddaeth i darfu arnaf i tra buos i yno oedd meddwl am orfod dechra sbring clînio'r tŷ ar gyfar y fisitors sy'n dŵad Sulgwyn. Ond mi wasgais i 'nhrwyn a dal 'y mhen o dan dŵr.

Sul, 5

'Ylwch Mam!' gwaeddodd Rhys.

'Be sydd?' medda finna.

'Barbie a Ken ar 'Byw yn y Wlad' eto!' medda Now yn ddigyffro o'r tu ôl i ryw bamffled oren.

A dyna lle'r oedd Barbie a Ken ar y teledu, yn lân ac yn daclus ac yn ddannadd i gyd wrth gael eu canmol i'r cymyla am arallgyfeirio i fyd twristiaeth. 'Fuon nhw ar y rhaglan rhyw dro o'r blaen hefyd, pan oeddan nhw'n godro geifr ac yn tyfu mefus.

'Ac ma' Tyddyn Ffarmwr yn nodweddiadol o dŷ ffarm Cymreig o ddiwedd y bedwaredd ganrif ar bymtheg ac mae Barbie a Ken Higglebottom wedi llwyddo i blethu'r traddodiadol a'r modern gan greu tŷ ffarm â chymeriad hyfryd iddo,' eglurodd y cyflwynydd.

A thra oedd Now â'i drwyn yn ei bamffled a'r plant yn piwsio'r ŵyn llywath a'r ci bach o dan y bwrdd yn tŷ ni, roedd y camra yn cerddad o un stafall foethus i'r llall yn Nhyddyn Ffarmwr: o'r neuadd hefo'i simdda fawr a'i brasus ceffyla a'i chyrtansia moethus, i'r gegin dderw oedd mor lân ag ysbyty ond hefo digon o floda-wedi-sychu i losgi Hindw. Yna heibio i'r dresal Gymreig yn y cyntedd . . . ac ro'n i'n ei chael hi'n anodd credu mai'r tŷ ffarm drws nesa i ni oedd hwn ar y sgrin o'n blaena.

Yna fe gawsom ni'n harwain i'r stafell golchi dillad lloe roedd 'na injan newydd sbon a thymbl dreiar ac fel yr oedd y bwrdd smwddio yn agor allan o gwpwrdd yn y wal mi drodd un o'r plant botal lefrith dros y bwrdd! Ac mae'n dda i hynny ddigwydd achos o'n i wedi dechra meddwl mai breuddwydio ro'n i . . .

'Llofftydd godidog. Pob un yn *en suite* a golygfeydd ben-digedig . . . '

'Yli! Gwely ffôr postar!' medda fi wrth Now.

Ond chododd Now mo'i ben nes y clywodd o fi'n deud fod y camra yn sbio allan trwy ffenast y llofft ar loua Ken yn y Cae-Dan-Tŷ. A llonyddodd y camra ar ryw hannar dwsin o loua oedd yn ddim ond 'penna a bolia ac yn edrach yn debycach i fulod wedi hannar eu llwgu na dim byd arall,' yn ôl Now. Ond doedd y dyn camra na'r cyflwynydd ddim callach, a sylwais inna ar ddim byd 'chwaith 'mond ar y ffenestri dybl glêsing.

Yn ôl yn y tŷ, roedd Barbie a Ken yn llenwi'r llun unwaith eto a throdd y cyflwynydd i'w gwynebu:

'Llawer o ddiolch i chi eich dau unwaith eto am y croeso, ac os byddwch chitha, adra, awydd blasu rhywfaint ar groeso gwely a brecwast Tyddyn Ffarmwr, dyma nhw'r prisiau i chi.'

Ac mi ollyngodd Now floedd annaearol, nid oherwydd y prisia mawr oedd yn rhythu arno fo ar y sgrin, ond am fod y ci bach newydd blannu ei ddannadd-pinna i fawd ei droed o!

Llun, 6

Meddwl y dylwn i ddechra sbring clînio ar ôl gweld crandrwydd Tyddyn Ffarmwr ddoe, ond dwi'n teimlo 'mod i'n gwneud dim byd 'mond llnau bob dydd, fel ma' hi, a hynny 'mond i gadw 'mhenglinia uwchben y baw. Ac i'r rheiny sydd ddim yn dallt, y gêm ydi 'mod i'n trio cadw'r baw *allan* tra mae Now a phawb arall yn trio'i gario fo i mewn. Ac mae o'n dŵad i mewn yn gynt ac yn fwy didraffarth o'r hannar na mae o'n mynd allan.

Alwodd Cen Cipar amsar cinio i weld sut oedd y ci bach a'r helpar yn setlo

'Isda i lawr. Gymeri di ginio? 'Ddigon yma,' medda Now fel rhyw gogydd balch.

Ac mi estynnais inna blât i Cen cyn sdicio fforc yn un o sosejis Now a chymryd hannar ei ŵy-wedi-ffrio fo hefyd. Wedi'r cwbwl ma' Cen wedi byta digon o' mwyd i rioed . . . A doedd dim angan deud wrtho fo am helpu'i hun i'r bîns a'r tatws-wedi-sdwnshio achos roedd o wrthi'n crafu'r sosbenni fel yr o'n i'n estyn panad iddo fo. Gweithio'n Siop Cemist yn Dre am gyflog ma' gwraig Cen, a gwinadd fel eryr ganddi, a rheiny wedi eu peintio'n goch.

Ges inna amsar i synfyfyrio ar ôl te tra oedd E.T. yn sugno ac mi ddychmygais i 'mod i'n byw mewn rhyw dŷ ar lan y môr yn Malibw. Dim anifeiliaid, plant na dynion budron a rhywun yn dŵad i drin 'y ngwinadd i bob bora . . .

Mawrth, 7

Fedra i'm coelio'n lwc, ond ma' Drudwen isio dysgu sut i lithio'r ŵyn llywath ar ôl gwirioni'n bot hefo nhw, a dydi'n gwneud dim byd 'mond siarad hefo nhw, a'u mwytho, bob munud. Felly mi ofynnais i i Piff ddangos iddi sut i gymysgu'r llaeth powdwr gan mai fo sydd wedi bod yn gwneud y job ers i mi gael mastitis. Ac roedd hi'n werth gweld ei wynab o. Mi fywiogodd trwyddo a dwi'm yn meddwl i mi ei glywad o'n siarad gymaint ers pan ddechreuodd o weirthio yma. Dim ond gobeithio y bydd Drudwen yn dipyn taclusach nag oedd Piff ac y bydd 'na fwy o bowdwr yn cyrraedd bolia'r ŵyn a llai yn cael ei golli ar hyd y sinc a'r llawr.

Wedi meddwl dechra llnau eto heddiw, ond mi gafodd E.T. rhyw lwgfa fawr ac erbyn amsar te roedd o wedi sugno pob diferyn o nerth ohonaf i.

Mercher, 8

Ma' hi'n dipyn haws carthu sied na llnau tŷ. A taswn i 'mond isio symud y dodrafn o bob stafall a dŵad i mewn hefo bobcat faswn i fawr o dro'n sbring clînio'r lle i gyd. Meddwl am yr hen jobsus bychan 'na sy'n fy lladd i; golchi baw pryfaid odd' ar y sgyrtings a'r ffenestri, sdicio congol papur-wal yn ôl yn fa'ma, rhoi llyfiad o baent yn fan'cw, poliffila fan hyn a phwti fan draw a thrio cuddio tamprwydd a thylla pryfaid.

Ond mi rydw i'n teimlo gam yn nes at ddechra ar y gwaith heddiw ar ôl cael help gan Drudwen i roi weiran ar giat Cae Cefn a banio'r ŵyn llywath odd' ar goncrit a theils a charpad. Rŵan, tasa hi'n bosib rhoi giât a chlo ar y plant a'r ci bach 'na yn rwla eto, mi fasa ganddon ni siawns go lew o adael ein hôl wedyn.

'Ma'n rhaid i chdi fynd â'r ci bach 'ma i'r iard rŵan! Mae o newydd fawa yn y cefn eto, heb sôn am droi'r bag rybish, ac mae o'n difetha dillad y plant 'ma bob dwrnod!' medda fi wrth Now.

'O paid â bod yn gas hefo fo. Ci bach ydi o siŵr, ac mae o isio lot o fwytha yn does 'y ngwas i ac mae o'n licio cael cosi ei fol ylwch, o ydi. O mae o'n gi da. Ci da ydi Tos, ynde Tos bach? A deud wrth y plant 'ma am ei alw fo'n Tos, yn lle rhyw lol wirion fel Bow Wow. I chdi gael nabod dy enw, ynde boi? Ac ma' isio'i ddysgu fo i orfadd.'

'Ma' isio'i ddysgu fo i *biso* yn rwla ond yn y tŷ 'ma gynta!' medda finna. Ond roedd Now wedi ei chychwyn hi allan cyn i mi gael gorffen deud.

Iau, 9

Dechra sbring clînio'n swyddogol ar ôl gweld Barbie Tyddyn Ffarmwr yn y Post bora 'ma. Y fi ddigwyddodd sôn fod gen i ffansi rhoi arwydd 'Gwely a Brecwast' yn giât lôn ar ôl gweld 'Byw yn y Wlad' dydd Sul, ac mi wirionodd:

'Ow, bydd yn rhaid i ti gael *agency* gynta Branwin! Gwneud y job yn iawn ynte. Dyma ti, *'Country Cottages'*. Mae nhw'n *absolutely marvelous*,' medda hi a rhoi rhyw gardyn bach a rhif ffôn i mi arno fo, chwara teg iddi.

Meddwl lot am 'Byw yn y Wlad' a rhyw hen awydd i gnocio wal i lawr fan hyn a thynnu simdda fawr i'r golwg fan draw, yn dŵad drosta fi . . . Ond mi fasa disgwl i Now wario ar y tŷ gyfystyr â gofyn iddo fo sefyll ar ben rallt fôr a thaflud ei brês i gyd i'r tonna'.

'Ffarmwrs i gyd run fath,' medda Bet. 'Mi ro'n filoedd am rhyw darw neu dractor ond tasa ti angan ffrij newydd mi fasa'r pres yn rhewi'n gorn yn eu pocedi nhw. Tir *versus* tŷ. Hwnna ydi o! A waeth i ti heb â gobeithio y newidian nhw achos wnan nhw byth.'

Gwener, 10

Dwrnod braf i beintio'r toilet-allan a'r portsh. Ond dwrnod helbulus i'r holl bryfetach a malwod sydd wedi ymgartrefu yno dros y gaeaf. Er, ma'n rhaid i mi ddeud dydw i'n poeni dim am y malwod achos ma' rheiny'n digwydd bod yn bla leni. Ma' nhw yn nysgla bwyd y cŵn, ar ben wal y cowt ar bob concrit a drws ac ma'n rhaid fod ganddyn nhw glwb carafanio yn y toilet-allan achos ma' fan'no'n berwi ohonyn nhw! Berwi . . . Dyna syniad! Sgwn i am faint ma' isio berwi malwod? Dipyn handiach na phlicio a berwi tatws dwi'n siŵr!

Rois i'r job o beintio'r toilet-allan i Drudwen a gadael iddi hi ddewis y lliw. Wedi'r cwbwl roedd 'na ddigonadd o botia paent yn y garej a lliwia bach digon ysgafn fel lemon a mint . . .

'O grêt!' medda hi, ac ma' hi wrth ei bodd yn ffidlan hefo paent achos cwrs mewn *Art, Modelling and Design* ddaru hi yn y coleg llynadd.

Sadwrn, 11

Ma' camu i mewn i'r toilet-allan fel camu i mewn i safn rhyw anghenfil. 'Ddechreuodd 'y nghalon i bwmpio'n wyllt yn 'y mhen i ac mi ddechreuodd y lle chwyddo a chywasgu am yn ail. A ddois i ddim ata'n hun nes i mi redag allan. Roedd Drudwen wedi peintio'r walia i gyd yn goch!

Well i mi estyn pot gwyn yn barod iddi hi ar gyfar y portsh . . . Ond dyna fo, dwi wedi dysgu 'ngwers. Ma' Drudwen yn gweithio'n ddi-fai, dim ond iddi gael cyfarwyddiada reit fanwl cyn dechra.

Meddwl 'mod i wedi clywad helicoptar Enlli'n pasio heibio pnawn 'ma. Ond Now oedd o, erbyn gweld, yn mynd rownd y defaid a'r ŵyn yn y Racsan. Dydi hi ddim cweit run fath ar ôl y ddamwain ac ma' cynnwys pob cae'n sgrialu munud y clywan nhw ei sŵn hi'n dŵad trwy'r adwy. Ar ben hynny ma' hi'n stôlio bob munud, a bob tro bydd Now angan mynd allan i agor giât mae o'n gorfod stwffio jar *Nilsan* wag o dan y sbardun.

Sul, 12

Drudwen yn dŵad i'r tŷ yn flin am fod Boliog wedi sathru ei thraed a phoetshio'i throwsus wrth iddi ei fwydo fo bora 'ma. Ac mi ddudodd nad ydi hi byth isio plant os ydi eu magu nhw'n rwbath tebyg i fagu ŵyn llywath. Ond wnes i'm traffarth deud wrthi fod 'na ddim cymhariaeth, a bod magu ŵyn llywath yn dipyn haws am nad oes isio newid eu clytia nhw, . . . Ond dwn i'm os oedd hi o ddifri achos mi ddaeth at ei hun yn ddigon buan.

Bet a Dei yn picio draw ar ôl swpar ac mi ddudis i wrth Bet 'mod i ffansi gosod Gwely a Brecwast mis nesa a 'mod i newydd ddechra spring clînio. Ond dydi Bet ddim am spring clînio leni, medda hi achos ma' hi wedi callio ar ôl bod wrthi am yr holl flynyddoedd.

'Rhyw 'redig tywod ar lan môr fydda' i'n gweld y busnas llnau 'ma i gyd, a deud y gwir wrtha chdi,' medda Bet. 'Achos waeth faint fyddi di wedi llnau na 'redig, fydd 'na ddim o dy ôl di erbyn dwrnod wedyn. Ond paid â phoeni, mi galli ditha hefyd fel yr ei di'n hŷn sdi. Ymlid llwch ar hyd dy oes, a be fyddi di ar ei diwadd hi? Dim byd 'mond llond bocs o ludw.'

Ddaru Now a Dei ddim byd trwy'r nos 'mond mwydro rwbath am rhyw bibo a rhyw beipan otomatig neu rwbath. Mae o wedi anghofio am y ci bach yn barod.

'Ma' siŵr mai trafod sut injan golchi dillad ma' Now'n mynd i brynu i chdi ma' nhw!' medda Bet, a'r ddwy ohonon ni'n chwerthin dros y lle.

Llun, 13

Now yn heu llwch. (Gair arall am sbydu pres, yn beli bach gwynion ar hyd a lled y caea, ydi heu llwch.) Ac yn waeth na hynny mi ddaliais i Now yn chwibanu wrth wneud! Felly mi benderfynais i fanteisio ar help Drudwen i wneud ceiniog neu ddwy, a ffônio '*Country Cottages*'.

Ond un ai ro'n i wedi cael y blaned rong neu ro'n i wedi deffro braidd yn rhy fora, achos ches i fawr o synnwyr gan y ddynas ar ben arall y ffôn. Roedd hi'n siarad mewn rhyw iaith ddiarth iawn yn llawn *en suite* a phopeth *fitted*, ac ar ôl y tri munud cynta mi sylwais i nad oedd *kitchen cabinet*, cŵn bach, tamprwydd, ŵyn llywath, ffenestri drafftiog ac orcloth yn rhan o'i geirfa hi.

Mawrth, 14

Now a Piff wedi anghofio am ddŵr a llian yn barod. Y straen o drio creu argraff dda ar Drudwen wedi chwythu ei blwc. Ond ro'n i'n gwbod na fasa fo'n para'n hir iawn achos ma'r ddau mor *allergic* â'i gilydd i ddŵr a glanweithdra.

'Wel, well i mi fynd i llnau dipyn ar y twll dan grisia 'na rŵan 'ta,' medda fi yn syth ar ôl cinio.

'Llnau? Ti'm dal wrthi?' medda Now wrth lowcio'i banad.

'Wel ydw debyg,' medda finna, 'be ti'n feddwl sgin i? Un sied fawr wag?'

Liciwn i ddringo i mewn trwy glustia Now weithia a thyllu i mewn i'w frên o i gael gweld sut mae o'n gweithio. Be sy'n digwydd yn ei ben o sgwn i, a be mae o'n feddwl ydw i'n 'i wneud rhwng muria'r tŷ 'ma bob dwrnod?

Mae o, Piff a Cen Cipar, yn grediniol nad ydi gwaith tŷ yn ddim byd ond tynnu brwsh ar lawr weithia, taro bwyd ar bwrdd a sipian te ar fy nhin trwy'r dydd, a newid clwt Llyr ac E.T. rhyw unwaith bob pythefnos.

Dwi'n deud wrtha chi, fydd gen i ffansi weithia, ffansi troi'r tŷ 'ma tu chwithig allan. A tasan ni'n byw mewn gwlad lle ma' glaw yn brin mi faswn i wedi gwneud hynny ers tro byd. Cario cynnwys y tŷ 'ma i gyd allan ac ailosod bob dim ar yr un un cynllun yn y cowt. Dresal yn fan'na. *Kitchen cabinet* yn fan'na. Sinc yn fan'na, y stôf yn fan'cw a'r bwrdd yn y canol.

Wedyn, bob tro basan nhw'n pasio ar eu tractors neu yn eu fania mi fasan nhw'n gallu gweld be dwi'n wneud drostyn eu hunain, ac nad ydi 'mhen ôl i na run gadair yn cael llawar o amsar i gyfarfod mewn dwrnod.

Mercher, 15

Ma' 'na ddarn tamp mawr ar dalcan llofft bella sydd yn union yr un siâp ag Awstralia. A dwi'm yn siŵr iawn be i wneud. Plotio Perth a Sydney, a'i fframio fo, 'ta jyst peintio drosto fo i gyd!

Doedd Drudwen ddim yn gwbod be oedd o. Welodd hi rioed damprwydd o'r blaen; ac ma' hi'n dal i fethu credu 'mod i'n gallu byw heb feicrowêf ac yn mynnu cario'r bwyd at y telifishyn yn gongol, bob munud.

Iau, 16

Wedi troi tywydd heddiw a finna wedi meddwl cael golchi'r cyrtansia net a rhoi pwti ar y ffenestri. Ond yn lle hynny mi es i i droi dodrafn llofft-ganol a'u traed i fyny a rhoi cynnig arall ar foddi'r cenedlaetha o bryfaid sydd yn dal i fynnu chwara darts yn y chest-o-drôrs a'r cwpwrdd gwydr.

Wedi troi tywydd ar Drudwen ar ôl te hefyd. Plwmsan wedi halio gormod ar y deth wrth iddi roi'r botal iddo fo yn giât Cae Cefn.

'Wi'n wlyb sdecs Anti Bran. A smo fi'n . . . O! Bydd raid i fi gael bath nawr 'to!'

'Sna'm posib rhoi tair llith yn lle pedair i'r ŵyn llywath 'na bellach dwa'?' medda fi wrth Now.

Ond fedrwn i'm gweld dim byd ond ei dalcan a'i gap o y tu ôl i'r pamffled felltith 'na mae o a'i drwyn ynddo fo bob munud.

'Wel, be ti'n ddeud?' medda fi wedyn.

'Dwn i'm, drud ydi o . . . 'Gostith bum mil, ma' siŵr.'

'Ac mae'n rhaid i chdi wneud rwbath hefo'r ci bach 'na!'

'Tos. Galw fo'n Tos, neu ddaw o byth i nabod ei enw,' harthiodd Now.

'Tos 'ta! Ma' dy Dos di wedi malu cyrtans parlwr pella'n racs. Drudwen ffendiodd o'n hongian gerfydd ei ddannadd arnyn nhw bora 'ma. Ma'n rhaid i chdi wneud rwbath hefo fo neu mi fydd o wedi cnoi'r tŷ 'ma'n gria! A fuo'n rhaid i Rhys fynd i rysgol yn ei sgidia gaeaf eto heddiw. Dwi byth wedi cael hyd i'w drênyr o!'

Ond doedd Now yn gwrando dim.

'Ac ma' 'na beipan otomatic ar hwn yli . . . ' medda fo wedyn.

'Dim ond biti na fasa gen i un, a honno'n mynd yn syth o ben ôl Llyr, E.T. a Tos i'r toilet, dduda i!'

Gwener, 17

Drudwen a finna yn cael gwahoddiad i barti Pip-a-di yn Nhyddyn Ffarmwr erbyn wyth o'r gloch heno. Ond am wyth o'r gloch, yn lle 'mod i'n prynu blwmar i gadw gwynab, ro'n i'n dal i fwydo E.T. er ei fod o wedi bod yn sugno fel plynjar trwy'r dydd fel roedd hi, a doedd 'na ddim golwg ei fod o'n mynd i roi'r gora' iddi am naw o'r gloch y nos chwaith. Dwi'n teimlo fel buwch ag aerwy am 'y ngwddw. Ond ma'n siŵr nad ydi'r tywydd poeth 'ma o ddim help. A dwi'n siŵr 'mod i wedi gwagio hannar Llyn Cwmystradllyn yn barod, ers geni E.T.

Felly mi ddudis i wrth Drudwen am fynd i'r parti Pip-a-di hebdda fi. Ac ma'n rhaid ei bod hi'n edrach ymlaen at gael mynd achos roedd hi'n barod ers saith! A finna? Wel, dwi'n edrach ymlaen at yr amsar y bydd E.T. yn cysgu trwy'r nos, bob nos.

Mi glywais i Drudwen yn dŵad adra tua hannar awr wedi un ar ddeg achos dyna pryd y cychwynodd Now yno. Ken wedi ffônio yn gofyn tasa fo'n gallu picio draw i roi calsiym i rhyw ddafad. Now bron â deud wrtho fo am fynd â hi at y ffariar ond mi feddyliodd am les y ddafad a neidio i'w drowsus a'i grys tu chwithig allan ac i mewn i'r car.

Dwn i'm pryd ddaeth Now yn ei ôl ond roedd 'na ogla wisgi mawr arno fo. Ken wedi mynnu medda fo, ac wedi deud wrtho fo am beidio meddwl ddwywaith cyn prynu unrhyw beiriant newydd allai hwyluso'i fywyd o. Ac er 'mod i wedi hen arfar hefo Now yn siarad yn ei gwsg ma' un peth yn saff, dydw i ddim am ddechra dŵad i arfar hefo fo'n canu!

Sadwrn, 18
Difaru gyrru Drudwen i'r parti Pip-a-di 'na neithiwr achos dydi hi wedi gwneud dim byd trwy'r bora 'mond siarad yn ddi-daw am balas Barbie a 'nilyn i i bob man. Tŷ ffarm go iawn. Trawstia i gyd yn golwg, pren yn bob man a simdda fawr. Ac mi fuo'n rhaid i mi gau drws y toilet yn ei gwynab hi neu mi fasa wedi 'nilyn i i fan'no hefyd.

'Torra di frechdana!' medda fi wrthi toc cyn te, pan ddechreuodd hi ferwi unwaith eto.

Ond fel roedd hi'n estyn y dorth o'r *kitchen cabinet* mi ddechreuodd weld bai ar hwnnw wedyn.

'Smo chi wedi meddwl cael unede cegin Anti Bran?'

'Naddo wir, a waeth i mi heb â meddwl chwaith achos mae hi'n ddigon o job cael pres gan Now i brynu torth heb sôn am gwpwrdd i'w dal hi!' medda fi'n ddigon byr f'amynadd.

Ond mi ddechreuodd fwydro wedyn am rhyw lestri Portmeirion oedd gan Barbie yn rhyw gwpwrdd. Dim ond gobeithio yr anghofith hi am foethusrwydd Tyddyn Ffarmwr yn reit fuan dduda i, a gafael ynddi i llnau neu mi fydd petha'n draed moch yma.

Gorfod ei hatgoffa hi i roi llaeth i'r ŵyn llywath *ddwy waith* ar ôl cinio, ac ar ôl te. Ydi hi'n dechra cael llond bol tybad . . . ?

Sul, 19
Meddwl y basa'n rhaid i mi ruthro Llyr i Ysbyty Gwynedd i gael pwmpio'i stumog ar ôl ei weld o'n yfad potal *Ajax*. Ond potal wag oedd hi, medda Drudwen. Ond gwag cyn iddo fo gael gafael arni 'ta gwag ar ôl iddo fo gael gafael arni oedd 'y mhoen a 'mhenblath i . . .

Methu cysgu winc trwy'r nos. Wedi codi bob pum munud i weld os oedd Llyr yn dal i anadlu; a meddwl tybad ddaw 'na amsar byth pan ga' i ymlacio a rhoi'r gora' i boeni am y plant 'ma . . .

Newydd ddechra poeni am Drudwen hefyd . . . achos ma'r sinc yn y cefn yn llefrith ac yn bowdwr drosto ac mi welais i hi'n rhoi ochor pen i Boliog hefo potal ar ôl te!

Llun, 20

'Ac ma'r bathrŵm yn ffantastic! *Out of this world* Anti Bran! Tapie aur a — 'dechreuodd Drudwen eto heddiw.

Ac wedyn mi ofynnodd lle basa hi'n gallu cael côt Barber run fath â'r un sgin Barbie.

Trio rhoi ar ddallt i Drudwen bod y fisitors yn cyrraedd dydd Sadwrn nesa, taswn i rywfaint haws, achos ma'i phen hi'n dal yn y cymyla a'i thraed hi dal ar ben silff ffenast yn mwydro am rhyw gyrtansia a phapur wal a bordyrs ac yn sbio arnaf i yn llnau nes dwi'n dyhefod.

'Drudwen fach,' medda finna, 'Dydd *Sadwrn* nesa ma' nhw'n dŵad sdi, dim *flwyddyn* nesa!' A'i gyrru hi i ben arall y tŷ i beintio'r sgyrtings.

'O, a blode pert yn yr ardd! A'r arogl yn hyfryd —'

'Sy'n fy atgoffa fi,' medda finna, 'wyt ti wedi gorffan chwynu'r ardd ffrynt 'na bellach Drudwen?'

Mi ofynnais i i Now fasa fo'n gallu trwshio'r landar a chliciad y drws ffrynt rhywbryd cyn i'r fisitors gyrraedd. Er, gwestiwn gen i os gwneith o, achos ma' gen i go' gofyn yr un un peth yn union iddo fo'r amsar yma llynadd . . . A'r unig ymateb ges i gynna eto oedd 'Ia iawn'. Ond dwi'n gwbod nad oedd o'n gwrando, achos yr hen 'Ia iawn' difeddwl 'na fydd o'n ei ddeud pan fydd ei feddwl o'n bell bell i ffwrdd oedd o.

Mawrth, 21

Gyrru Drudwen allan i dorri gwellt yr ardd cyn iddi ddechra berwi am ffaeledda'r tŷ 'ma eto. Ond biti na faswn i'n gallu plygio'i llais hi yn syth i glustia Now.

Cau fy llgada a thrio dychmygu 'mod i'n ymlacio ar rhyw draeth yn Antigua, gan obeithio y basa'r llaeth yn llifo'n rhwydd. Ond fel ro'n i bron a chyrraedd fe dywyllodd Drudwen ffenast y gegin a deud nad oedd hi'n dallt yr injan torri gwellt. Felly mi fuo'n rhaid i mi sodro E.T., oedd yn gweiddi crio, yn ôl yn ei got unwaith eto tra o'n i'n rhoi'r strimar a'r gogls i Drudwen ac mi ddiflannodd i waelod yr ardd yn stiff fel robot.

A phan ddaeth hi'n ôl i'r golwg, 'mhen rhai oria, roedd hi wedi torri pob coedan gyraints goch a duon oedd o fewn ei chyrraedd. Dwi'm yn meddwl iddi sylweddoli fod y peth mor drwm, ac erbyn hynny roedd ei gogls hi'n wellt drostyn. Felly nes i'm mentro gofyn iddi dorri'r mieri rownd y tŷ, rhag ofn iddi golli rheolaeth yn llwyr, a sleisio'r tŷ yn ei hanner.

Fuodd Llyr a'r ci bach yn ufudd trwy'r dydd; dreulion nhw'r rhan fwya ohono fo o dan bwrdd yn gegin!

Roedd Drudwen yn dal i grynu pan ddaeth hi'n ôl i'r tŷ. A chyn iddi gael ei gwynt ati mi atgoffodd Sioned hi fod Wymff a Plwmsan a Boliog yn disgwl am eu poteli. Ac yn rhyfadd iawn chlywais i mo Drudwen yn sôn am na thŷ na thwlc heddiw . . . !

Mercher, 22

Drudwen yn cael damwain fach wrth roi un o'r cyrtansia net yn eu hola. Ond ma' nhw mor hen a brau fel y basan nhw'n rhwygo 'mond wrth i rywun sbio'n gas arnyn nhw.

'Dim problem Anti Bran,' medda hitha. 'Wi'n hoffi gwnïo. Wnes i gwrs cyfan arno fe'n y coleg.'

A dyna pryd ges i brên-wêf a gofyn fasa ots ganddi drwshio amball drowsus i Now hefyd tra oedd hi wrthi, ac mi estynnais i dri iddi, er bod ganddo fo dri arall yn yr un cyflwr. Ond do'n i'm isio torri ei chalon hi, chwara teg. Ac mae o'n bysl i mi sut ma' Now yn llwyddo i rwygo gafl pob trowsus sydd ganddo fo. Be mae o'n wneud, reidio ceffyla 'ta dreifio tractors? Ond ar ôl gwnio'r cyrtans a thrwshio gafl un trowsus dyma Drudwen yn deud:

'Wnaf i'r ddou drowser arall rywbryd 'to, 'snag os ots 'da chi.'

A dyna ddangos, pasio arholiad a'i peidio, dydi pwytho gafl trowsus ddim yn rhoi llawar o wefr i neb.

Atgoffa Now am y landar a'r cliciad, eto.

'Mi wna' i. Cyfla cynta ga' i,' oedd ei atab o cyn sôn rwbath am ddoshio a llnau cynffona rhyw ŵyn.

'Ac ma' 'na rwbath wedi digwydd i'r sistern ddŵr yn y toilet-allan achos roedd 'na ddŵr ar llawr yn bob man,' medda fi wedyn, dros wal y cowt.

Ond roedd Now wedi hen fynd ac yn chwibanu a gweiddi ar y cŵn.

Iau, 23

Mynd i llnau tu mewn i'r ffenestri ar ôl cinio. Ond does 'na'm pwynt llnau'r ochor allan tan fory achos does wbod be ddigwyddith cyn dydd Sadwrn. Dim ond gobeithio y deil y tywydd. Ma' tywydd braf bob amsar yn gwneud i bob man edrach yn well, a 'dan ni angan bob help gawn ni yn Canol Cae 'ma.

A chwara teg i Now, mi setlodd broblam y dŵr yn y toilet-allan ar ôl te. Dim ond biti iddo fo basio drws y ffrynt heb drwshio'r cliciad!

Agor tun o *Guinness* ar ôl swpar a chodi 'nhraed i ben y *Rayburn*. Ma'r ras sbring clînio 'ma wedi dwyn 'y ngwaed i a fy lliw i i gyd ac ma' E.T. newydd sugno'r diferyn diwetha o leithdar oedd ar ôl yn 'y nghorff i. Ond fel ro'n i wrthi'n llowcio'r cegiad cynta pwy landiodd ond Mam.

'Dyna fo, ddudis i mai fel hyn y basa hi'n do? Pobol yn troi at y cysuron rhyfedda pan ma' nhw dan bwysa gwaith. Wel, angan gwylia wyt ti, ti'n gwbod hynny'n dwyt? Y gwylia 'na ti byth wedi'i gael. Ond dydi yfad ddim yn mynd i atab dy broblema di sdi.'

Ond doedd gen i'm nerth i atab.

'Clyw,' medda hi wedyn. 'Be ydi'r twrw curo 'na?'

'O'r nefi wen! Naci rioed!' medda finna gan fflamio a rhedag i'r pantri.

Ond roedd hi'n rhy hwyr, achos roedd yr heffar fawr dew yn y cae newydd orffan llyfu'r ffenast hefo'i thafod lafoerllyd, ar ôl byta'r rhan fwya o'r paent ar pwti a chnoi'r pren.

Ama os oedd 'na bwynt gosod y tŷ i'r fisitors o gwbwl, a meddwl ella y basa fo'n syniad gwell i droi'r ffarm i gyd yn barc saffari, prynu *Landrover* a thalu i Piff, pan fydd o yma, i ddreifio pawb o gae i gae . . .

Gwener, 24

Gofyn troedio'n ofalus heddiw rhag ofn i rhyw lanast ddigwydd ac ma' 'mhen i'n troi fel top wrth drio cadw golwg ar symudiada'r ci bach, yr ŵyn llywath a'r plant. Ma'r profiad annymunol ges i ddwy flynadd yn ôl pan aeth Rhys i chwara trampolin yn ei welingtons baw defaid ar wlâu'r fisitors, ddeg munud cyn iddyn nhw gyrraedd, yn dal yn fyw iawn yn y co'.

Sadwrn, 25

Y tywydd wedi troi, ac ma' hi'n bwrw glaw; mi fasa'n rhaid iddi hi wneud *heddiw* o bob dwrnod yn basa. Ond ma' Now wrth ei fodd. Tywydd i'r dim i llnau'r pitia seilej, medda fo. Sylwais i ddim nes i Drudwen redag i'r tŷ ar ôl bod yn llithio'r ŵyn llywath cyn cinio, a deud fod 'na afon fawr, ddrewllyd yn llifo i lawr o flaen y tŷ . . .

A phan gyrhaeddodd y fisitors doedd gen i ddim syniad sut yr o'n i'n mynd i egluro'r Ganges fawr fudur oedd yn llifo reit o flaen eu drws ffrynt nhw. Ond doedd dim angan, achos ro'n i wedi egluro ar y ffôn fod ganddon ni afon a môr meddan nhw'n llawen, er na feddylion nhw rioed fod yr afon mor agos â hyn at y tŷ chwaith; ac roeddan nhw wedi gwirioni hefo'r ogla piswail a thail a doeddan nhw rioed wedi breuddwydio y basan nhw'n cael dŵad i aros ar ffarm go-iawn.

Roedd y plant wrth eu bodda, a wnaethon nhw ddim symud o lannau'r Ganges o'r funud y cyrhaeddon nhw. Pob un yn tyllu a phoetshio hefo'i bwcad a'i raw. Fedrwn inna 'mond gobeithio y basa'n nhw'n tynnu eu welingtons cyn mynd i mewn i'r tŷ . . . !

Sul, 26

Y plant fisitors wedi eu siomi braidd am fod y Ganges wedi sychu, ac yn lle cario piswail a thail o dan eu welingtons i'r tŷ, ma' nhw wedi dechra sathu baw ieir rŵan. I be o'n i'n traffarth sgwrio gymaint cyn iddyn nhw gyrraedd, dwn i'm. Fasa'n well taswn i wedi disgwl tan ar ar ôl iddyn nhw fynd, achos ma'n gas gen i feddwl sut olwg fydd ar y lle erbyn diwadd rwsnos.

Fawr o flewyn ar Drudwen ac ma' o dan ei llgada hi'n ddu. Y llnau a'r llithio wedi dechra deud arni ma'n siŵr. Felly mi rois i gàn o sdowt iddi ar ôl swpar a deud wrthi am roi ei thraed i fyny am sbel tra baswn i'n llithio'r ŵyn llywath iddi.

Dechra meddwl bod Now wedi cael gafael ar rhyw gàn neu ddau o sdowt hefyd achos ddaru o ddim byd yn ei wely 'mond mwydro am rhyw bres a gwneud rhyw syms drosodd a throsodd nes cysgodd o. Ond doedd 'na'm ogla dim byd ar ei wynt o, 'mond nionod.

Llun, 27

Drudwen yn cael help i fwydo'r ŵyn llywath gan y plant fisitors ac ma' hynny fel petai o wedi rhoi rhyw hwb iddi gario ymlaen eto.

Y ci bach ('Galw fo'n Tos!') yn byw ac yn bod drws nesa, a dwi yn 'y ngwaith yn gyrru'r plant yno i'w nôl o bob munud a'i gau o'n y cefn nes bydd y fisitors wedi diflannu i lan y môr. Ac ma'n nhw wedi gwirioni hefo'r traeth a'r tywod. Ma'n rhaid eu bod nhw, achos ma'n nhw'n cario pwceidia ohono fo yn ôl i'r tŷ hefo nhw bob dydd. Ond be ma'n nhw'n wneud hefo fo, a lle ma'n nhw'n ei roi o?

Dwi'n cael hunllefa'n y nos. Gweld y gwlâu yn sbecian tu ôl i dwynni tywod a chregyn lond y drôrs.

Hwylia da iawn ar wynab Now ar ôl i rhyw ddyn ffônio yn deud ei fod o am ddŵad â rhyw beiriant draw ddiwadd yr wsnos er mwyn i Now gael y penwythnos i gyd i chwara hefo fo.

Mawrth, 28

Angharad yn ffônio ar ôl iddi fod yn siarad hefo rhywun o'r Twrist Bôrd yn y siop ac wedi digwydd sôn bod gen i ddiddordab hysbysebu hefo nhw ac y basa 'na rywun yn dŵad draw i weld y tŷ dydd Gwener.

'Ond ma' gen i fisitors yn tŷ,' medda fi. 'Ac yn waeth na hynny ma'n nhw'n rhai budron!'

Ond doedd dim ots medda Angharad, a doedd dim isio poeni

achos roedd o'n rhyw ddyn clên iawn. Ac mi dderbyniais inna'r cynnig.

Drudwen yn cwyno fod ei bys hi'n brifo ar ôl i Boliog ei brathu hi ac ma' Rhys wedi dechra protestio am ei fod o'n gorfod cysgu hefo llond llofft o genod ac isio mynd yn ôl i'w lofft ei hun.

Ac ma'n gas gen inna feddwl sut olwg fydd ar y lle erbyn y daw'r dyn Twrist Bôrd ddydd Gwenar . . .

Mercher, 29

Tawelwch bendithiol. Y fisitors wedi mynd i rhyw dwll chwaral yn rwla am y dwrnod, yr ŵyn llywath wedi mynd i ben pella'r cae, Now wedi mynd ag ŵyn i'r mart ac E.T. newydd gael llond ei fol o fwyd, a chlwt glân.

Cofio'n sydyn am gliciad y drws, yn 'y ngwely, a gofyn i Now fasa fo'n gallu rhoi un newydd cyn i'r dyn Twrist Bôrd gyrraedd.

'Ia iawn,' ddudodd o. Ond dwi'n ama'n gry os oedd o o gwmpas ei betha pan atebodd o.

Iau, 30

Y fisitors wrth eu bodda yn trio dysgu'r ci bach i chwara pêl run fath â Bow Wow, a hefo'r holl amsar mae o wedi ei dreulio drws nesa ma'n siŵr y bydd 'na das o flew yno ar ei ôl o hefyd.

Fedra i'm gweld fory'n dŵad yn ddigon buan ac ma' petha'n gwella achos mi ddudodd y fisitors eu bod nhw'n gorfod mynd adra ddwrnod yn gynnar. Dim ond gobeithio yr ân nhw'n reit handi ac y bydd dyn y Twrist Bôrd yn hwyr er mwyn i ni gael cyfla i llnau.

Gweld rwbath glas hirgrwn yn pasio heibio'r tŷ ac i fyny i'r iard ar ôl cinio. Tegan newydd Now wedi cyrraedd, ma'n rhaid . . .

Gwener, 31

Car y fisitors yn siglo fel rhyw gamal llwythog i lawr y lôn ac mi fasa'n ddiddorol picio i lawr i'r traeth i weld faint o dywod adawon nhw ar ôl! Ond doedd gen i'm amsar a finna isio cael y tŷ yn ôl i drefn ar gyfar dyn y Twrist Bôrd.

Mi ddechreuodd Drudwen a finna llnau ar ôl rhoi pacad o grisps yr un a fideo Sam Tân i'r plant. Ac awr neu ddwy yn ddiweddarach, rhwng gwneud cinio a bwydo E.T. a'r ŵyn llywath, mi ddaethon ni i ben â'r gwaith ac roedd y tŷ yn edrach yn weddol barchus unwaith eto.

Ar ôl cinio mi es i i'r tŷ gwydr i dynnu lladron odd' ar y tymatos ac i stwna a lladd amsar cyn i'r dyn gyrraedd. Ac yn wir fel y dois i allan pwy welwn i'n sefyll hefo'i *briefcase* du o flaen y ffrynt ond y fo.

'O helo, sut ydach chi, dowch i mewn, a gwatshiwch y ci!' medda fi wrtho fo a'i dywys drwy'r tŷ heb hel dail. Wedi'r cwbwl, dyna pam roedd o wedi dŵad yma a dyna beth oedd o am ei weld.

'Mmm lle bach neis ganddoch chi yma, Mrs Morus.'

'Wel, 'dan ni'n trio'n gora' i'w gadw fo'n lân chi. Ydan.'

'Mm. Tŷ mawr tydi?'

'Dim felly chi, ond mae o'n rhannu'n ddau yn reit daclus. A dyma hi'r gegin.'

'Mm hyfryd. Hwylus iawn.'

Ac ro'n i'n teimlo fod petha'n mynd yn reit dda, achos er bod gan y dyn glip bôrd a ffurflen, doedd o ddim i'w weld yn rhoi croes yn nunlla.

'Fasa chi'n licio mynd i weld y llofftydd?'

'Wel . . . '

'Tair llofft i gyd a lle i ddau yn bob un.'

'Ew, golygfa fendigedig ganddoch chi Mrs Morus. 'Drychwch ar y môr 'na. Godidog! Ymwelwyr wrth eu bodda yma, dwi'n siŵr.'

Ac yna mi hudais i o yn reit handi i'r llofft-ganol achos roedd Now a Piff yn gwneud rhyw dwrw a phoitsh hefo'r peiriant newydd yn y Cae Cefn. Ac yna mi ofynnodd:

'Ydi'r tŷ wedi ei inshwrio ydi?'

A, do'n i'm yn gwbod yn iawn be i ddeud rŵan. 'O ydi, ydi tad,' medda fi'n reit bendant.

'Fasach chi'n synnu gymaint o ffarmwrs sydd ddim yn trafferthu inshwrio'u tai. Mi inshwrian nhw bob peiriant a thŷ gwair a sied os medran nhw, ond sgin y rhan fwya ohonyn nhw ddim diddordab o gwbwl mewn tai.'

'O na, sdim isio i chi boeni, ma' hwn wedi ei inshwrio beth

bynnag. *Star Alliance* dwi'n meddwl. Ia *Star Alliance*,' medda finna.

'Mm. Cwmni iawn, ond dwi'n siŵr y basach chi wedi cael gwell telera ganddon ni,' gwenodd.

'Be? Fyddwch chi'n inshwrio tai hefyd byddwch . . . ?' holais yn gloff a ffwndrus . . .

'O bob dim, byddan. Cwmni da. *Planet Insurance.* 'Ga' i air hefo Mr Morus, rŵan, os liciwch chi, achos fydd yn rhaid i mi ei weld o i gael y manylion am y fan. Dyna pam y dois i draw deud y gwir. Allan mae o ia?"

'Ia . . . ' A taswn i ddim mor embarasd mi faswn i wedi llewygu yn y fan a'r lle.

'Wel, diolch am y *guided tour*! Hyfryd iawn! Fyddwch chi'n gwneud Gwely a Brecwast byddwch? Rhaid i mi gofio sôn wrth y wraig.'

Ac fel roedd y dyn newydd ddiflannu i fyny i'r iard yn ei gar mi glywais i dwrw Now a Piff yn agosáu at y gwrych hefo'r slyri gyslar unwaith eto. Ac yn ôl y sŵn faswn i'n deud fod y ddau wedi colli'r llyfr cyfarwyddiada rwla ynghanol yr holl bibo. Dyn a ŵyr roedd o'n taflu digon o hwnnw allan o'i du ôl bob hyn a hyn; a rhwng rheg a chlec chwythodd gawod arall.

A'r eiliad honno, ynghanol y twrw a'r cawodydd pwy ddaeth i fyny'r lôn ond y llwydyn mewn dillad du ac ymhen pum munud roedd o'n sefyll yr ochor draw i Mot ac yn gofyn:

'Ydach chi'n credu yn niwadd y byd?'

'Mae o newydd gyrraedd,' medda finna ar ei draws o, a mynd i agor drws y ffrynt yn barod i'r dyn Twrist Bôrd rhag ofn iddo fo sylwi mai hoelan wyth oédd yn codi'r cliciad.'

Mis Mehefin

Sadwrn, 1

Dim mwy o fisitors i ddŵad i'r tŷ tan ddechra Gorffennaf, diolch i'r drefn. Ac er bod rhywun yn croesawu eu pres nhw, ma' hi'n brafiach gweld eu cefna nhw. Y dyn sbeinglas a'i wraig fydd y rhai nesa ddaw, i gerddad y gelltydd a gwylio adar. Ac mi ddôn i fyny'r lôn yn bwyllog yn eu *Robin Relyant* gan deithio ar y Sul i osgoi traffig.

Sul, 2

'Tahiti'n lle braf,' medda fi wrth Now.

'Iawn, mi 'na i o fory,' medda fynta.

Ac am nad oedd o'n gwrando, fel arfar, mi es i'w ben o a gofyn iddo fo pryd oedd o am fynd â ni i Landudno am y dwrnod.

'Ia iawn, a' i â chi.'

'Pryd?' medda finna.

'Pan fydd hi'n bwrw glaw,' medda fynta.

Llun, 3

Ma' hi'n bwrw glaw eto heddiw ond does 'na'm gobaith y cawn ni fynd i nunlla achos ma' Now yn rhy brysur yn waldio'i dalcan yn erbyn y palis ac yn deud na welodd o rioed dymor run fath. Glaw, glaw, glaw a dydi o byth wedi cael cneifio run ddafad.

Danfon y plant i'r ysgol yn y car er y basa canŵ wedi bod yn fwy addas. Drudwen yn dal i gnoi *Alpen* fel buwch yn cnoi ei chil pan ddois i yn fy ôl. Now wedi deud y dylwn i wneud iddi hi fyta cornfflêcs fel pawb arall! Dal i gwyno fod ei bys hi'n brifo ac mi gymerais inna olwg arno fo ar ôl brecwast.

'Orff,' medda fi ar ei ben.

'Orff be?' gofynnodd hitha gan feddwl 'mod i wedi gadael y gair ar ei hannar.

'Orff orff,' medda finna a theimlo 'mod i'n cyfarth fel morlo. 'Ac ar ôl i ti *orff*an clirio dy lestri brecwast well i ti fynd at y doctor i gael penisilin,' medda fi.

'Ma' fe'n *serious* 'te? Dyna beth chi'n weid ife?' gofynnodd a'i gwên yn lledu fwy bob eiliad.

'Wel, gora' po gynta gei di rwbath ato fo achos mae o'n *catching* iawn,' medda finna.

'O wel! Gore po gynta yr af i 'te,' medda hitha cyn sioncio i fyny'r grisia a sgipio i lawr hannar awr yn ddiweddarach, ar ôl newid ei dillad, ei gwynab a'i gwallt.

'Fydd e'n iawn i fi fentyg y car Anti Bran?'

'Bydd, ond paid â bod yn hir 'cofn bydd Now ei angan o,' medda finna.

A chyn i mi ei hatgoffa hi roedd hi wedi mynd dan ganu a gadael y tri oen llywath i frefu'n fyddarol. A brefu y buon nhw hefyd nes i mi stwffio potal i geg bob un ar ôl i E.T. orffan sugno.

Mawrth, 4

Roeddan ni'n fod i gneifio heddiw ond ma' hi'n genlli o law eto. 'Dw inna wedi cau drws y cwt ar Mot rhag ofn iddo fo foddi ar garrag y drws. A lle 'mod i'n sgubo briwsion o bridd sych odd' ar llawr, fel bydda i'n arfar ei wneud radag yma o'r flwyddyn, dwi'n dal i wasgu mop fel tasa hi'n ganol gaeaf.

Now a Piff yn eu dillad oel yn golchi'r tractor a'r chwalwr piswail newydd. Ond feddyliodd run o'r ddau am olchi eu welingtons cyn dŵad i lawr i nôl eu te, mwya'r piti.

Cael rhyw deimlad bod 'y ngwaith i'n dechra cynyddu'n raddol ers dyddia rŵan, achos y fi ydi'r unig un sydd yn llithio'r ŵyn llywath erbyn hyn er enghraifft. Dydi fiw i Drudwen fynd yn agos atyn nhw, ar gyngor y doctor. Medda hi.

Mercher, 5

Ma' Now wedi dechra mynd yn fwy caeth nag arfar i ragolygon y tywydd, ar radio a theledu, a dwi'n ofni ei fod o'n dechra cymryd y tywydd 'ma'n rhy bersonol o lawar. Mae o'n meddwl mai dim ond ar ei ben o a Canol Cae ma' hi'n bwrw. Ac mi ofynnodd i mi wrando ar y tywydd ar ôl newyddion un er mwyn iddo fo gael crynodeb o ragolygon yr wsnos.

Wel, am ddeg munud i un ro'n i allan yn llithio'r ddau oen

llywath tra oedd Drudwen yn edrach ar ôl y plant ac yn bandejio ei bys orffedig hefo rhyw ddarn o ddefnydd *Liberty* gafodd hi gan Barbie.

'Wel, be ma' hi'n addo 'ta?' gofynnodd Now amsar te.

'O . . . y . . . gwella!' medda finna.

Ond doedd hynny ddim yn ddigon da. Roedd yn rhaid i Now gael y manylion i gyd. Lle'n union oedd y cymyla. Sawl diferyn o law oedd yn disgyn o bob un. Ddudis inna bob dim fasa'n siŵr o godi ei galon o achos fedrwn i gofio dim byd welais i 'mond tei a chrys a chrysbas y cyflwynydd.

'Gwella?' gofynnodd Now yn llawan. 'Ma' hi'n mynd i wella felly?' gofynnodd wedyn. 'Wel o'r diwadd!' Ac mi aeth allan o'r tŷ wedi sirioli trwyddo ac yn gwneud cynllunia ffwl spid ar gyfar cneifio.

Iau, 6

O'r oll ma' hi'n ei fwrw dwi'n dal i orfod cario dŵr i'r tŷ gwydr bob nos i fwydo'r letis a'r tymatos. Er, ma' Drudwen fel tasa hi wedi dechra cymryd ffansi at y gwaith, ond am ba hyd, dwn i'm. Ma' hi'n trio deud ei bod hi wedi cael rhyw fath o droedigaeth ar ôl gweld Now yn gwaedu rhyw oen ar cae wsnos diwetha. Wedi cael gwayw oedd o medda Now ac mi sdiciodd o yn ei wddw. Ond mi fasa chi'n meddwl ar Drudwen fod Now wedi neidio allan o'r Racsan yn unswydd gwaith i'w lofruddio fo.

'Ond dyna'n gwmws wnath e!' snwffiodd Drudwen yn ddagreuol.

'Ond roedd o'n mynd i farw prun bynnag,' medda finna.

Ond welodd Drudwen rioed y fath farbareiddiwch mewn dyn, medda hi.

Mi deimlais i'n hun yn athronyddu wedyn. Deud fod pawb a phopeth yn gorfod marw rhyw dro ac mai dim ond mater o amser ydi o i ni i gyd.

'Wedi'n geni i farw ydan ni tasa hi'n dŵad i hynny. 'Mond gobeithio y cawn ni i gyd fynd o'ma'n reit ddi-boen, ac os byddan ni'n lwcus mi gawn ni wylia cyn mynd!' medda finna.

Ond doedd Drudwen yn gweld dim byd a'r cwmwl mascara wedi

glynnu ei llgada hi hefo'i gilydd. Sgwn i sawl llgodan a mochyn cwta sydd wedi diodda marwolaeth erchyll i brofi'r stwff yna heb sôn am weddill y powdrach sydd ganddi hi yn y llofft. A sawl pry cop sydd wedi cael y farwol dim ond oherwydd ei bod hi'n sgrechian bob tro ma' hi'n digwydd gweld un? Ond soniais i ddim byd am hynny.

Gwener, 7
Drudwen yn dal i fwydro am y busnas llysieuol 'ma.

'Iawn. Ocê,' medda fi. 'Ond ti'n gwneud dy fwyd dy hun. Ma' gen i bedwar dant llygad a dwi'n bwriadu cael defnydd da ohonyn nhw.'

Rhyfeddod o'r mwya, ond tydi hi ddim yn bwrw glaw heddiw ac ma' hi'n heulog braf. A phan ddaeth Now i'r tŷ ro'n i'n meddwl y basa fo wrth ei fodd ac yn gwenu'n hwyliog. Ond yr unig beth ddaru Now oedd gofyn:

'Sgin ti grysbas glân i mi?' a fflamio'i fod o'n gorfod aberthu dwrnod braf i fynd ag ŵyn i'r mart.

Manteisio ar yr haul ddaru Drudwen hefyd, a mynd am dro i lan y môr hefo Sioned a Llyr yn syth ar ôl cinio. Ac mi 'steddis inna i lawr i sbio ar Slot Meithrin nes i mi sylweddoli nad oedd 'na'm plant o 'nghwmpas i. Ond erbyn i mi ei droi o ar Newyddion Un roedd E.T. wedi dechra crewian am ei fwyd ac fel ro'n i newydd godi'n jympr mi ganodd y ffôn. Rhywun isio Now. Ac fel y rhois i'r ffôn i lawr mi fuo'n rhaid i mi redag allan i achub yr ieir o ddannadd y ci bach.

Sadwrn, 8
Dwrnod braf eto heddiw a 'dan ni'n cneifio. Dydi Drudwen rioed wedi gweld dynion yn cneifio o'r blaen medda hi. Ond mi fydd eu gweld nhw'n byta yn fwy o agoriad llygad fyth iddi, dwi'n siŵr o hynny.

'O's digon o dato 'da fi nawr 'te Anti Bran?'

'Oes i *un* ella, ond ma' 'na chwech ohonyn nhw i gyd,' medda fi wrthi.

Roedd y cneifiwrs yn fod i gyrraedd erbyn hannar awr wedi naw.

Ond doedd 'na'm golwg ohonyn nhw am hannar awr wedi deg. Am un ar ddeg fuo'n rhaid i mi roi'r tatws ar y tân neu fasan nhw byth yn barod erbyn deuddag.

Bob deg munud am yr hanner awr nesa mi fuo Now yn cerddad yn ôl a blaen yn wyllt o'r iard i'r tŷ ac o'r tŷ i'r iard yn dysgu rhegfeydd newydd i'r plant ac yn gwylltio hefo'r ffôn.

'Lle ddiawl ma' nhw?'

Yna, am chwartar i hannar dydd ffôniodd Main a deud na fasa'r giang ddim yn gallu cyrraedd tan o leia un o'r gloch, achos roeddan nhw wedi cael eu dal yn ôl yn y ffarm ddiwetha; rhyw draffarth hefo'r letrig neu rwbath. Ond doedd dim isio poeni am ginio iddyn nhw achos roeddan nhw newydd orffan ei fyta fo cyn codi'r ffôn.

'A be dwi'n mynd i wneud hefo hannar tunall o datws wedi berwi?!' medda finna.

'Mi wnan nhw i swpar siŵr,' medda Now.

Ond roedd Now yn gwbod cystal â finna na fasa Saim a Main a Styllan ddim yn dal ati'n hwyr iawn a hitha'n nos Sadwrn.

Roedd hi'n nes at ddau o'r gloch na dim arall pan gyrhaeddodd y cneifiwrs yn diwadd ac yn hannar awr arall wedyn cyn y plygon nhw fel styffyla a dechra cneifio. Ond erbyn tua tri roedd petha wedi dechra malu, a rhyw stwna a ffidlan fuo pawb tan amsar te.

Ac ar ôl te mi blygodd amball un ohonyn nhw yn eu hannar unwaith eto a chneifio am rhyw awr nes penderfynu fod 'na rwbath arall bron â thorri, ac y basa'n well iddyn nhw roi'r gora' iddi am y tro a chael dwrnod cyfan fory. A fory wrth gwrs, mi fyddan nhw angen te ddeg, cinio, te pnawn a swpar. Ac ar y seithfed dydd, pwy awgrymodd y fath beth rioed â gorffwys?

Sul, 9

Porthi'r pump mul: Main, Saim, Styllan, Now a Piff; tri oen llywath yn y cefn ac E.T. yn llofft.

Landiodd Mam, a dyna pryd cofiais i mai dydd Sul oedd hi.

'Lle ma'r hogan fach 'na sy'n fod i dy helpu di?'

'Wedi mynd allan hefo'r plant i weld y cneifio,' medda finna.

'Dach chi'n cofio nad ydach chi byth wedi bedyddio Euros bach
'tydach?' medda hi wrth Now wedyn amsar te.

'Fydd yn rhaid i mi ddipio'r defaid 'ma gynta,' medda hwnnw.

Ac allan â phawb gan adael dim byd ond ogla saim gwlân a
staenia gwyrdd tywyll o dan eu traed a'u tina.

'Mi fydd yn rhaid i mi ei gofrestru fo gynta,' medda finna.

Ac ar ôl clirio'r llestri swpar, rhoi'r plant yn y bath ac yn eu
gwlâu a golchi'r bwrdd, y cadeiria a'r llawr hefo *Domestos* mi
steddis i i lawr i fwydo E.T. a gwrando ar Mam yn cwyno am y
tywydd ac fel roedd o'n deud ar ei chricmala hi.

Welais i mo Drudwen trwy'r dydd, 'mond amsar bwyd fel pawb
arall. Ond fedrwn i ddim cwyno achos o leia roedd y plant hefo hi ac
mi ddilynodd y fisitors nhw hefyd fel rhyw griw ffilmio hefo'u
camra fideo a'u twrw.

Yr unig beth da am gneifio am wn i ydi mai dim ond unwaith y
flwyddyn mae o'n digwydd. Ac mi gaeais i'r cyrtans cyn mynd i
'ngwely jyst rhag ofn fod y dyn fisitor yn dal y tu ôl i'w gamra.

Llun, 10
Glaw yn ei ôl eto heddiw ac mi feddyliais i y basa Now yn pistillio
crio hefyd, ond ddaru o ddim achos roedd o'n gweld ei hun yn
lwcus dros ben o fod wedi cael gorffan cneifio. Ac mi ddechreuodd
chwara'n wirion a dechra cosi 'nhraed i pan oeddan ni'n isda o flaen
y telifishyn gyda'r nos. Ma'n rhaid fod haul tanbaid ddoe wedi
effeithio ar ei ben o achos ro'n i wedi trio deud wrtho fo ers meityn
fod y dyn fisitor yn ffenast. Ond doedd o ddim yn gwrando ac
roedd o'n dal i gosi 'nhraed i a finna'n wan ac yn methu 'i stopio fo.
Ac mi fuo'n rhaid i mi roi cic egar iddo fo yn ei 'senna yn diwadd,
cyn y dalltodd o ac y neidiodd o i'w gadair yn barchus, tra ro'n i'n
agor y drws. A dyna pryd gwelais i'r fideo yn llaw'r dyn, ac yntau'n
deud:

'I thought you might like to see the shearing on the video.'

'Hel o allan!' medda Now.

Ond doedd gen i'm dewis 'mond ei wadd o i mewn ac mi wthiodd
y casét cneifio i mewn i'r fideo ac agor y drws ar Aberhenfelen cyn i
mi fedru deud 'Steddwch i lawr'.

Mawrth, 11

Bet draw bora 'ma fel ro'n i newydd orffan bwydo Wymff a Plwmsan a Boliog.

'Tyrd a'r botal 'na i mi. Ma' gen ti ddigon o waith magu fel ma' hi, faswn i'n deud, heb fynd i fagu plant rhywun arall. Dwi'm wedi bwydo un o rhain ers blynyddoedd, ers pan rois i'r dewis i Dei: 'dy fam neu'r ŵyn llywath. Fedra i ddim edrach ar ôl pawb!' medda fi wrtho fo ar ei ben. Ac mi ddewisodd ei fam.'

'Sdim isio gofyn pwy fasa Now wedi'i ddewis!' medda finna a chwerthodd y ddwy ohonan ni fel petha gwirion.

'Gwatshia'r ci!' gwaeddodd Bet wrth i mi gerddad ar ei hôl hi i'r tŷ.

Ond sdim angan i neb f'atgoffa fi achos fydda i'n codi 'nghoesa'n reddfol. Fydda i hyd yn oed yn ei wneud o wrth fynd i dai pobol eraill. Ma' cael sgwrs hefo Bet yn well tonic na *Sanatogen* ac yn 'sgafnach o'r hannar na glasiad o sdowt. Ond mi ddudodd un peth wnaeth fy synnu fi. Deud ei bod hi'n poeni am Dei am ei fod o wedi dechra waldio'i dalcan yn erbyn palis y gegin. Ond wnes i'm byd 'mond chwerthin a deud fod Now wrthi ers blynyddoedd. Ond wedyn, os ydi rhywun mor cŵl â Dei wedi dechra arni mae'n *rhaid* fod leni'n dymor anarferol o helbulus.

Gwrando ar y tywydd ac yn lle gaddo tywydd braf, ddaru o ddim byd 'mond proffwydo mwy o law ac mi wylltiodd Now ac mi fynnodd mai wedi sdicio oedd y llun ac mai ailddarllediad oedd y tywydd welodd o eto heno.

Mercher, 12

Now byth wedi cael rowlio'r caea ŷd. Ma' hi'n rhy wlyb iddo fo fynd a run olwyn trwy run adwy i run cae ac mae o yr un ffunud â ramblar yn cerddad i bob man. Mae o'n fwy ffit na gwelais i o rioed, ond os ydi o wedi colli pwys neu ddau wrth gerddad mae o wedi ennill stôn a mwy mewn pwysa gwaith.

Now yn cwyno am nad ydi o'n gallu gwneud dim byd allan eto heddiw, felly mi gynigiais i iddo fo a Piff fy helpu fi yn tŷ. Ond mi fwydrodd Now rwbath am drwshio rhyw drelar seilej a'i gleuo hi allan; a fynta newydd fod yn pregethu na fydd 'na ddim seilej os na wellith y tywydd 'ma . . . !

'Dw inna'n dal i edrach ymlaen at gael sgubo'r llawr yn lle'i fopio fo, a chael clytia babi sydd wedi meddalu ar ôl bod ar y lein yn lle rhyw betha crimp fel papur tywod wedi eu sychu dros nos ar ben y *Rayburn*.

Ma'r fisitors 'ma'n neidio o'r tŷ i'r car ac o'r car i'r tŷ yn eu cotia *wet-look* ac yn diflannu i rwla sych am y dwrnod, lle bynnag ma' fan'no.

Ond yn wahanol iawn i bawb arall ma' Drudwen wedi cymryd at y tywydd gwlyb mae'n rhaid, achos ma' hi'n treulio mwy o'i hamsar allan na ma' hi yn y tŷ. Ac ma' hi wedi ffansio dillad oel run fath â'r dynion rŵan ac am fynd i'r *Co-Op* ar ôl te i nôl rhai. Fuo bron i mi â gofyn iddi fasa ots ganddi hi ailafael yn y gwaith o lithio'r ŵyn llywath gan fod ei bys hi'n well. Ond wnes i ddim yn diwadd dim ond cau 'ngheg a gwneud yn ei lle hi.

Iau, 13

Dydi hi ddim yn bwrw! A dyna pam y rhedais i allan a rhoi leiniad o ddillad yn yr ardd. Ond fel yr o'n i'n codi'r polyn i fyny mi deimlais i rhyw ddiferion bras yn dechra disgyn ar 'y ngwallt i ac erbyn i mi orffan llenwi'r fasgiad a rhedag yn ôl i'r tŷ roedd hi'n dymchwal y glaw ac mi 'sgydwodd y ci bach ei hun ar ben y dillad a 'nghoesa finna.

Gwener, 14

'Tywydd malwod myn diawl!' oedd cyfarchiad cynta Now ben bora heddiw eto.

A sôn am falwod, ma' hi wedi bod mor wlyb fel nad ydw i byth wedi cael cyfla i blannu run blodyn yn nunlla. Ond wedyn, taswn i wedi'u plannu nhw ma'n siŵr na fasa'r ci bach 'na wedi gwneud dim byd ond eu tynnu nhw i gyd o'u gwraidd prun bynnag. A dyna beth arall, tasa hi'n braf a sych mi fasa Sioned a Llyr a'r ci bach 'ma allan yn chwara yn lle bod o dan 'y nhraed i yn tŷ trwy'r amsar.

Sadwrn, 15

Newid dillad gwlâu pawb. Er, i be, dwn i'm achos dydi hi ddim yn gaddo tywydd sychu am hir iawn eto.

Drudwen yn gwneud cinio i bawb am y tro cynta ers oes pys ac nid o ddewis ond am 'mod i wedi gofyn iddi. 'Mond ar benwsnosa y bydda i'n ei gweld hi'n tŷ erbyn hyn.

Bet a Dei yn picio draw heno a ddaru Now a Dei ddim byd 'mond siarad yn ddi-daw am y tywydd. 'Ddiflannodd Bet a finna i'r gegin i mi gael llonydd i fwydo E.T.

'Gobeithio dy fod ti'n manteisio ar y tywydd gwlyb 'ma,' medda Bet.

'Manteisio?' medda fi.

'Wel, ia. Ti'm wedi bod yn ei ben o i fynd â chdi am dro i rwla. 'Gyfla iawn a hitha'n glawio fel hyn tydi.'

Ac mi synnais fy hun achos ar ôl yr holl ddyddia glawog do'n i ddim wedi meddwl bachu ar y cyfla . . .

Sul, 16

'Reit 'ta, pryd ddoi di i Landudno?' medda fi wrth Now fel roedd o'n disgwl am y tywydd.

'Llandudno? I be wyt ti isio mynd i fan'no?' gofynnodd fel taswn i wedi gofyn iddo fo fynd â fi i'r lleuad.

'I gadw 'mhwyll,' medda finna. 'A phrun bynnag y chdi ddudodd y basa chdi'n mynd â fi pan fasa hi'n bwrw glaw.'

'Ia, ond ma' hyn yn wahanol tydi,' medda fo a dechra hel esgusion.

'O, wela' i. Am fynd â ni am dro pan fydd hi'n braf wyt ti rŵan, ia? A phan fydd hi'n braf mi fyddi di'n newid dy feddwl eto ac yn deud mai pan fydd hi'n bwrw oedda chdi'n ei feddwl yn diwadd.' Beryg bod yr addewid ddaru Now ddechra'r mis heb sôn am yr un ddaru o ddechra'r flwyddyn wedi llifo ar ei ben i bwll y môr hefo'r holl law 'ma!

Llun, 17

Now a Piff yn dipio'r ŵyn a Drudwen wrthi'n gorffan peintio'r arwydd Gwely a Brecwast i'w roi o'n giât lôn. Ac mi roedd o'n werth ei weld hefyd. Dim ond gobeithio y daw 'na ddigon o fisitors heibio rŵan.

Y lorri'n dŵad i nôl y gwlân heddiw ac yn cyrraedd yn brydlon erbyn amsar cinio fel arfar. Ac am fod Now yn trin y gegin 'ma fel rhyw *soup kitchen*, mi roddodd wahoddiad i'r dreifar a'i fêt aton ni am ginio.

Melltio a thrannu at amsar te a'r cŵn i gyd yn gwthio heibio coesa pawb trwy'r drws ac yn wardio o dan bwrdd gegin. Mwy o waith gwasgu mop eto. Mae'n bryd i'r tywydd 'ma wella . . . .

Mawrth, 18
Ma' hi'n dal i fwrw ac ma'r bustych yn dal i dyllu a malu'r caea'n racs medda Now.

'Dyna chdi, ti'n gwbod sut bydda i'n teimlo rŵan pan fydd 'na fustych yn mynd drosodd i'r ardd,' medda finna.

Ond fedar o ddim cymryd jôc, dim nes bydd y tywydd 'ma wedi gwella beth bynnag.

Drudwen yn siomedig eto heddiw am nad ydi hi byth wedi cael pobol Gwely a Brecwast.

'Ond dim ond ddoe rhois di'r arwydd i fyny,' medda finna. 'A chofia mai yn giât lôn Canol Cae rhois ti o a dim ar ben Cathedral Road.'

'Chawn ni ddim seilej leni gei di weld,' medda Now a newydd orffan berwi am y cneifio mae o!

Mercher, 19
Braf heddiw, hynny ydi, dim glaw, er bod golwg digon bygythiol arni. Golwg digon tebyg i wynab Now ers wsnosa deud y gwir. Mae o wedi dechra ffônio Fali yn ddyddiol ers dechra'r wsnos ac mae o'n meddwl prynu teledu *Ceefax*.

Mae o'n poeni am ei haidd hefyd ac mae o'n pitio na fasa fo wedi plannu reis. Ma' tri chwartar y cae o dan ddŵr ac ma'r chwartar arall yn felyn. Ond ma' ganddo fo un cysur; waeth iddo fo heb â phoeni am ei rowlio fo rŵan.

Drudwen yn gwirioni pan welodd hi rhyw ddyn trwsiadus yn

cerddad at y drws ac roedd hi ar fin gofyn iddo fo os oedd o isio *evening meal* pan ddudis i:

'Dowch i mewn Breian'.

Iau, 20

Dim ond lwcus bod 'na dri cyflymdar ar weipars y car neu faswn i byth wedi gallu gweld llwybr trwy'r glaw i gyrraedd Dre o gwbwl. Ond cyrraedd wnes i a cherddad i mewn i'r Swyddfa Gofrestru hefo E.T. (Rhaid i mi beidio ei alw fo'n hynna.)

'O 'mabi del i . . . a be ydi'r enw am fod?'

'I — Ieuros Euros, Euros Tudur Morus.'

'E u r o s T u —' Sillafodd y ddynas yn bwyllog a chofnodi hefo pensal gynta cyn mentro'r inc du a'i sychu'n ofalus hefo papur sugno. Ond hyd yn oed cyn iddi agor y pot inc ro'n i wedi dechra teimlo 'mrestia'n pigo ac yn dechra gollwng llaeth yn gawodydd wrth i E.T. wingo'n llwglyd yn 'y mreichia fi.

'Fasa ots ganddoch chi i mi fwydo?'

'Dim o gwbwl 'mach i. Cariwch chi 'mlaen,' medda'r ddynas, diolch i'r drefn.

Ac am bum munud go lew boddwyd sŵn rowlio llyfn y ffownten pen gan sugno barus, swnllyd, E.T. oedd yn fy atgoffa fi o'r sŵn fydd Now yn ei wneud pan fydd o'n byta eiran wlanog aeddfed.

Gwener, 21

Dydd hira'r flwyddyn heddiw ac mi roedd o, yn enwedig i Drudwen, achos mi dreuliodd hi heddiw fel ddoe a'r dwrnod cynt yn gwneud dim byd 'mond disgwl i rywun droi i mewn a deud:

'Gwely a Brecwast plis?'

Mi gerddodd i giât y lôn ddwy waith 'mond i wneud yn siŵr fod yr arwydd yn dal yno. Ac mi fedra' i gydymdeimlo hefo hi achos mi wn i sut beth ydi gorfod disgwl am rwbath . . .

Sadwrn, 22

Angharad yn landio fel huddug i botas.

'Gwatshia'r ci!' medda fi wrthi.

Ac mae'n dda ei bod hi wedi dŵad, 'tae ond i mi gael clywad ogla da yn y tŷ 'ma weithia. Ma' Drudwen wedi taflud ei sent a'i phowdrach a'i geriach hi i gyd i'r bin ers wsnosa ar ôl iddi sylweddoli eu bod nhw i gyd wedi eu harbrofi ar anifeiliaid.

'Dwi'm yn tarfu arna chdi nag'dw? Hei, dwi'n licio'r arwydd yn giât lôn! Proffesiynol iawn. Lot wedi galw oes?'

'Neb.'

'Neb?! ond be am y Twrist Bôrd? Chafodd rheiny ddim gafael ar rai i chdi?'

'Naddo, a chawn ni ddim rhai ganddyn nhw chwaith, dim heb dywallt lot o brês i'r fentar sydd yn gyfystyr â bwldoshio'r tŷ 'ma i'r llawr a chodi bynglo yn ei le fo, ac wedyn mi fasa Mr Smarties yn dŵad heibio ac yn codi'n rhent ni ma' siŵr. Ta waeth, deud wrtha' i lle buoch chi 'ta?'

'Paris. O, dim byd hir cofia, 'mond am rhyw *weekend* fach.'

'Dw inna'n trio cael Now i fynd â fi i Landudno am y dwrnod ers dechra'r mis 'ma ond dydw i ddim modfadd yn nes, wrth gwrs.'

Chwerthin ddaru Angharad. Ond dyna fo, chwerthin faswn inna hefyd, ma' siŵr, taswn i newydd fod yn Paris am benwsnos.

'Dwi wedi dŵad â llunia i ddangos i chdi yli. Russ dynnodd hwnna o ben Tŵr Eiffel a dyma hi yr Arc de Triomphe . . . '

'A sut ma' Russell? Dwi'm wedi weld o yn y cnawd ers dwn i'm pa bryd. Brysur ma' siŵr ydi?'

'O ydi, hectic fel arfer.'

Breuddwydio am Baris yn fy ngwely heno. Now a finna'n isda mewn rhyw gaffé ac ogla coffi cry yn llenwi'n ffroena ni ac er syndod i mi, mi ofynnodd Now am *'l'escargot'* a mwya sydyn roeddan ni'n ôl yn isda wrth fwrdd cegin Canol Cae a Now a finna yn sglaffio malwod, y cregyn a'r cwbwl, nes roedd 'na rhyw hen slafan lwydlas yn llifo i lawr congla'n cega ni. A toc daeth y *chef* i'r golwg, a phwy oedd o ond Piff a'i ddwylo fo'n un sglyfath, ac wedyn mi gyrhaeddodd Drudwen hefo llond basgiad ddillad arall o falwod, wedi iddi eu hel nhw o gwmpas pan y toilet-allan.

Sul, 23

Methu meddwl be i' wneud i ginio. Fawr o stumog gen i at ddim ond roedd Mam ar ei ffordd, felly roedd yn rhaid i mi wneud rwbath.

'A phryd 'dach chi'n mynd i fedyddio'r hogyn bach 'ma 'ta?' oedd ei chwestiwn cynta hi.

'Wel, dwi newydd ei gofrestru fo dydd Iau,' medda finna gan feddwl y basa hynny'n lliniaru dipyn ar ei swnian hi.

'Newydd ei gofrestru fo? Be ti'n feddwl dim ond newydd —' ac fel roedd hi'n taflu ei llais mi waeddodd Now ar ei thraws hi:

'Tewch! Tywydd!' ac mi ddychrynodd hi gymaint nes y caeodd hi ei cheg yn glep.

Pasta a salad gafodd Drudwen i ginio, a iau a grefi a thatws a moron i bawb arall. A ddaru Drudwen ddim byd 'mond mwydro am y busnas llysieuol 'ma a chael beth oedd yn edrach fel gwrandawiad deallus iawn gan Mam nes iddi ofyn i Drudwen basio mwy o'r grefi iddi. Ond y mistêc mwya ddaru Drudwen oedd dechra sôn am yr ysgol a'r TGAU achos ei thro hi oedd gwrando wedyn, a hynny am chwaer Mam fuodd yn y Sanatoriym o'i achos o, ac fel yr oedd hitha wedi ei gael o yn ei chlun hefyd ond nad oedd neb yn ei choelio hi.

Yr unig beth oedd ar fy meddwl i oedd sut o'n i'n mynd i gael Now i Landudno. Ond wedyn erbyn meddwl, ella y basa hi'n haws o lawer cael Llandudno at Now . . . Ac mi fasa'n well tasa fo wedi cysgu ar ôl cinio a cholli clywad y tywydd achos doedd o'n deud dim byd gwahanol i'r hyn mae o wedi ei glywad ers bron i fis bellach. Ac mi roth Now gic i'r llun rhag ofn mai tywydd wsnos diwetha oedd yr un gafodd o eto heddiw.

Isda'n pwytho sana Now yn y 'ngwely ar ôl gorffan bwydo E.T. heno. Sgin i'm co' gwneud hyn ganol haf o'r blaen achos radag yma, fel arfar, mi fydd Now allan o'i welingtons ac yn ei sgidia mawr. Bet yn deud fod 'na sana da yn Mârcs, Llandudno. Rhoi'r gorau i bwytho ydi'r gora' a th'wysu Now i Landudno.

Llun, 24

Cen Cipar yma ben bora cyn i neb fedru rhoi ei ben na'i goesa yn ei ddillad bron.

'Pryd ti am gael y seilej 'ta?' medda'r idiot.

Dim rhyfadd fod siwiseids yn uchal ymhlith ffarmwrs!

'Fuodd Dei Dros Rafon yn lwcus i'w gael o dydd Iau a dydd Gwenar rhwng cawodydd,' medda fo wedyn.

'Do m'wn,' medda Now, a'i ben yn ei gornfflêcs.

'Ond ma' Tyddyn Ffarmwr am droi ei bit seilej o yn sgwash côrt medda rhywun. Glywis di rwbath?' gofynnodd Cen yn glustia i gyd.

'Naddo,' atebodd Now.

'Wel, ti'n gwbod be sydd wedi ypsetio'r tywydd 'ma'n dwyt?' medda fo wedyn gan droi'i gap ar ei ben yn ddoeth.

'Be?' gofynnodd Now yn chwilfrydig.

'Pobol fatha chdi yn cneifio ar y Sul 'de! Hy-hy! Hy-hy!'

Ro'n i wrthi'n llithio'r ŵyn llywath pan gyrhaeddodd y dyn bara.

'Diwadd Mehefin Musus Bach a 'dan ni'n dal i ddisgwl am yr haf!'

'Gwatshiwch y ci!' medda finna. Ond ro'n i'n rhy hwyr a rhywsut neu'i gilydd mi faglodd eto. Ond wnes i'm byd 'mond troi 'nghefn.

Mawrth, 25

'Dyna fo, terfysg mis Mai wedi drysu'r tywydd 'ma i gyd. A welwn ni'm seilej leni.'

'Na weli, ma' siŵr,' medda finna. 'Ond 'dan ni'n mynd i weld Llandudno fory. A ti'n mynd â ni, dallt?'

Dyna sydd isio. Taro'r haearn tra mae o'n boeth, a dim gofyn, 'mond deud!

'Fory? Llandudno fory?! ond fedra i'm mynd i nunlla'n ganol 'rwsnos siŵr!' medda Now, fel tasa hynny'n groes i ddeddf gwlad.

'Ond ma' hi'n mynd i fwrw glaw. Ma' dynas y tywydd newydd ddeud hefo'r giât bymthag troedfadd o wên 'na sydd ganddi,' medda finna. 'Ac os ydw i wedi dallt rwbath ers i ni briodi, dyna ydi o, mai dim ond pan fydd hi'n glawio ma' gen i obaith o dy gael di i fynd â fi am dro i rwla o gwbwl.'

'Iawn, iawn, iawn. A' i â chdi dydd Sadwrn 'ta,' medda Now yn bwdlyd. 'Waeth i mi neidio allan o'r Arch a boddi yn ei ganol o rŵan ddim, mwy nag eto.'

Ond doedd dim ots gen i sut dudodd o fo, dim ond ei fod o wedi

114

ei ddeud o, a does gen i ddim co' i 'nhraed i gyffwrdd run gris wrth
ddringo i fyny i'r llofft. Llwyddiant o'r diwedd! Ac mi fedra' i
feddwl sut deimlad ydi concro Everest rŵan.

Mercher, 26

Dim ond gobeithio na wellith y tywydd 'ma, rhag ofn iddo fo
amharu ar ein trefniada ni. Ond does 'na'm peryg y gwneith o
heddiw achos ma' hi'n dal i fwrw glaw mân ac wedi gwneud ers ben
bora.

Wedi penderfynu rhoi pelets i Wymff a Plwmsan a Boliog o fory
ymlaen ac am ddechra rhoi bwyd llwy i E.T.

Ma'n rhaid fod dillad oel Drudwen yn rhai gwell na'r cyffredin
achos pan ddaeth hi i'r tŷ toc cyn te roedd hi *a'i* dillad oel yn sych.
Yn rhyfeddol o sych o feddwl fod Drudwen wedi bod allan yn
chwilio am rhyw floda a phlanhigion gwyllt trwy'r pnawn. Ac yn
rhyfeddach fyth mi ddaeth Now at ffenast y gegin ganol pnawn yn
gofyn os o'n i wedi gweld Piff yn rwla . . .

Ond mi fuo'n rhaid i mi redag i'r gegin i wahanu Sioned a Llyr
oedd yn cwffio am rhyw frwsh paent a'r ddau newydd droi'r dŵr
nes roedd o'n llifo yn un afon lwyd fudur dros ymyl y bwrdd ac yn
diferyd ar y llawr. Pa blesar ma' plant yn ei gael wrth beintio, dwn
i'm. Ond wedyn ella mai'r poetshio ac nid y peintio sy'n mynd â'u
bryd nhw.

Iau, 27

Gwell dwrnod heddiw a gwell hwylia o lawar ar Now. Mae o wedi
dechra symud yn gynt o'r hannar ac wedi dechra chwerthin
unwaith eto fel 'tae o wedi cael batris newydd yn wadna ei sgidia.

'Dw inna'n falch o gael dwrnod heulog i gael cario dipyn o'r
clytia 'ma allan, i'w sychu nhw yn y gwynt, am newid. Ond mi ges i
fwy o job i'w hel nhw na feddyliais i achos fel ro'n i'n llenwi'r
fasgiad roedd y ci bach yn ei gwagio hi.

Drudwen wedi addo gwarchod y plant dydd Sadwrn, pawb ond
E.T. wrth gwrs, hynny ydi os na ddigwyddith hi gael pobol Gwely
a Brecwast. Ond mae'n rhaid i mi ddeud fod hynny'n edrach yn
bur annhebygol erbyn hyn.

Gwener, 28

Anhygoel! Dwrnod arall heb ddiferyn o law. Yr ail ddwrnod sych wsnos yma. Biti na faswn i'n gallu deud yr un fath am Llyr sydd wedi bod yn gadael pylla ar ei ôl trwy'r dydd.

Gwneud petha'n barod i fynd fory. Am gychwyn ben bora. Ond dydi Now wedi sôn am ddim byd ond seilej trwy'r dydd.

'Ac yfory fe allwch chi ddisgwl diwrnod heulog braf unwaith eto. Noswaith dda.' Ac arhosodd gwên y ddynas tywydd ar y sgrin am hir.

'Os bydd hi'n braf fory fedra' i ddim fforddio mynd i Landudno cofia,' medda Now.

'Be ti'n feddwl?' medda finna.

Ond roedd deud 'seilej' yn ddigon.

Sadwrn 29

Ddaru Now ddim byd 'mond gwingo fel cnonyn tra buodd o'n ei wely neithiwr a phan ddeffrais i ben bora mi 'drychais i dros yr erchwyn rhag ofn ei fod o wedi disgyn ohono fo rhywbryd ganol nos. Ond am wyth o'r gloch y bora mi ddaeth i'r tŷ i nôl ei frecwast.

'Lle buost ti?' medda finna'n fygythiol.

'Wel yn torri'r seilej, lle ti'n feddwl dwi wedi bod?'

'A be am Landudno?'

'Fedra i'm mynd na fedra. Ddudis i do, tasa hi'n braf, faswn i ddim yn gallu mynd.'

'Ond mi wnes di addo!'

'Do, os oedd hi'n *bwrw*. Ond ma' hi'n braf tydi, diolch i'r drefn, a dyn a ŵyr dwi wedi disgwl yn ddigon hir amdano fo.'

'Smo chi'n mynd i Landudno 'te?' holodd Drudwen, fel yr o'n i wrthi'n stwffio'r cig i'r popdy.

'Nag'dan,' medda finna a gwasgu'r cadach llestri nes roedd fy migyrna fi'n wyn.

'Ond pam 'te?'

'Achos ma' hi'n *braf* tydi.'

Ond sut ma' dechra egluro'r tywydd i rywun sydd ddim yn gyfarwydd â'r busnas ffarmio 'ma . . . ?

Sul, 30

Drudwen yn chwibanu yn y gegin ben bora a finna'n methu dallt pam nes dudodd hi fod 'na bedwar o bobol yn cysgu yn y ffrynt; wedi cyrraedd yn hwyr neithiwr ar ôl i mi fynd i 'ngwely.

'A ma' nhw'n mynd i aros am beder nosweth Anti Bran,' medda Drudwen yn llawn cynnwrf wrth gario'r platia brecwast drwadd atyn nhw.

'Pedair noson?' medda finna, ac oedd wir, mi roedd hi'n anodd peidio gwirioni. Gwely a Brecwast o'r diwadd!

Ond ganol pnawn, mi siglodd 'na rhyw *Robin Relyant* llwythog i fyny'r lôn yn ara deg, a difetha bob dim . . .

Mis Gorffennaf

Llun, 1

'Mam, be ydi gwylia?'

'Dwi'm hyd yn oed yn gwbod be ydi *day off* Rhys bach, heb sôn am wylia.'

'Ydi Dad yn gwbod 'ta?'

'Gwbod? Ydi. Ond dwi'n meddwl bod angan ei atgoffa fo . . . !

Mawrth, 2

Drudwen yn gwneud salad gwyrdd i ginio heddiw. Ond ma' rhoi salad o flaen Now fel rhoi cabeijan o flaen ci. A'i sylw cynta fo oedd:

'Be ma' hi wedi bod yn wneud? Chwynnu'r cowt?'

Ond mi dorrais i dorth gyfa o frechdana tra oedd Drudwen yn nôl llefrith o'r pantri.

'Harclwydd mawr! Dalapoethion! Ma 'na ddalapoethion ar 'y mhlât i!' poerodd Now.

'Nagoes siŵr. Letis ydyn nhw,' medda finna, rhag styrbio'r plant.'

'Wel be ti'n galw rhain 'ta?' medda fynta.

'Ma' lot o harn yntyn nhw Wncwl Now. Ma' nhw'n gwd i chi. Ma' fe'n gweid yn y llyfyr 'sda fi lan lofft. Chi moin 'i weld e?'

'Nag'dw, a ddysgi ditha ddim llawer am arddio allan o lyfr chwaith.'

'Blasus iawn Drudwen. Ydi wir, ac yn braf cael rhyw newid bach,' medda finna.

'Lle ces ti nhw 'lly?' gofynnodd Now a rhoi winc ar Piff.

'Y danadlpoethion hyn chi'n feddwl,' gofynnodd Drudwen yn hamddenol, ar ôl rhoi fforchiad arall o'r deiliach gwyrdd yn ei cheg.

'Ia.'

'O, ar bwys y tŷ gwair, ma' digonedd 'na,' medda hitha.

'Lle bydd y cŵn ma'n codi'u coesa ti'n feddwl ia? A lle bydda inna'n gwagio gwaelod pob rhyw hen jar a sprê,' medda Now yn fwy hamddenol fyth.

'Beth?!' sgrechiodd Drudwen.

A phan es i allan i weld lle'r oedd hi, roedd hi newydd boeri'r slafan werdd ddiwetha dros wal y cowt ac wrthi'n sychu ei thafod yn wyllt hefo cefn ei llawas.

Mercher, 3

Drudwen wrthi trwy'r pnawn yn plannu letis yn tŷ gwydr. Ma'r rhai diwetha blannodd hi wedi gwneud salad i falwod a phryfaid clustiog. Ac ma'r rheiny blannodd hi allan yn y cae wedi gwneud picnic i'r sgwarnogod.

Es inna allan i gael dipyn o awyr iach a thaflud 'chydig o belets glas i'r malwod run pryd, rhag ofn iddyn nhw wledda ar fy mloda fi. Ond pan ddois i'n fy ôl i'r tŷ a digwydd edrach trwy'r ffenast dyna lle'r oedd Drudwen ar ei glinia wrth ymyl y bordar yn codi'r pelets diwetha hefo'i menyg rybr cyn dal y bag plastig i fyny o flaen 'y nhrwyn i a deud:

'Anti Branwen, 'wi'n synnu atoch chi. Ma' rhain yn *deadly*!'

'Ma' malwod yn *deadly* hefyd os ti'n digwydd bod yn flodyn bach!' medda finna.

Dim fod llawar o ots gen i a deud y gwir achos os na fytith y malwod nhw ma' 'na ddigon o betha eraill lladdith nhw: defaid ac ŵyn, gwarthaig, ieir a gwynt y môr. Deud y gwir ar ôl saith mlynadd o frwydro'n erbyn anifeiliaid a'r elfenna dwi bron â deud 'mod i am ildio, chwifio'r faner wen, gadael llonydd i natur deyrnasu, a phrynu gwylia i fi'n hun hefo pres yr hada a'r pelets.

Iau, 4

Wedi cael pump diwrnod braf ar ôl ei gilydd rŵan. Finna'n meddwl y basa'r tywydd poeth 'ma wedi codi rhyw awydd ar Now i gael gwylia. Ond dydi o'n sôn am ddim byd ond am wair.

'Rhyfadd fel ma' dipyn o heulwen yn codi ysbryd rhywun tydi,' medda fi wrtho fo yn y gwely heno.

'Ydi, ma' haul ar gefn yn gwneud lles i bob anifail,' medda fynta.

'Sut fasat ti'n licio dipyn o haul ar dy gefn Now . . . ?' medda fi wrtho fo wedyn, gan wthio blaena 'mysadd i ganol tywod melyn Minorca.

'Ga' i weld pa mor boeth fydd hi fory, . . . ella y tynna' i
'nghrys . . . '

Gwener, 5

Pryfaid gleision yn hofran ac yn swnian yn fyddarol fel rhyw
Fecsicans rownd 'y mhen i ers ben bora. Deud y gwir, tasa gen i
dollborth ar bob twll a ffenast a drws, a finna'n codi ceiniog ar bob
pry sy'n mynd a dŵad i'r tŷ 'ma, mi faswn i wedi gwneud fy
ffortiwn cyn diwadd yr haf.

Sgwn i os oes 'na bryfaid yn Mecsico? Welais i rioed run yn y
brôshyrs. Ond ma'n rhaid i mi ddeud fod brôshyr wedi ei rowlio yn
bastwn gystal â dim i'w waldio nhw. Swalp! A dyna un pry budur,
byddarol arall yn llai. Distawrwydd a thangnefedd unwaith eto.
Dim sŵn pryfaid. Dim ond sŵn dŵr. Dŵr?!

'Llyr!'

A phan gyrhaeddais i'r bathrŵm roedd Llyr wrthi'n codi llond
cwpan blastig o ddŵr o'r pan ac yn ei yfad o! A phan es i i'r llofft
doedd 'na ddim byd ond dillada ym mhobman a Sioned yn eu canol
nhw a'i phen o'r golwg yn rhyw jympr aeaf.

A dwn i'm 'ta pryfaid 'ta plant sy'n poetshio fwya.

Sadwrn, 6

'Drudwen, ei di i'r *Co-Op* i nôl rwbath i ladd pryfaid?' Dyna'r unig
beth ofynnais i iddi, a phan ddaeth hi'n ei hôl roedd y gegin fel
jyngl a rhyw stribedi melyn yn hongian o'r to yn bob man.

Ac roedd yn rhaid i mi gytuno, roeddan nhw'n dipyn iachach na
rhyw hen sprês. Ond yn anffodus mi grogodd Drudwen un reit
uwchben cadair Now, a fuo 'na rioed gymaint o ddamio wrth fynd
allan ar ôl cinio. Now yn troi a throsi a thynnu fel rhyw ddafad yn
sownd mewn mieri a'r stribwd melyn wedi glynu fel selotêp wrth ei
wallt o ac wedi lapio am ei ben.

'Torra fo rŵan!'

A ches i 'mond rhoi siswrn arno fo nad oedd Now wedi ei gleuo hi
allan yn ei wylltinab a rhyw un tamad melyn yn dal yn sownd ar ei
gorun o.

Ffôniodd plisman o Dre yn syth ar ôl cinio yn holi pryd fasa Now yn tŷ.

'Mond bob tro bydd ei fol o'n wag!' medda finna. Ac ar ôl iddo fo orffan chwerthin, mi ofynnodd yr un un peth wedyn.

'Wyth, hannar dydd, pedwar a rhyw dro ar ôl iddi d'wyllu,' medda finna am yr eildro.

Ac mi fwydrodd rwbath am rhyw twelf bôr, neu rwbath.

Sul, 7

Drudwen yn dŵad i'r tŷ'n reit flin bora 'ma eto ac yn syth i'r llofft i blannu ei phen yn y llyfr garddio organig 'na sydd ganddi, ac sydd bron cymaint â'r tŷ gwydr ei hun. Y malwod wedi cael parti yn y borderi neithiwr eto, ma'n rhaid, ac wedi gadael dim byd ar eu hola 'mond llwybra meddw slafenog, dros bob dim.

'Smo fi'n credu'r peth. Wi'n gwneid yn gwmws fel ma'r llyfyr yn ei weid wrtho i!'

'Tafla chydig o belets yma ac acw. Ac mi fasa'n well i chdi roi rhai yn y tŷ gwydr hefyd, neu mi fyddan wedi byta dy letis di i gyd!' medda finna o brofiad.

'Ie, ond smo hynna'n gêm, Anti Bran!'

'Wel, mala blisgyn ŵy a thafla rheiny 'ta!' medda fi wedyn.

'Ond bydde 'ny fel gwidir! Ma' fe'n rhy greulon. Alla' i ddim.'

Ac mi fwydrodd rwbath fod pawb isio byw ac y basa hi'n rhoi un cyfla arall iddyn nhw.

Soniodd Mam ddim byd am fedyddio heddiw, diolch i'r drefn, ond mi fyddarodd pawb hefo'r manylion am ei thrip Caelloi i Jersey.

Bet a Dei yn dŵad draw gyda'r nos. Ond fuodd Dei ddim yn tŷ'n ddigon hir i drafod gwylia. Y ddau wedi mynd allan i weld y gwair. Now ffansi ei ladd o fory. (Y gwair, nid Dei.)

Bet a finna'n dal i drafod gwylia pan ddaethon nhw'n eu hola. Bet yn mwydro rwbath am wsnos i ddau yn Florida ac yn holi os o'n i wedi prynu tocynna raffl gan Cen Cipar.

'Ew mi fasa'n dda basa. Meddylia, y chdi a fi yn isda mewn coctel-bâr yn Miami. Bodia'n traed ni yn y môr a'n trwyna ni yn yr haul!' breuddwydiodd Bet.

'Waeth i ti heb â chodi d'obeithion,' medda finna wrthi. 'Does ganddon ni'm gobaith pŵdl mewn ras cŵn defaid!''

Na, dwi wedi penderfynu nad a' i byth i nunlla ar obeithio a breuddwydio yn unig . . .

Llun, 8

Ma' hi fel dwrnod mabolgampa'r ysgol yma heddiw. Ogla melys gwair newydd ei dorri a rhyw gynnwrf egniol yn llenwi'r awyr i gyd. Now ar gefn ei dractor yn lladd gwair ers ben bora ac ma' Sioned a Llyr newydd fynd i lawr i lan y môr hefo Drudwen. 'Dw inna wrthi'n bwydo E.T. ac yn sbio allan trwy'r ffenast ar yr ardd ac yn gweld y gwellt wedi tyfu'n fawr eto.

Un waith rioed sgin i go' o Now yn torri gwellt yr ardd yn fy lle i. Fuos i'n swnian am wsnosa nes y daeth o o'r diwedd a hynny ar gefn ei dractor, un pnawn Gwenar, ac injan dorri gwair tu ôl iddo! A fuodd o'm yno bum munud i gyd nad oedd o wedi tynnu cerrig yn yr adwy, torri'r lein ddillad ac o leia bump chwaral yn y tŷ gwydr. Ac roedd yr ardd yn edrach fel pen rhyw bync rocar, yn foel 'dat y pridd yn bob man, ond am y tocia blêr adawyd ar ôl yn sdicio i fyny yma acw.

A dyna hynny o arddio ddaru Now rioed, drosodd mewn pum munud, a wnes inna ddim gofyn am ei help o i dorri'r ardd byth wedyn. Ond erbyn meddwl, ella mai dyna pam y daeth o ar gefn ei dractor i ddechra arni . . .

Mawrth, 9

Hwylia da iawn ar Now am ei bod hi'n ddwrnod braf eto heddiw a fynta wedi cael dechra chwalu'r gwair.

Anghofiais i sôn wrtho fo tan amser cinio fod plisman Dre wedi ffônio ynglŷn â rhyw wn neu rwbath, ac mi gofiodd Now nad oedd ganddo fo leisians ar ei wn.

'Cer i Dre pnawn 'ma i dynnu'n llun i,' medda fo fel bwlat.

'Be?' medda finna'n ddryslyd.

A dwi'n gwbod 'mod i wedi gwneud petha digon rhyfadd i Now rioed. Mi gyrrith fi i bob man; i dalu bilia, nôl berings, oltyrnetors, cranc shaffts, rwbath a deud y gwir, o bowdwr at sgoth lloua i

123

bacad o *Polo Mints*. A fasa fo ddim yn meddwl ddwywaith cyn 'y ngyrru fi i'r lleuad tasa hynny'n arbad colli dwrnod o waith iddo fo, adra.

'Ond os ti am gael tynnu dy lun dwi'n meddwl y bydd yn rhaid i chdi folchi a newid a mynd i Dre dy hun sdi,' medda fi wrtho fo fel 'na, yn ddigon caredig.

'Fedra i'm mynd. Sgin i'm amsar,' medda fynta.

A fydd o byth yn mynd i Dre, dim ond pan fydd hi'n argyfwng go iawn; i dynnu dant neu i weld y banc manijar neu'r acowntant ac a deud y gwir, fannodd ydi'r cwbwl lot i Now.

'Ydi'n rhaid i chdi gael llun?' medda fi.

'Ydi neu cha' i'm leisians!'

Ac ar ôl tynnu ei law trwy'i wallt un waith, sychu'i geg hefo'i lawas a phlethu ei freichia dyma fo'n deud.

'Tynna di lun ohona' i rŵan.'

A dyna wnes i, hada gwair a chwbwl.

'Gwena!' Clic!

'Daria ma' isio tri. Tri llun run fath.'

'Sa'n llonydd 'ta!' A clic! clic! medda fi wedyn.

'Na fo. Picia di â nhw draw i'r Dre at y plisman 'na pan gei di amsar,' ac allan a fo ar gefn ei dractor, ac wedi cael osgoi siwrna arall i'r Dre tan y fannodd nesa!

Mercher, 10

Drudwen wedi cymryd at yr awyr iach ac yn treulio'i hamsar i gyd yn stwna rhwng yr ardd, y tŷ gwydr, y cae tatws a'r cae gwair; rwla ond yn tŷ, erbyn meddwl. A phwy wêl fai arni achos ma' hi'n amlwg mai allan ydi'r lle difyrra ar ffarm, neu mi fasa'r dynion i gyd yn tŷ yn basan!

Yn tŷ buos i trwy'r dydd yn bwydo a gwarchod E.T. ac yn paratoi ar gyfar trip ysgol Rhys i'r Sŵ Fôr a'r Pili Palas fory. Dim ond gobeithio bod Drudwen yn cofio'i bod hi wedi addo mynd hefo fo ar y trip, hynny ydi os bydd hi wedi gorffan darn-ferwi'r holl fageidia pys a ffa 'na ma' hi wedi eu hel heddiw.

Ma' hi'n hannar nos a dwi ar y bag plastig diwetha. Doedd Drudwen rioed wedi bwriadu trin y pys a'r ffa mae'n amlwg. Joban arall i wraig y tŷ . . .

Iau, 11

Yr haul yn dal i d'wynnu a'r dynion wrth eu bodda'n chwara hefo'r gwair. 'Dw inna'n methu dallt be ydi'r ogla drwg dwi'n ei glywad bob tro dwi'n sefyll yn drws. A dyna ydi drwg tywydd braf. Codi ogla a thynnu pryfaid, ac roedd Mot yn diodda o'r ddau.

'Fedri di roi dip i'r ci 'ma?' Y fi ofynnodd i Now fel roedd o'n mynd allan trwy'r drws ar ôl cinio.

'Na fedra rŵan, ma' hi'n rhy hwyr. 'Dan ni wedi gwagio'r twb. Tafla chydig o Ddetol neu rwbath drosto fo,' oedd y cyngor ges i.

Ond dim cyngor o'n i isio, ond rhywun i wneud y gymwynas! Prun bynnag, mi helpais i y cradur ar ei draed a'i gyfeirio i ganol y cwt cyn taflud pwcedad o ddisinffectant drosto fo.

Dwi'm yn meddwl y sylweddolodd o be ddigwyddodd achos ddaru o'm byd 'mond sefyll fel plancad wlyb drom wedi ei thaflud dros lein ddillad i ddiferyd. A bob tro roedd o ar feddwl ysgwyd ei hun yn sych roedd o'n colli ei falans. A dyna pam, mae'n debyg, y penderfynodd o sefyll yn llonydd a llipa yn ei unfan, hyd nes y cyrhaeddodd Drudwen yn ôl o'r lan y môr yn ei bicini a chael cawod anghynnas!

Gwener, 12

Ma' Drudwen wedi dygymod â lot o betha yn byta'i letis a'i llysia hi ond ddaru hi rioed feddwl y basa Wymff a Plwmsan a Boliog yn gallu bod mor anifeilaidd. Ddaru hi rioed feddwl y basan nhw'n gallu bod mor anniolchgar a hitha wedi treulio cymaint o'i hamsar yn eu magu nhw; yn cario llaeth iddyn nhw trwy bob tywydd a blindar a salwch a bron a bod wedi colli un bys o'u herwydd nhw!

A dyma nhw rŵan, roedd y *juveniles* anniolchgar wedi ffendio twll yn ffens yr ardd ac wedi mynd ati'n fwriadol i gnoi a sarnu ei llysia gwerthfawr hi.

Now yn chwibanu yn sionc wrth ddŵad i'r tŷ achos ma' 'na awyr goch eto heno ac ma'n nhw'n mynd i gael cario'r gwair fory.

Sadwrn, 13

'Mam gawn ni fynd i Portiwgal dydd Sadwrn?'
    'I Portiwgal?'

'Ia, ma' Adam yn mynd.'

'Rhys bach, fyddwn ni'n lwcus os cawn ni fynd i Port!'

'Ond pam 'dan ni'm yn cael mynd?'

'Wel, achos dydi dy dad ddim wedi gorffan cario'r gwair eto nag'di.'

'Fydd o wedi gorffan erbyn dydd Sul 'ta?'

'Gwestiwn gen i os ydi gwaith dy dad yn gorffan byth . . . '

Drudwen wedi denig allan i'r cae gwair hefo'r dynion ers ganol bora yn ei shorts a'i chrys cwta, gan feddwl cael lliw haul. 'Dw inna'n trio gwneud cinio, bwydo E.T. cadw golwg ar y plant a rhedag allan bob tro y clywa' i sŵn tractor rhag ofn iddyn nhw fynd o dan yr olwynion.

Meddwl fod 'na rywun yn trio lladd Drudwen yn y bath, heno, yn ôl y sgrechiada. Ond roedd Now yn cysgu'n y gadair yn gegin a phan ddaeth hi i 'nghyfarfod i ar y grisia mi gofiais i am y trowsus a'r crys cwta. Roedd Drudwen yn meddwl ei bod hi wedi cael rhyw frech ac mi ddangosodd ei choesa a'i bol i mi mewn panic. Ond ro'n i'n gwbod y basan nhw'n sgriffiada coch drostyn, cyn i mi eu gweld nhw.

Sul, 14

'Mam, ydi hi'n ddydd Sadwrn heddiw?' Rhys oedd yn holi a hynny â'i ben i waered yn 'y ngwynab i fel rhyw ddentist am chwech o'r gloch y bora.

'Nag'di. Dydd Sul ydi heddiw.'

'Ond ma' dydd Sul yn wylia 'tydi?'

'Ydi i bawb ond rhyw lwnatics run fath â dy dad!'

Ac wedyn mi benderfynodd Rhys y basa fo'n deud hanas y trip ysgol wrthaf i, y trip sydd wedi bod fel yr *Official Secrets Act* o ddydd Iau tan rŵan a finna'n meddwl y baswn i wedi gorfod disgwl am o leia ddeg-mlynadd-ar-hugain cyn cael yr hanas ganddo, a deg-mlynadd-ar-hugain arall cyn cael rwbath tebyg i'r gwir.

Nôl Mam odd' ar bỳs Caelloi ar ôl te, a fuo ddim rhaid i neb holi run gair am Jersey. Dim ond isda a derbyn y cwbwl fel tasan ni'n cael ein golchi gan hospeip. Ond o leia roedd gwrando am Jersey yn newid i orfod gwrando arni'n berwi am fedyddio.

Wnaeth Drudwen ddim codi tan ganol bora, a phan benderfynodd hi y basa'n well iddi ei throi hi am y cae gwair mi newidiodd i'w jîns a rhoi rhyw fenyg mawr duon fel menyg moto beic ar ei dwylo!

'Fasa ddim yn well i chdi gael rhywun arall i dy helpu 'di dwa'?' medda fi wrth Now a deud fod dwylo Drudwen yn swigod mawr gwyn gan obeithio y basa fo'n ei gyrru hi yn ôl i'r tŷ i'n helpu fi.

Ond yr unig beth ddudodd Now oedd:

'Wneith o'm drwg iddi. Ma' hi'n ddigon 'tebol, a phrun bynnag ma' Piff yn gweithio cystal â dau ddyn bob tro bydd hi o gwmpas.'

Llun, 15

Drudwen yn cwyno am yr holl chwyn oedd yn y cae tatws ar ôl iddi fod yno trwy'r bora yn trio cael hyd i'r colifflowars a'r slots ynghanol y brwgaij. Mi wnes inna ati i frolio mor braf oedd hi i fynd yno llynadd ar ôl i Now sbreio'r cwbwl. Ond dydi Drudwen ddim yn dallt achos does 'na ddim chwyn yn ei llyfra hi yn llofft nac yng ngardd y BBC. Ac ma' hi'n meddwl fod tyfu petha byw mor ddidraffarth â gwthio troli yn *Safeways*!

Y sôn am Jersey wedi codi awydd gwylia arnaf i eto ac mi ddudis i hynny wrth Now:

'Rhys yn holi lle 'dan ni am fynd ar 'n gwylia,' medda fi.

'Wn i, a' i â chi i'r Sioe,' medda Now.

Ac ro'n i'n meddwl mai tynnu 'nghoes i oedd o.

'I'r Sioe?!' medda fi.

'Ia, mi fasa'r hen blantos wrth eu bodda'n Sioe! Cael gweld y gwarthaig a'r defaid a'r Cobia . . . ' medda fo wedyn.

Ond ro'n i wedi cau 'nghlustia ar ôl 'Cobia', achos y syniad sgin i am wylia ydi mynd i rwla gwahanol i weld petha gwahanol ac i wneud petha gwahanol, ac yn bendant ddim i ffagio dros gant o filltiroedd un ffordd i rythu a gogor droi wrth dina yr union betha dwi'n trio denig oddi wrthyn nhw bob dydd!

Felly do'n i ddim yn hidio rhyw lawar pan ychwanegodd Now:

'Cwbwl yn dibynnu, os byddan ni wedi gorffan hefo'r seilej, wrth gwrs.'

'Wrth gwrs,' medda finna.

Mawrth, 16

Terfysg o ddwrnod i Drudwen eto. Malwod a phryfetach a phob anghenfil bach arall sy'n brwydro am ei damaid ar y ddaear 'ma wedi ymosod ar gynnwys y tŷ gwydr, ac ar ben hynny, ma'r ciwcymbyrs wedi cael rhyw glwy ac ma'r pupur gwyrdd yn troi'n ddu. Ac i goroni'r cwbwl, ar ôl i mi drio'i chysuro hi a deud fod dim math o ots gan nad ydi'r dynion ddim yn gwirioni ar salad prun bynnag, mi aeth Llyr i fusnesu a gadael y drws yn 'gorad!

A phan aethon ni yno ar ôl te roedd llond y tŷ gwydr o ieir yn pigo a chrafu, priddo a phoetshio! A dyna pryd y daeth Now o rwla a deud:

'Hidia befo Drudwen, fydd dim rhaid i chdi boeni am falwod rŵan!'

Mercher, 17

Cen Cipar yma bora 'ma ac yn deud wrthaf i am isda i lawr gynta, cyn iddo fo ddeud y newyddion wrthaf i. Ac mi fuo jyst i mi â chael gwasgfa.

'Be sydd wedi digwydd?' medda fi'n wan a llwyd. (Tractor wedi mynd ar draws y plant? Now wedi cael ei letriciwtio'n cwt twls?)
'Be sy?' medda fi.
'Ti 'di ennill!' medda Cen.
'Ennill be?' medda fi.
'Wel, y raffl fawr! Paid â deud dy fod ti'm yn cofio!'
'Pythefnos yn Florida?! Hwnnw ti'n feddwl? Pythefnos yn Florida!' ac ro'n i'n gwichian erbyn hyn.
'Ia hwnnw!'
'A dwi, dwi wedi ennill pythefnos yn Florida! Dyna ti'n ddeud?'
'Naci. Y wobr gynta oedd honno.'
'Y?'
'Y wobr gynta oedd y gwylia 'de!'
'Wel, be dwi wedi ennill 'ta?'
'Dau docyn i'r Roial Welsh. Unrhyw ddwrnod lici di. Cythral lwcus!'
A do'n i ddim yn siŵr iawn be i wneud. Chwerthin 'ta chrio . . .

Iau, 18

Drudwen fel 'tae hi mewn limbo ers echdoe. Ddaru hi ddim gwneud na deud llawar o ddim byd trwy'r dydd ddoe, 'mond trio trwshio ei gwinadd racs a rhwbio rhyw eli ar ei dwylo. A does 'na fawr o siâp y dudith hi nac y gwneith hi lawar mwy eto heddiw chwaith.

'Smo fi'n deall Anti Bran. Wi'n twmlo fod pawb a phopeth wedi gango lan yn fy erbyn i! Yr amgylchedd, pryfed, anifeilied, malwod, hyd yn o'd yr ŵyn swci!' (Ac mi fuodd Sioned yn bysnesu a chwalu yn ganol ei dillada hi . . .) 'A smo fi 'di gwneid dim drwg i neb odw i. Smo fi hyd yn o'd wedi iwso pelets-lladd-malwod na sprêis na dim! 'Wi 'di treial bod yn onest ac yn organig ond smo fi'n galler tyfu letisen!'

'Ond dydi hi ddim yn hawdd tyfu petha siŵr, Drudwen fach. Gofyn di i d'Yncl Now. Pam wyt ti'n meddwl y mae o'n waldio'i dalcan yn erbyn y palis 'na bob yn eilddydd? medda finna.

Ond doedd dim gwahaniaeth be ddudwn i achos fuodd Drudwen byth run fath ar ôl rhaib y letis gleision na brad yr ŵyn llywath.

Ond dyna fo, ma' pobol y concrit a'r dybl glesing wedi anghofio am yr ymrafael yn erbyn byd natur ers blynyddoedd, ac wedi cefnu ar faes y gad. Erbyn meddwl dim ond rhyw chydig o idiots fel Now sy'n dal wrthi; yn lladd ei hun yn trio llenwi bolia pawb arall. Dim ond biti na fasa fynta'n gweld y goleuni hefyd, yn cashio'r cwbwl lot, yn symud i semi a threulio gweddill ei oes mewn slipas a gwres canolog, job o naw tan bump, tarmac reit rownd y tŷ a mis o wylia bob blwyddyn.

Gwener, 19

Rhyddid o'r diwadd a dwi wedi gwirioni'n fwy na Rhys a Sioned. Dim ysgol nac ysgol feithrin am chwech wsnos.

Ond fiw i rywun fod yn *rhy* hapus ac ynta'n byw ynghanol anifeiliaid bob dydd. Felly pan aeth y postman ar draws un o'r ŵyn llywath bora 'ma wnes i ddim styrbio rhyw lawar.

Doedd gan y postman ddim help medda fo. Fedra fo wneud dim byd achos roedd o'n trio cadw llygad ar Bow Wow pan ddaeth yr oen o'r cyfeiriad arall. Ac ma'n siŵr fod y postman yn meddwl 'mod i mewn stâd o sioc neu rwbath ar y pryd achos fedrwn i ddeud dim byd wrtho fo 'mond syllu'n geg agorad ar ei goesa fo. Tro cynta rioed i mi eu gweld nhw heb sôn am ei sgidia platform du o.

'Hefo digar 'ta hefo rhaw fyddwn ni'n gwneud y twll?' gofynnodd Rhys yn frwdfrydig.

'Gigar!' gwirionodd Llyr.

'Gawn ni helpu Dad, cawn Mam? Cawn?' gofynnodd Sioned.

'Dwn i'm, gofyn i dy dad,' medda finna.

Ond soniais i run gair wrth Drudwen, gan wybod na fasa hi'n gallu derbyn y brofedigaeth mor ddidaro, rwsut . . .

Sadwrn, 20

Ma'n rhaid i mi llnau cyn i'r fisitors gyrraedd ond ma' E.T. newydd ddeffro am ei ginio a dwi'n trio cadw llygad ar Rhys a'i ffrind sydd allan yn chwara'n rwla, a dwn i'm lle ma' Sioned a Llyr chwaith ran hynny achos ma' hi'n annioddefol o ddistaw yma, ac mi ddaw'r dynion sydd ar y seilej ers ben bora i nôl eu cinio unrhyw funud, ac ro'n inna wedi gobeithio cael rhywfaint bach o help gan Drudwen . . . Ond yn anffodus, mi ddudodd Rhys hanas cnebrwng Boliog wrth Drudwen ac ers iddi glywad dydi hi byth wedi codi o'r gadair y disgynnodd hi i mewn iddi.

A dyma fi rŵan, yn trio gosod y bwrdd, bwydo E.T. a gwrando ar Drudwen yn chwydu ei bol.

'Smo i'n credu bo fi'n cyt owt i fyw yn y weilds fel hyn, na bod yn *nanny*, Anti Bran.'

'Pwy sydd Drudwen fach? Pwy sydd? Sbia arnaf i. Ro'n i am fod yn athrawes. Ond be wnes i? Priodi Now a sbia arnaf i rŵan. Ma' gen i ddosbarth o blant a mwy na digon o waith, a dwi hyd yn oed yn gweithio ofyrteim. Ond dwi'n cael run gair o ddiolch na run geiniog o gyflog am wneud!'

'O smo fi'n conan oboiti'r cyflog Anti Bran.'

'Nagwt, 'wn i siŵr.'

'Wi jyst yn nacyrd trwy'r amser.'

'Ia, 'wn i sut ti'n teimlo . . . !'

'A 'wi'n gwybod fod Dadi moin i fi gario mla'n 'da 'ngyrfa.'

'Call iawn Drudwen, call iawn.'

Ond dyna fo ma'n rhaid i rywun ddal i bowlio, a fedrwn inna ddim fforddio tin-droi a berwi lawar mwy hefo Drudwen achos roedd Now a Piff a Spido newydd basio ffenast y gegin.

'Lle ma' Rhys a Guto 'ta?' medda fi wrth Sioned a Llyr ddaeth i'r golwg toc ac yn trio'u gora' i guddio'u heuogrwydd. Ond hefo baw ieir o dan eu welingtons ac ŵy yng ngwallt Llyr doedd dim isio gofyn lle roeddan nhw wedi bod na be fuon nhw'n ei wneud! 'Lle ma' Rhys a Guto?' medda fi wedyn.

'Ar ben to tŷ gwair oeddan nhw pan welais i nhw ddiwetha,' medda Spido, fel 'tae o wedi cymryd yn ei ben mai fel dau Jac Do y daethon nhw i'r byd 'ma.

Ond ar y gair pwy ddaeth trwy ddrws y gegin ond Rhys a Guto yn llawn direidi, a bywyd, diolch i'r drefn.

Mi ddeffrodd E.T. ddwy waith yn nos heno. A dwn i'm 'ta'r rhedag a'r rasio trwy'r dydd, rhwng fisitors a dynion seilej oedd yn gyfrifol am brindar fy llaeth i, ynta'r straen ychwanegol o warchod plentyn rhywun arall . . .

Sul, 21

'Faint ydi'i oed o rŵan?' gofynnodd Mam.

'Bron yn bedwar mis.'

'Pedwar mis! Wel, ma' gofyn i chi ei fedyddio fo'n reit handi neu mi fydd o'n cerddad i'r capal 'na'i hun!'

Ond doedd gen i ddim mynadd dal pen rheswm hefo hi, felly mi sodrais i ddysgl yn ei haffla hi a llond bag plastig o bys a ffa wrth ei hymyl.

'Ffônia' i Mr Huws Gweinidog rŵan i drefnu dyddiad,' medda hitha.

'Na wnewch!' medda finna.

Ond dwi'm yn meddwl ei bod hi'n dallt. Ma'r cwbwl yn gontract rhy fawr i mi ar hyn o bryd. Achos mi fasa bedydd yn golygu y basa'n rhaid i mi ffendio amsar i shêfio 'nghoesa a 'ngheseilia, molchi a newid a ffendio dillad addas sy'n ffitio heb sôn am wneud yr un un peth i bawb arall, ac eithrio'r shêfio wrth gwrs. Ac mi fasa

Euros yn saff o fod isio sugno ar y canol a Llyr isio pi-pi. Felly mi newidiais i'r pwnc yn reit handi.

'Dan ni'n mynd i'r Sioe. Dyma nhw'r tocynna. Enillais i nhw ar raffl.'

'Ennill nhw ar raffl?' gofynnodd Mam mewn syndod.

Ond fel yr o'n i newydd eu dangos nhw dyma Now yn martsio i'r tŷ yn wyllt, codi'r ffôn ac yna ei tharo yn ôl i lawr a damio.

'Be sy'?' medda fi.

'Gerbocs yn racs!'

Gerbocs be, fentrwn i ddim gofyn. Ond roedd o'n swnio'n rwbath terfynol iawn.

'Be wnei di rŵan 'ta?' medda finna gan deimlo ar yr un pryd 'mod i'n gofyn rwbath hollol dwp ac yn dychmygu Now yn tynnu sigâr Hamlet o'i bocad ac yn ei smocio fo'n hamddenol . . .

'Uffar o ddim! Fedra' i wneud uffar o ddim nes ca' i *brecision chop* arall o rwla!'

Ac oria'n ddiweddarach roedd Now yn dal i fwydro am yr ordd a gerbocs y *precision chop* a falwyd yn racs ganddi. Methu'n glir â dallt be oedd gordd yn ei wneud ynghanol y cae, a sut yr aeth hi yno o gwbwl oedd ei benbleth fwya fo. Ac fel mam gyfrifol soniais inna run gair am orchestion Rhys a Guto fuo'n chwara Cymro Cryfa yn yr union gae rhyw bnawn dydd Sadwrn . . .

Llun, 22

'Heddiw 'dan ni'n mynd i'r Sioe Mam?' Rhys ofynnodd.

'Naci, dydd Iau ma' siŵr.'

'Fory?'

'Naci, dwrnod ar ôl dwrnod wedyn. Dydd Iau. Os byddan ni wedi gorffan hefo'r seilej 'de . . . '

'Ond 'dan ni wedi gorffan hefo'r gwair yn do.'

'Do tad. Ond ma' 'na rwbath o hyd sdi does . . . '

A dwn i'm 'ta da 'ta drwg ydi'r ffaith fod Now wedi llwyddo i gael gafael ar gontractor i ddŵad i godi'r seilej. Ond ta waeth, mi gyrhaeddodd Malwan a'i beiriant codi seilej gynna, ac mae o wrthi'n cerddad rownd y cae ac yn chwythu seilej allan trwy'i gorn rŵan hyn.

Dydi Malwan ddim yn un sy'n symud yn handi iawn ac felly dydi clecian rhydd y trelars i fyny ac i lawr y lôn ddim mor wyllt a swnllyd ag arfar, a dydi'r tractor sydd yn rowlio'n rhyfygus ar ben y pit ddim o dan gymaint o bwysa gwaith ag arfar. Ond dyna fo, o leia ma'r cwbwl wedi ailddechra symud unwaith eto ac ma'r awyr yn gymysgadd o ogla melys gwair-newydd-ei-dorri a disl.

'Dw inna, erbyn hyn, wedi rhyw ddechra edrach ymlaen at y Roial Welsh. Wel, dim yn gymaint am y Sioe ag ydw i i gael denig o Ganol Cae i rwla am ddwrnod cyfan!

Bet a Dei yn meddwl mynd dydd Iau hefyd, meddan nhw. Ac afraid deud, ond mae Barbie a Ken yno am yr wsnos hefo carafán. Ond dyna fo, ma'n siŵr ei bod hi'n rhamantus i rai smalio byw yn gyntefig mewn bocs matshus am wsnos. Stori wahanol fasa hi tasan nhw'n gorfod byw'n gyntefig ar hyd y flwyddyn debyg . . .

Meddwl cael doctor at Drudwen. Ma' hi'n edrach yn reit llwyd a llipa.

'Ddim yn byta bwyd iawn ma' hi siŵr dduw,' medda Now. 'Be ti'n ddisgwl? Byta dala-blydi-poethion!'

Ac fel ro'n i ar feddwl ffônio Eirlys, gwraig Cen Cipar, am gyngor ynglŷn â Drudwen, dyma Rhys yn rhedag i'r gegin yn gweiddi fod y tŷ gwydr ar dân. Ac mi redais inna allan a gweld dim byd ond mwg yn llenwi'r lle ac yn dŵad allan trwy'r drws i 'nghyfarfod i.

'Drudwen, be ti'n wneud?' medda fi.

'Chi moin drag Anti Bran?'

'Nag'dw, diolch. Be ti'n wneud?!'

'Wi 'di bod yn meddwl, Anti Bran, a wi wedi penderfynu bo fi am wilo am yrfa broffesiynol. 'Wi am fod yn *tecstile designer*.'

'O da iawn wir. Ond wyt ti wedi deud wrth fy fam?'

'Nagw 'to, ond rodda fi tincl iddyn nhw o'r Sioe.'

'O'r Sioe?'

'Ie, 'wi'n mynd i gael pás lawr 'da Idris heno. Torri'r siwrne ar y ffordd gatre. Wi'n eitha ecseited! Smo fi wedi bod yn y *Royal Welsh* o'r bla'n.'

Mawrth, 23

'Heddiw 'dan ni'n mynd i'r Sioe ia Mam?'

'Naci, drennydd. Dydd Iau.'

'Fyddwn ni'n lwcus os cyrhaeddwn ni Sioe *flwyddyn nesa* fel ma Malwan wrthi . . . ' medda Now.

'Be? 'Dan ni'm yn mynd rŵan, nag'dan Dad? 'Dan ni'm yn mynd i'r Sioe?'

'Ydan siŵr,' medda finna.

'Os byddan ni wedi gorffan 'de,' medda Now.

'Wel, fedri di ddim deud wrtho fo am fynd yn gynt 'ta!' medda fi wrth Now.

Ac mi wnes i hyd yn oed feddwl rhoi llwyad o gyri powdyr yng ngrefi Malwan amsar cinio i edrach fasa hynny'n symud dipyn arno fo, achos mwya'n byd ro'n i'n gweld ein siawns ni o gael mynd i'r Sioe yn pellhau, mwya'n y byd ro'n i isio mynd yno, ac yn clywad yr hen ogla tail ceffyla 'na'n llenwi'n ffroena fi a'r cyrn siarad yn byddaru 'nghlustia fi.

Ond ganol pnawn, fel tasa ffawd yn mynnu bod yn ein herbyn ni, mi ddigwyddodd 'na rhyw lanast arall.

'Choeli di byth,' medda Now 'ond ma' belt y tshopar wedi torri rŵan 'to!'

Ac ar ôl codi'r ffôn, a gofyn un cwestiwn ar ei ben, roedd Now wedi neidio i'r car ac ar ei ffordd i Lanelwy i nôl belt newydd i'r tshopar. Ond pam nad ydi o yr un mor frwdfrydig i fynd i Landudno i brynu belt i ddal ei drowsus i fyny? Dwi'n methu'n glir â'i ddallt o . . .

Wnaeth Now ddim dod yn ôl tan tua chwech, ac erbyn hynny roedd hi wedi bod yn bwrw ers rhai oria ac mi drodd Malwan a Piff am adra ar ôl gosod y belt hefo Now a chael swpar.

Mercher, 24

Dal i fwrw glaw eto bora 'ma a dim golwg o Malwan.

'Finna'n meddwl fod Malwod yn licio tywydd tamp!' medda fi wrth Now.

Ond roedd hi'n dymchwal y glaw ac mi ffôniodd Malwan rhyw

dro ganol bora yn deud nad oedd hi'n gaddo dim byd ond glaw trwm trwy'r dydd.

'Ydi hi'n rhy hwyr gen ti i gychwyn i'r Sioe?' gofynnodd Now.

'Pam 'sa chdi wedi deud ben bora . . . !' medda finna.

Ond wedyn pan fydd Now isio mynd i'r mart, neu rwla ran hynny, yr unig beth fydd o'n gorfod ei wneud fydd neidio i mewn i'r car ac i ffwrdd â fo. Dydi o ddim yn sylweddoli fod y dasg o gychwyn hefo pedwar o blant, o dan saith, yn dipyn bach mwy trafferthus na hynny.

'Ia, ti'n iawn, ma' hi braidd yn hwyr i ni gychwyn rŵan tydi. Wedi'r cwbwl mi gymerith bron i dair awr i ni fynd i lawr yna'n gwneith . . . Fasan ni ddim yno tan ddau . . . '

'Be am fory? Awn ni fory?' medda fi.

'Wel, os bydd hi'n bwrw fel hyn waeth i ni fynd ddim!' medda fynta.

Ac mi es i ati yn reit frwdfrydig i wneud brechdana a llwytho bagia ac edrach ymlaen i gael mynd am dro a gobeithio y basa hi'n tywallt y glaw fory, eto, nes basa 'na lifogydd ym mhobman ond ar faes y Sioe, wrth gwrs!

Iau, 25

Ma' hi'n braf. Tipical! Yn braf ers ben bora. A does dim angan ffônio i ofyn os y bydd Malwen yn llusgo i fyny'r lôn 'na unrhyw funud i gario ymlaen hefo'r seilej; dim ond ei ddisgwl o pan ddaw o.

'Ond be am y Sioe?' medda fi wrth Now.

'Be fedra i wneud?' medda Now. 'Tasa'r tshopar yn gyfan mi faswn i wedi gorffan ddyddia'n ôl.' Ac wedyn, mi ddudodd: 'Pam nad ei di a'r plant run fath. Mi wneith cig oer yn iawn i ginio sdi . . . '

Ond wnes i ddim ystyried y fath wallgofrwydd achos wedi'r cyfan sgin i 'mond dwy law, felly mi rois i'r tocynna i Dylan Dros Rafon a'i gariad. Ac roedd hi'n werth eu rhoi nhw, tasa ond i gael gweld y diolch ar ei wynab o, achos dydi ynta fel finna ar ddim byd 'mond pres pocad.

A rhywdro ganol bora mi ddaeth Malwan â'i din ar y ddaear i

fyny'r lôn yn ei mini fan lwyd, ac mi ddaeth Dewi Dros Rafon i ddreifio'r trelars.

'Mam? Ydi hi'n ddydd Iau heddiw?' gofynnodd Rhys yn syth ar ôl cinio.

'Gofyn i dy dad yli,' medda finna.

'Dad? Ydan ni'n mynd i'r Sioe heddiw?'

'Nag'dan heddiw, ond 'dan ni am fynd i Sioe Sir Fôn yn lle hynny yli. Ma' honno'n nes, ac mi fyddwn ninna wedi gorffan hefo'r seilej erbyn hynny.'

'Byddan siawns . . . 'medda finna dan 'y ngwynt.

'Fory ma' Sioe Sir Fôn, ia Dad?' gofynnodd Rhys yn frwdfrydig.

'Naci, mis nesa.'

'Mis nesa? Ond ma' hynny'n bell i ffwrdd a fydda i wedi mynd yn ôl i rysgol erbyn hynny!'

'Paid â rwdlian. Mis Medi ma'r ysgol yn dechra a ma' na lot fawr o amsar tan hynny siŵr!' medda Now.

Gwener, 26

Piff yn ei ôl heddiw, er dwn i'm faint ohono fo sy'n ei ôl yn union chwaith. Ma'i llgada fo'n edrach fel tasan nhw wedi dod allan o'i ben o a fynta wedi eu stwffio nhw'n ôl i mewn rhywsut-rhywsut hefo bysadd sôs coch. Ac ma'r un dde yn edrach yn lot llai na'r un chwith. Ella'i fod o wedi methu cael gafael ar yr un iawn o dan y bwrdd. Ma' un peth yn saff, beth bynnag, mi fethodd â chael hyd i'w frên cyn dŵad adra ac ma' hwnnw'n dal ar goll o dan rhyw gadair yn rhyw gwt cwrw yn rwla yn y canolbarth 'na ma' siŵr. A pwy fasa'n meddwl ond does ganddo fo fawr o stumog heddiw, chwaith . . .

Trio'i holi fo am hynt Drudwen, ond ches i ddim synnwyr.

Llyr wedi dŵad yn reit dda rŵan am wneud ei fusnas yn y pot, ond ei fod o'n mynnu ei ddangos o i bawb, a hynny ar draws amsar bwyd fel arfar. A dwi'm yn siŵr iawn 'ta cynnwys y pot 'ta sgil-effeithia'r Sioe barodd i Piff ruthro allan yn sydyn ar ganol ei de.

Sadwrn, 27

Llnau ar ôl y fisitors; ac er fod 'na 'geinia o rai gwahanol yn mynd a dŵad trwy'r haf yr un un ogla ma' nhw i gyd yn adael ar eu hola. Ogla tywod ac eli lliw haul. Ac wrth i'r hwfyr glecian fel radio rhwng dwy steshion wrth sugno'r tywod o'r carpedi, sgwn i os mai'r un un ogla fasa arnaf inna hefyd, taswn i'n treulio pythefnos ar fy ngwylia'n rwla . . .

Y dynion ar y seilej o hyd a Malwan yn dal i fynd yn ôl ei bwysa er bod 'na gwsmeriaid blin iddo fo yn ffônio rhyw ben bob dydd yn holi os ydi o wedi gorffan 'bellach'!

Ond fedra i ddim deud 'mod i ddim dicach wrth Malwan am i mi golli'r Sioe yn diwadd, achos dwi'n gwbod na cheith ac na chafodd ynta Sioe chwaith; a go brin y buodd y creadur yn nunlla ar ei wylia ers blynyddoedd fel finna, nac yn debygol o fynd . . .

Sul, 28

E.T. yn cysgu trwy'r nos o'r diwadd, am y tro cyntaf yn ei fywyd, a 'dw inna'n methu dallt pam na fuodd 'na sôn amdano fo ar Newyddion Ddeg, heno. Ond wedyn mae'n debyg nad ydi o'n golygu dim byd i neb arall ond y fi.

Llun, 29

Cau'r pit seilej o'r diwadd. Ac wrth glirio'r bwrdd cinio a'r dynion yn dal i ferwi am dymhora seilej y dyfodol a'r gorffennol, a Now yn chwerthin yn braf erbyn hyn ac yn gweld helbulon yr wsnosa diwetha yn ddoniol dros ben am fod ei seilej o i gyd yn saff o dan blastig du, fedrwn i ddim peidio â chodi 'nghlustia pan glywais i o yn deud:

'Ew, holides fasa'n braf rŵan 'de hogia, e?'

Ac i'n taro ni i gyd ar 'n tina dyma Malwan yn deud wrth rowlio'i sigarét yn bwyllog braf:

'Mis Medi bydda i'n mynd bob blwyddyn.'

'Dew! I lle'r ei di 'lly?' gofynnodd Now gan hannar disgwl atab fel 'Bermo' neu 'Harlech'.

'Lansaroti,' medda fynta yn union fel tasa fo newydd ddeud Llanarchymedd.

Sgin i'm co' i mi gynddeiriogi gymaint ers blynyddoedd. Cynddeiriogi nes roedd 'y nhu mewn i'n berwi. Ac mi ailgydiais i yn y brôshyrs gwylia wrth ymyl 'y ngwely heno, am y tro cynta ers geni E.T., a sgin i fawr o go' be ddarllenais i achos yr unig beth oedd yn fflachio trwy 'meddwl i oedd, 'Os medar Malwan fynd i Lansaroti bob mis Medi yna mi fedar Now fynd â finna i *rwla*, un waith, yn ei fywyd, siawns!'

Mawrth, 30

Cen Cipar yn dŵad draw i riportio fod Barbie a Ken wedi cyrraedd yn ôl o'r Sioe ers dydd Sul.

'Basiodd y *Toyota* a'r garafán heibio'r tŷ 'cw fel roeddan ni'n cael te,' medda fo.

'Braf iawn arnyn nhw,' medda finna.

'Wel, dwn i'm,' medda Cen Cipar. 'Fuos i'n ei helpu fo i gladdu cyrff dydd Llun. Dynewad yn y Cae Dan Tŷ a dwy ddafad yn y cefna 'na'n rwla . . . Sioe ddrud!'

A dyna pryd cofiais i am Drudwen a holi Cen Cipar:

'Gyrhaeddodd Drudwen adra'n saff 'ta?'

'Drudwen? Gwbod dim o'i hanas hi. Dim byd i'w wneud hefo fi,' medda Cen cyn codi a chymryd y goes fel 'tae o wedi cofio ei fod o isio diffod tân yn rwla.

A meddwl am Drudwen ro'n i gyda'r nos wrth bori'n hamddenol trwy'r brôshyrs gwylia, yn cofio'r gwres ac yn meddwl am bryfaid a'r hen stribedi melyn rheiny brynodd hi'n *Co-Op*, a dyna'r ffôn yn canu.

'Anti Bran, shwt ych chi?'

'Drudwen! Newydd fod yn meddwl amdana chdi. Gyrhaeddais di adra'n saff, felly . . . '

'O nage gatre odw i.'

'Ti'm dal yn Llanelwedd does bosib?!'

'Nagw siŵr! Wi dipyn pellach na 'ny.'

'Rhaeadr . . . ?'

'Wi ar fy ffordd i Awstralia!'

'Be?! Ydi dy fam yn gwbod?'

'Ma' Jake moin gair 'da chi.'

'*Gid dai Misis!*'

'Drudwen . . . ?'

'Enillodd Jake y pencampwriaeth cneifio. Ma' fe'n ffantastic! Ac ma' fe am ddangos i fi shwt ma' lapo gwlân a wi am fynd yn ôl 'da fe i witho i Awstralia. Greit ond ife!'

'BLIP! BLIP! BLIP!

'Rhaid i fi fynd! Fe ffôniaf i 'to!'

'Drudwen?'

Mercher, 31

'Mam, pryd 'dan ni'n mynd i Sioe Sir Fôn?'

'Gofyn i dy dad yli.'

'Mhen rhyw bythefnos boi.'

'A fedrwn ni bicio i weld Adam yn Portiwgal wrth basio, medrwn?'

'Portiwgal . . . ? Go brin sdi . . . ! Ond wn i be wnawn ni. Mi biciwn ni trwy Portdinorwig yli.'

Ac mi driodd Now ei ddarbwyllo fo mai dim ond chydig o lythrenna oedd y gwahanaieth rhwng y ddau le.

'Dw inna'n gorfadd yn 'y ngwely heno ac yn trio darbwyllo'n hun mai dim ond 'chydig o filltiroedd ydi'r unig wahaniaeth sydd rhwng Canol Cae a'r Caribî, hefyd . . . Ond yn methu!

Mis Awst

Iau, 1

'Ma'r fisitors a'r brain 'ma'n bla!' medda Now.

'Dwn i'm be ti'n cwyno' medda fi. 'Ma' gen ti wn a bwledi. Sgin i ddim byd 'mond hwfyr.'

Ond doedd gan Now ddim amsar i wrando.

'Torra 'ngwallt i rŵan!'

Dydi plis ddim yn rhan o'i eirfa fo. Ac ma' cwrteisi ymhellach fyth pan fydd tempar fain arno fo. 'Di o'm wedi saethu run frân eto, medda fo.

'A tyrd â bocs o getrys i mi o Dre.'

'Gwnaf plis,' medda finna.

Ond ddaru o'm byd 'mond isda'n ei gadair a deud:

'Tyrd, brysia!'

Ac wrth sgubo'i wallt o'n un tocyn i'r bag rybish yn cefn mi trawodd fi, nad ydw i byth wedi cael cyfla i fynd i dorri 'ngwallt fy hun, ers cyn geni E.T. . . .

Gwener, 2

Sioned yn cael ei phen-blwydd yn bedair oed heddiw ac ma' hi wedi bod fel becws yma ers i'r plant fynd i'w gwlâu neithiwr, a dwi'n dal wrthi, yn sgwennu ar y gacan ac yn rhoi llgada i'r llygod *meringues*.

'Be ti'n poetshio hefo rhyw gêcs dwa'? Tyrd â cinio i ni'n reit handi,' medda Now.

Ac erbyn meddwl, 'dwi ddim yn gwbod pam 'mod i'n mynd i'r holl draffarth chwaith. Ma'r boen o'u geni nhw'n ddigon hunllefus ynddo'i hun, heb sôn am fynd i wneud rhyw de bartis pen-blwydd.

Ac ma' te partis yr oes yma wedi mynd yn debycach i wleddoedd priodas nac i de partis plant bach. Dydi jeli coch, brechdan ŵy, diod oren a chacan spynj ddim yn ddigon da erbyn hyn, a'r peth cynta ma'r plant yn ei ofyn pan ddôn nhw trwy'r drws ydi:

'Cacan be 'dach chi wedi wneud?'

Ac ar ôl y profiad anffodus ges i hefo cacan pen-blwydd Rhys ddechra'r flwyddyn mi feddyliais i y basa'n well i mi wneud mwy o ymdrech y tro yma. Er, ro'n i'n meddwl 'mod i wedi taro ar syniad reit dda hefo cacan Rhys. Mi wnes i spynj jocled ar siâp rhif chwech. Ond ar ôl i mi doddi dau *Mars Bar* i'w rhoi ar ei phen hi roedd hi'n debycach i rwbath adawodd y ci ar ei ôl ar y palmant nag i gacan pen-blwydd!

Sgin i 'mond gobeithio y caiff y gacan gwningan yma, heddiw, well derbyniad . . .

Ac wrth fysnesu dros fy ysgwydd ar ei ffordd allan o'r gegin, dyma Now yn deud:

'I be oedda chdi'n gwneud cacan llgodan fawr? Mi ddychryni nhw i gyd hefo honna siŵr. Fasa'm yn well tasa chdi wedi gwneud un siâp cwningan?'

Ond dim ond tynnu 'nghoes i oedd o, dwi'n meddwl . . .

Sadwrn, 3

Plant fisitors wedi codi 'mhell o flaen yr ieir eto heddiw ac yn gweiddi:

'*Can we feed the chickens?*' reit o dan ffenast llofft cyn i mi agor fy llgada.

Diolch i'r drefn eu bod nhw'n mynd adra heddiw er mwyn i'r ieir a finna gael dipyn o heddwch.

'Mam? Gawn ni fynd i lan môr?' dawnsiodd Sioned yn ei dillad nofio.

'Sut medra' i? Ma'n rhaid i mi llnau ar ôl y fisitors 'ma gynta'n bydd, a wedyn mi fydd yn rhaid i mi ddisgwl i'r lleill gyrraedd.'

'O Ma-am!'

Ac ma' hi'n edrach yn debyg y bydd yn rhaid i'r plant fodloni ar rawio tywod ar ôl y fisitors eto heddiw, a chadw'u traed ar dir sych. Ac ella y basa hi'n haws byw gan milltir o olwg unrhyw lan y môr na byw mor agos â hyn iddo fo a methu mynd ar ei gyfyl o'n diwadd!

Gorffan llnau yn reit handi cyn cinio a chael sioc farwol wrth daro fy llaw yn rwbath blewog yn y bag rybish yn cefn. Llgodan fawr! A dyna pryd cofiais i 'mod i wedi torri gwallt Now echdoe.

Gwylio'r Cymry ar Wasgar ar y bocs a breuddwydio am fynd i Batagonia . . .

Sul, 4

Meddwl fod lleisia plant fisitors wsnos diwetha yn dal i swnian yn fy mhen i pan glywais i:

'*Can we feed the chickens?*' y tu allan i ddrws y tŷ bora 'ma eto.

Ond yn anffodus, lleisia plant fisitors wsnos yma ōeddan nhw . . . Ac ro'n i'n fwy na balch o dderbyn cynnig Now i fynd am dro pan gynigiodd o yn syth ar ôl cinio.

'Dach chi isio i mi fynd â chi am dro?'

'Ia ia ia!' cytunodd pawb a baglu ar draws ei gilydd i mewn i'r car.

'Lle 'dan ni'n mynd?' holais yn amheus, achos doedd o ddim wedi molchi na thynnu ei sgidia hoelion.

Ac fel ro'n i wedi ama, ar ôl hannar awr o yrru ar hyd lonydd, yn arafu a llusgo'n herciog heibio bob cae ŷd, ro'n i'n gwbod mai nid mynd â ni am dro yr oedd Now mewn gwirionadd ond mynd â fo'i hun am dipyn o therapi i weld sut siâp oedd ar gaea ŷd pawb arall.

'O ma' hi'n braf cael rhyw newid bach, tydi,' medda fi. 'Cael mynd am dro hefo'n gilydd fel hyn.'

'Lle ma'n nhw? Lle ma'n nhw? Weli di rai?' gofynnodd Now gan sganio'r cae a'r awyr i gyd mewn un munud gwyllt.

'Gweld be?' medda finna'n ddiniwad.

'Wel brain! Be arall?' cynhyrfodd Now yn fwy fyth. 'Dyna fo yli. Ddudis i do! Dydyn nhw ddim yn agos i gaea neb arall. Acw ma'r diawlad i gyd!'

'Be am fynd i lawr i'r Borth i drochi'n traed?' awgrymais.

'Blydi brain! Pam pigo arnaf i medda chdi?!'

'Neu os awn ni i Aberdaron gawn ni hufen iâ . . . '

'Dim heddiw. Sgin i'm amsar. Rhaid i mi fynd adra i saethu'r 'ffernols brain 'na gyntad ag y medra' i, neu fydd gen i ddim ŷd gwerth sôn amdano fo!' medda Now.

Ma' Now'n methu'n glir â dallt pam nad ydi ei wn o yn yr un un lle yn bora ag y mae o'n ei adael o bob nos. Ond ar ôl yr holl flynyddoedd, mae o'n dal i wrthod credu ei fod o'n cerddad yn ei gwsg. Er, taswn i ddim yn gofalu gwagio'r gwn ar ei ôl o bob nos, mi fasa 'na hen ddigon o dystiolaeth iddo fo erbyn y bora heb i neb orfod deud dim. Ond sgin i'm ffansi cael fy nghamgymryd am frân!

143

Llun, 5

Now wedi codi gyda'r wawr i saethu brain. Er, dwi'n siŵr y basa fo wedi dychryn mwy arnyn nhw tasa fo wedi sefyll ar ganol y cae fel ag yr oedd o *cyn* i mi dorri ei wallt.

Y plant i mewn ac allan o'r tŷ a'r ffrij bob munud, yn yfad neu gnoi rwbath a byth yn cau'r drws ar eu hola ac ma' Guto'n chwara hefo Rhys eto, a 'dwi yn 'y ngwaith yn rhedag i fyny i'r llofft i gadw golwg ar do'r tŷ gwair bob hyn a hyn, jyst rhag ofn i mi weld dau Jac Do yn gwisgo welingtons.

Mi ddaeth Now yn ei ôl i'r tŷ tua saith ar ôl bod yn cuddio ar ei fol ynghanol yr ŷd ac wedi saethu un wylan fôr gecrus. Ac mi ddudodd wrth rhyw fisitors awyddus yn y cae carafáns am saethu bob brân welsa nhw.

Fydd Cen Cipar byth ar gael pan fydd ei angan o! Ond pan lwyddodd Now i gael gafael arno fo'n diwadd mi fuodd ar y ffôn hefo fo am beth bynnag hannar awr. Ac mi addawodd Cen Cipar y basa fo'n dŵad draw rhyw ben i setlo'r brain. Welodd Now mohono fo trwy'r dydd ond mi ffôniodd gyda'r nos yn deud ei fod o wedi bod draw yn gosod dwy frân blastig ar ben stancia i hudo'r lleill, ond methu saethu 'run ddaru o, a deud y basa fo'n galw ben bora fory i roi cynnig arall arni.

Mawrth, 6

Hwylia da ar Now ers pan ddudodd y fisitors-carafán eu bod nhw wedi saethu dwy frân yn y cae-ŷd-pella.

Ond y funud y diflannodd rheiny fe gyrhaeddodd Cen Cipar wedi myllio ac yn gweld dim byd ond piws a du.

'Be ddiawl oedda chdi'n eu saethu nhw! Fedri di'm gweld dwa'?' medda fo wrth Now.

'Saethu be? Dwi'm wedi saethu run eto,' medda Now yn ddiniwad. 'Ond ma'r campars newydd saethu dwy bora 'ma medda —'

'Ma'r diawlad wedi saethu 'nwy frân blastig i!'

Mi benderfynais i gloi'r drws a chuddio dan y bwrdd pan welais i'r plant fisitors yn dŵad trwy giât y cowt. Wel, mi fydda i'n licio chydig o Steddfod yn iawn ac yn licio gweld dipyn ohoni bob

dechra Awst. Ond ma'r bocs yn y gongol cyn agosad ag y ca' i fynd
ati, am flynyddoedd eto, ma' siŵr.

'Maam! Mam agorwch y drws! Dwi'n gwbod bo' chi yna!'
gwaeddodd Rhys, a'r plant fisitors y tu ôl iddo fo.

'(Sibrwd) Nag'dw! Cer o'ma!'

'Mam, dwi isio pi-pi!'

'(Sibrwd) Nagoes!'

'Oes!'

'Wel, cer i cae 'ta!'

'Na-a!'

'O'r nefi wen!'

'Why are they dressed up so funny? Are they Moslems?'

'No, Mêsyns.'

Mi ges i fwy o heddwch gyda'r nos ar ôl i bawb fynd i'w gwlâu.
Ond mi fuo'r ddynas drws nesa yn sefyll yn drws gegin yn sôn am ei
hopyreshiyn *gall bladder* am un hannar awr. Wnes i'm gofyn iddi
isda, o fwriad, ac mi aeth yn diwadd, ar ôl bygwth cychwyn geinia o
weithia, ac erbyn hynny roedd hi'n amsar gwneud swpar.

Mercher, 7

Hel tymatos a'u byta nhw fel 'fala wrth wylio seremoni'r Fedal
Ryddiaith a gyrru'r plant a'r plant fisitors yn ddigon pell i'r tŷ
gwair o 'ngolwg i, hefo llond eu haffla ohonyn nhw.

'Ar ganiad y corn gwlad a wnaiff Pegor, a Pegor yn unig sefyll ar
ei draed neu ar ei thraed?'

'Excuse me have you got a sheep?'

'Ies (Yn anffodus) Ies, whai?'

*'Well, there's one lying right on the footpath to the beach. I think it's
dead.'*

'Was ut shot?' medda finna rhag ofn fod Now wedi colli arno'i
hun hefo'r gwn.

*'Oh good god no, I don't think so. There wasn't any blood anyway.
What will happen to it now?'*

'Nything. It's ded.'

'Oh, I see. Well . . . '

'Ai'l tel mai hysband. Thanciw.'

A phan ddudis i wrth Now.

'Wedi marw'n lle?' gofynnodd.

'Ar y llwybr i lan môr,' medda finna.

'Ia m'wn, llusgo reit o dan drwyn y byd i farw, fel arfar,' medda fynta.

A phan fydd rwbath yn marw ma'n rhaid i Now gael ei gladdu o'r funud honno cyn iddo fo oeri, bron.

'Dwrnod call i ddewis marw,' bytheiriodd Now wrtho'i hun a'r twll yn llenwi hefo dŵr fel roedd o'n tyllu'n is ac yn is.

A dyna pryd ddaeth 'na ddynas arall i'r tŷ.

'I thought I'd better let you know. There's a man digging a hole by the side of the footpath. And well, we don't know, but he might have killed a sheep.'

'Cild e shîp? Wel, ddy best thing ffor iw is tw cîp clîar. Hi mait bi ddy wan ddat has escêpd ffrom jêl.'

'Oh?'

'Ies, hi cild e holide mêcyr on ddy ffwtpath ffifftîn iyrs ago.'

'Good god!'

'Dônt wyri. Ail ffôn ddy polîs naw.'

Ond dyna fo, 'ma'n rhaid i rywun fynd dros ben llestri weithia 'mond i gael chydig o heddwch.

Iau, 8

Now a Cen Cipar yn trio saethu brain eto heddiw ac wedi cael syniad gwell tro yma. Now yn gyrru'r Racsan, a Cen Cipar yn 'nelu allan trwy'r ffenast hefo 'i wn.

Ma'n siŵr bod y fisitors sy'n cerdded i lan môr yn meddwl eu bod nhw'n croesi rhyw *firing range*. Ac uwch eu penna wedyn ma' eroplêns Fali'n rhwygo'r awyr bob hannar awr.

'Pwy sy' pia' honna Mam?' gofynnodd Rhys a'i ddwylo'n mochal ei glustia.

'Dwi'm yn gwbod. Ond siawns bod pia dy dad ddarn go lew ohoni bellach.'

Gwener, 9

'A oes heddwch?

Ac ro'n i wedi bwriadu cael gweld y Cadeirio. Ond mi ddaeth y plant fisitors i'r tŷ a gofyn:

'Can we feed the chickens?'

Ond mi ges i syniad go gall a deud mai ar ôl iddi d'wyllu y bydda' i'n eu bwydo nhw ar ddydd Gwenar. A thrwy rhyw lwc ma' fisitors a ieir yn betha digon tebyg. Mi lyncan rwbath.

Ond do'n i ddim wedi isda i lawr am bum eiliad nad oedd E.T. wedi dechra crewian am ei fwyd yn y llofft a rhyw ddyn a dynas hefo sana penglin gwlanan coch yn hofran uwch ben Mot ar garrag y drws.

'We couldn't possibly borrow your toilet, could we luv?'

'Hafynt got won, sori,' medda finna.

A chyn iddyn nhw ddechra mwydro mwy mi gaeais i'r drws yn eu gwyneba nhw. Os ydyn nhw mor hoff o fyd natur a rhyddid cefn gwlad, yna ma' isio iddyn nhw ddysgu sut i'w werthfawrogi fo yn ei gyfanrwydd yn does, ac yn fy marn i ma' hynny'n cynnwys ailddarganfod tin cloddia a dail tafol.

Gweld cysgod o wên ar wynab Now heno. Y brain wedi dechra cilio a Cen Cipar am ddŵad draw eto fory. A lwcus fod Cen Cipar hefo fo pnawn 'ma hefyd medda fo, neu mi fasa wedi saethu rhyw ddau ramblar digywilydd hefo sana coch gerddodd reit trwy ganol un cae ŷd yn taeru du yn wyn fod 'na lwybr cyhoeddus yno.

'Dim ond i *frain* ella!' medda Now. 'A welodd o 'mond lliw eu tina nhw'n sgrialu at rhyw *BMW* glas oedd wedi ei barcio ar ochor y lôn.'

Sadwrn, 10

Pam nad ydi Bow Wow yn licio'r postman? Mae o'r peth mwya mwythus ar wynab daear. (Bow Wow ac nid y postman). A thrio ymbalfalu am rhyw fath o eglurhad yr o'n i pan glywais i 'Bib-bib' y fan goch ar ganol yr iard. Ac ma'i amseru fo bob amsar yn berffaith. Un ai mi fydda' i wrthi'n newid clwt E.T. neu mi fydda' i ar ganol ei fwydo fo.

Ac wrthi'n ei fwydo fo yr o'n i heddiw pan glywais i'r corn yn canu. A wnaetha E.T. ddim gollwng ei afael a doedd 'na run o'r plant eraill i'w gweld yn nunlla. Ond dyna fo, fel bob dim, dydyn nhw byth ar gael pan fydd eu hangan nhw.

Dau fil ac un cardyn post, ac mi daflais i'r bilia a rhuthro i ddarllan y cardyn. Er, nad oedd 'na ddim byd yn hwnnw i godi 'nghalon i chwaith.

> *Annwyl bawb,*
> *Wedi cyrraedd Seland Newydd, erbyn hyn, ac yn cael amser ffantastic! Y tywydd yn bril a'r wlad yn grêt! Mynd i wneud 'bungie jump' pnawn 'ma . . !*
> *Hwyl!*
> *Drudwen (a Jake)*
> *xx*

Ac ma' Now bron â chymryd homar o jymp hefyd (ond heb y lastig) reit dros yr allt, ac ar ei ben i'r môr, am fod 'na rhyw ddyn gyrhaeddodd hefo'i garafán ddoe yn mynnu ei ddilyn o fel cynffon i bob man trwy'r dydd. Mae o'n sefyllian yn adwy pob giât, yr union rai y bydd Now isio mynd trwyddyn nhw, a sgin Now ddim dewis 'mond stopio a rhoi lifft iddo fo neu fynd i jêl am *hit and run*.

Meddwl ma'r dyn fod ganddo fo a Now lawar yn gyffredin. A phan holais i Now be oedd o'n gadw, '*cockatils*' oedd yr ateb. 'A faswn i'n synnu dim tasa fo'n byta'u bwyd nhw chwaith, yn ôl y twrw sydd ganddo fo,' medda Now trwy'i dannadd.

Mi glywa' i o'n mwydro am rhyw fwji a chath odanaf i yn y gegin rŵan . . . Ond dydi o'm ots gan Now prun fytodd prun achos mae o wedi cysgu hefo'i draed ar ben stôf ers tro byd ac yn chwyrnu, am yn ail â gweiddi '*Yes*' bob hyn a hyn.

Sul, 11

Now wedi bod yn gwneud bwgan brain i'w roi yn y cae.

'Dach chi isio gweld bwgan brain?' gofynnodd i'r plant cyn te a phawb wedi gwirioni. Ond dwi'n siŵr i mi ei glywad o'n deud:

'Ond 'dan ni isio un peth arall i'w orffan o'n iawn.'

'Be?'

Mi gollais i'r sgwrs wedyn, achos mi ddiflannon nhw i'r cae gan

148

adael Mam ac E.T. a finna yn y tŷ, ac mi fuon allan am sbel go lew. A phan ddaethon nhw'n ôl roedd hwylia da iawn ar Now am fod y bwgan brain yn amlwg yn gwneud ei waith yn llwyddiannus. Ond doedd Mam ddim mor wynab lawen â Now pan ddaeth hi'n amsar i'w danfon hi adra achos er i ni chwilio'n bob man fethon ni'n glir â chael hyd i'w het hi'n nunlla . . .

Llun, 12
Run frân yn agos i'r cae eto heddiw a hwylia da ar Now.

'Reit 'ta, 'dach chi'n barod i fynd i Sioe Sir Fôn fory?'

'Ydan, ydan, ydan!' gwaeddodd pawb a phrancio fel lloua bach nes gwaeddais i arnyn nhw i gallio, achos tydw i ddim am godi 'ngobeithion tro yma nes bydda' i'n isda yn y car 'na a hwnnw wedi croesi Pont Britannia bora dydd Mercher.

A dyna pryd y cofiais i fod angan dau deiar newydd ar y car. Mae o angan M.O.T. hefyd erbyn diwadd y mis. Ond erbyn meddwl dydw inna byth wedi cael cyfla i fynd am fy *post-natal* chwaith.

Mawrth, 13
Paratoi at fory. Chwilio am ddillad glân a pharchus i bawb, heb staenia oel nag olion dannadd y ci bach ynddyn nhw; a pharatoi bag teithio E.T. sydd bron gymaint ag un Bryn Terfel, er mai dim ond pedwar mis oed ydi o byth.

Roedd hi'n hannar nos pan ddisgynnais i ar fy ngwely'n diwadd, ar ôl gorffan bob dim. Ac mi ro'n i wedi meddwl mynd i'r bath hefyd ond fuo'n rhaid i mi anghofio am hynny a mynd o dan y dillad fel ro'n i.

A sylwais i ddim tan es i i 'ngwely, ond ddaru Bow Wow ddim byd 'mond clecian cyfarth yn ddi-daw am hydoedd. Protestio oedd o, ma' siŵr, am iddo fo gael carchar am yrru'n ddiofal trwy ganol rhyw ddefaid yn y cae pnawn 'ma.

Ond ar ôl hannar awr o wrando ar y cyfarth byddarol, mi godais i a mynd i chwilio am myfflars tractor Now, sydd fel newydd, achos ddaru o rioed eu gwisgo nhw am nad oedd o'n gallu clywad dim byd hefo nhw, medda fo! Ac ar ôl chwilio a chwalu mi ges i hyd iddyn nhw'n ganol teganna'r plant ac mi roeddan nhw'n effeithiol tu hwnt achos chlywais i mo Bow Wow o gwbwl wedyn, dim ond sŵn gwaed yn pwmpio yn fy mhen i, ac roedd gorfod gwrando ar hwnnw yn waeth na gorfod gwrando ar Bow Wow.

A dyna pryd y gwylltiais i'n gacwn a melltenu i lawr i'r gegin ac am rhyw reswm mi agorais i ddrws y sinc, gafael mewn potal *Ginger Ale* chwartar llawn a'i hysgwyd hi, yn wyllt wirion fel taswn i'n gwneud coctel, agor y drws allan a'i thaflud hi at gwt Bow Wow lle glaniodd hi hefo clec gwn, ac y chwalodd ei chynnwys yn swigod mân swnllyd dros y concrit. A bu tawelwch llethol, braf. Ac mi es inna'n yn ôl i 'ngwely a chysgu.

Mercher, 14

Mi ddaeth saith o'r gloch y bora yn rhy sydyn o'r hannar a'r plant yn rhedag yn ôl a blaen i'r llofft bob pum munud yn gofyn:

'Pryd 'dan ni'n cychwyn? 'Dan ni'n cychwyn rŵan ydan?'

Ro'n inna'n llipa fel planhigyn wedi bod heb ddŵr am ddyddia a'n llgada fi fel taswn i wedi cael eu benthyg nhw gan rhyw focsar.

Hwylio'r bwrdd cinio a the yn barod i Piff a rhoi ei fwyd oer o ar y bwrdd yn barod. Siawns y medar o wlychu bag te ei hun!

'Dan ni'n mynd dros bont go iawn, ydan Mam?'

'Ydan, Pont Britannia.'

'Dan ni'n mynd drosti rŵan?'

'Dan ni'm wedi cyrraedd Nefyn eto!'

'O. (Saib) Fyddan ni'n mynd drosti'n munud 'ta?'

'Byddan! Rŵan tewch, neu 'dan ni'n stopio'r car! A 'dach chi i gyd yn cerddad!'

'(Saib) Pont fach ydi hi ia, Mam?'

'Taw! Gei di weld!'

Ond aethon ni ddim llawar pellach cyn gorfod stopio'r car, go iawn. Car plisman basiodd a deud wrthan ni am dynnu i'r ochor.

'Be gythral ma' hwn isio?' medda Now.

'Plisman! Sbiwch plisman fatha Plisman Puw,' gwirionodd Sioned.

'Plisman Puw,' ategodd Llyr fel parot.

'Dan ni'n mynd i jêl, Dad?' gofynnodd Rhys.

'Ydach chi wedi meddwi?' gofynnodd y plisman.

'Naddo debyg, be 'dach chi'n feddwl,' medda Now gan drio bod yn reit gwrtais.

'Fedrwch chi ddeud wrtha' i pam oeddach chi'n swyrfio o un ochor i'r llall 'ta?'

'Do'n i ddim.'

'Mynd am y Sioe 'dach chi ia?'

'Ia.'

'Wel, os 'dach chi am fysnesu dros cloddia yn y dyfodol, cymerwch gyngor a stopiwch mewn lê bei wnewch chi?'

A phan gyrhaeddon ni, o'r diwadd, ro'n i jyst â marw isio cysgu ac mi fasa wedi bod yn fwy o newid i mi taswn i wedi cael aros yn y car a chysgu trwy'r dydd tra basa Now wedi mynd â'r plant rownd y cae. Ond wedyn, hyd yn oed tasa Now wedi gwneud hynny fasa ganddo fo ddim byd i dorri sychad E.T.

Mi fuo'n ni'n cerddad trwy siedia yn sbio ar ben-ola' buchod a heffrod, bustych a theirw, defaid, meheryn a moch; sefyllian yn siarad hefo'r un un bobol ma' rhywun yn arfar eu gweld, a gwrando ar Now yn siarad ffarmio hefo pawb. Mewn gwirionadd, heblaw am y sefyllian hefo hwn a'r llall, fasa waeth i ni fod wedi mynd am dro rownd y caea adra, ddim.

A phwy oedd y rhai cynta welson ni ar ôl mynd trwy'r giât? Ia, Barbie a Ken, a dau gam arall a dyna lle'r oedd Bet a Dei Dros Rafon; a'r plant erbyn hynny wedi dechra gwisgo'r cae yn goch o dan eu traed.

'Dowch,' medda Now at tua amsar te, 'Awn ni i chwilio am banad gan Breian Bara Brith.'

Ond pan gyrhaeddon ni'r stondin doedd 'na'm golwg o Breian, dim ond ei wraig o rhyw ddynas fach eiddil arall yn diflannu ac yn ymddangos o'r tu ôl i rhyw gyrtans bob hyn a hyn ac yn trio porthi'r pum mil hefo chwartar boilar o ddŵr poeth ac un pacad o *Jammy Dodgers*.

'Dowch rŵan hogia cymerwch fisgets,' medda gwraig Breian Bara Brith.

Ac mi bwdodd Sioned a gwneud rhyw hen olwg gibog arni'i hun am nad oedd y ddynas ma'n amlwg, wedi sylwi ei bod hi'n gwisgo ffrog.

'Gymerwch chi banad o de? Does ganddon ni'm diferyn o orinj sgwash ar ôl cofiwch. Ma' Breian wedi mynd i nôl peth ers dwn i'm pa bryd ond dwn i'm lle mae o, 'di o byth wedi dŵad yn ei ôl, siarad hefo rhywun yn rwla ma' siŵr. 'Ddo' i ata chi mewn munud, sgiwsiwch fi!'

Ac ar ôl i Now a finna orffan ein panad a'r plant glirio'r blatiad fisgedi a throi'r bowlan siwgwr, fe godon ni a mynd i chwilio am ddiod oer i'r plant. Ac wrth ddŵad i lawr o garafán fawr grand y Banc mi faglais i ar draws y goets-gadair yr o'n i'n ei chario ar y pryd tra oedd Now yn dal E.T. ac yn siarad peirianna neu anifeiliad neu ofyrdraffts neu rwbath hefo rhywun wrth y drws.

'Ydach chi'n iawn Mrs Morus?' gofynnodd Huw Ffariar uwch 'y mhen i.

Ond nes i'm byd 'mond codi ar 'y 'nhraed a dŵad ata'n hun yn reit handi rhag ofn iddo fo godi pymthag punt ar Now jyst am sbio arnaf i.

Mi fethais i'n glir â chael hyd i Babell Mamau'n Bwydo o'r Fron yn nunlla. Felly yn hytrach na chwilio am feudy mi gerddais i a phowlio E.T. bob cam yn ôl i'r car.

Mi fuon ni mewn ciw wrth ddŵad allan o'r cae a Now yn bygwth ramio i din llond car o hen ferchaid am eu bod nhw wedi stwffio o'i flaen o!

Stopio wedyn yn Morfa Nefyn i gael ffish a tships i bawb oedd gan dannadd i'w cnoi nhw, ac mi waeddodd E.T. yr holl ffordd adra nes medrais i gael bwyd llwy i'w fodloni fo.

Gwely'n syth ar ôl y plant a chysgu fel twrch! A fedra i ddim dallt pobol sy'n methu cysgu. Methu deffro fydda' i.

Iau, 15

Wedi gobeithio y basa pawb yn cysgu'n hwyr ond pawb wedi codi'n gynt nag arfar. Pawb ond y fi. Teimlo bod asgwrn 'y nghefn i fel gyrdar mawr trwm a'r gwely fel magned yn fy nal i i lawr. Ond codi fu'n rhaid a hynny am saith o'r gloch i fwydo E.T. ac i atab y ffôn.

'Dan ni'n mynd rownd i tshiecio'r bocsus *fire arms*. Fydd Mr Morus adra heddiw?' Plisman Dre oedd yn holi eto.

'Y . . . (Ac mi gofiais i nad oedd Now byth wedi cael amsar i wneud y bocs). Na, dydi o'm yma heddiw. Mart! 'Dach chi newydd ei golli fo. Mae o newydd fynd ag ŵyn i'r mart.'

'Fydd o adra fory 'ta?'

'Ym . . . '

'Er, 'di o'm ots os na fydd o, ran hynny. Mi fedra' i gael golwg ar y bocs a'r gwn run fath yn union. Wela' i chi fory, Mrs Morus.'

Gwener, 16

Fuodd Now yn greindio a weldio trwy'r dydd nes roedd ei llgada fo'n sêr, mwg du'n dŵad allan trwy'i glustia fo ac ogla llosgi ar ei ddillad o. Ac ma'i drowsus o'n dylla bach mân tel tasa 'na bryfaid wedi ei fyta fo. Pam na wisgith o ofyrol i weldio dwn i'm. 'Dw inna'n pendroni sut y gwna i drwsio'r trowsus . . . Rhoi swpyr glŵ yn y tylla ella . . . ?

Ond o'r diwadd, mae Now wedi gorffan y bocs. Bocs fel arch fydd yn ddigon da i'w gladdu ynddo medda fo, ar ôl iddo orffan hefo'r gwn. Fuo'n rhaid i minna redag i Dre i nôl dau glo clap i roi ar y ddau gliciad. A dyna ni, roedd y bocs gwn yn orffenedig ac erbyn gyda'r nos roedd y gwn dan glo yn y bocs, yn y twll dan grisia, a'r goriada wedi eu cadw'n saff.

Ond tra buodd Now yn gwneud y bocs roedd y brain wedi cael amsar i gyfarwyddo hefo'r bwgan ac wedi dechra ei bigo fo yn ei drwyn a thynnu'r plu o'i het.

Sadwrn, 17

Cael fy ysgwyd o 'ngwely tua pump. Nid gan E.T. ond gan Now.

'Lle ma'r goriada?'

' . . . Goriada? Pa oriada?'

'Goriada'r bocs gwn! Lle ma' 'nhw? Fedra i'm agor y bocs a dwi isio'r gwn. Ma' 'na ddwy frân yn isda ar ben postyn giât rardd.'

'Edrycha'n y twll dan grisia!'

'Dydyn nhw'm yna, dwi newydd sbio!'

'Wel, ydyn nhw'n dy bocad di 'ta?'

'Nag'dyn!'

'Wel, sbia'n rwla arall 'ta! Dwi'm yn gwbod lle ma' nhw nag'dw! Chdi cloiodd o!'

A dyna pryd y diflannodd Now i fyny i'r cwt tŵls yn yr iard hefo'r bocs gwn a rhoi gordd ar y ddau glo clap. Ond erbyn y daeth o i lawr roedd y brain wedi fflio i ffwrdd . . .

'Helo?'

Ac am hannar awr wedi naw roedd 'na blisman yn drws isio gweld y bocs gwn.

'O ia, uffar o syniad gwirion os ca' i ddeud!' medda Now wrtho fo ar ei ben.

'Pardyn?'

'Dwi wedi colli saethu *dwy* frân bora 'ma. Trio cael hyd i'r blydi goriada.'

Ac ar ôl archwilio'r bocs mi awgrymodd y plisman y basa'n rhaid i Now roi'r bocs yn sownd ar y wal *a* chael cloeon newydd.

Fuos i'n disgwl y fisitors trwy'r dydd; ac fel yr oedd hi'n dechra t'wyllu mi ganodd y ffôn. Roeddan nhw ar goll. Ac fel 'na ma' hi bob gafael. Pawb sy'n dŵad â 'chydig o brês i ni yn mynd ar goll ar eu ffordd yma. A phawb sy'n dŵad i *chwilio* am bres yn cael hyd i ni hefo'u llgada wedi cau.

Sul, 18

Gweld fisitors neithiwr yng ngola dydd am y tro cynta. Y wraig fel 'tae hi wedi hannar ei llwgu a'r dyn fel 'tae o wedi hannar ei byta hi. Ac ma'r plant yn edrach fel tasan nhw'n gallu gwneud hefo dipyn o liw. Wneith yr awyr iach fyd o les iddyn nhw, tasa hi'n stopio bwrw iddyn nhw gael mynd allan i'w 'nadlu fo. Ond does 'na'm byd 'mond eu gwyneba hirion nhw i'w gweld yn sbio i fyny i'r awyr trwy ffenast y parlwr fel tae nhw'n methu credu o lle mae'r holl law yn dal i ddŵad.

Ond mae 'na wynab yr un mor llaes yn tŷ ni hefyd. Ma'r glaw ar ochor y brain, ac ma' Now a'r ŷd yn fflat.

Llun, 19

Codi'n braf. Fisitors yn mentro i lan môr yn un rhes fel chwiad. Dod yn ôl yn wlypach na *duck-in-orange* sôs ac mi gynigiais inna sychu eu dillad nhw o flaen y *Rayburn*. Ond does na'm gobaith o sychu ŷd Now.

Mawrth, 20
Dim glaw heddiw. Syndod o'r mwya, a hwylia gwell ar Now a'r fisitors. A'r peth cynta ofynnodd y plant fisitors, yr ochor arall i Mot ar garrag y drws, oedd:
    'Can we feed the chickens?'
    Methu credu 'nghlustia a gobeithio y bydd hi'n bwrw glaw fory, trwy'r dydd.

Mercher, 21
Ro'n i'n gwbod ei bod hi'n ddwrnod braf hyd yn oed cyn i mi agor cyrtans y llofft achos glywais i rhyw gôr cydadrodd o dan y ffenast yn gofyn i Rhys:
    'Can we feed the chickens?'
    Now yn ffônio'r combeiniwr heno ac yn methu dallt pam nad ydi o byth wedi dŵad â'r combein draw, yn barod i gael dechra ar yr ŷd. Ond roedd gan Tanc esgus go sownd erbyn dallt. A dyna oedd hanas ei gombein o yn y ffarm ddiwetha fuodd o ynddi hefyd. Ac mi duchodd ac mi chwythodd a deud nad oedd o rioed wedi gweld lle cyn wlypad, ac wedyn mi ddechreuodd Now ar ei sylwebaeth ynta:
    'Welais i ddim haf cyn wlypad ers pan 'dwi'n ffarmio.'
    'A welais inna ddim *gwylia* ers pan 'dwi wedi priodi!' medda finna.

Iau, 22
Meddwl y basa'n well i mi atgoffa Now am fy mhen-blwydd jyst rhag ofn i mi golli anrheg ac mi ddigwyddais i sôn fod yr injan olchi dillad wedi gollwng dros y cefn i gyd eto heddiw. Ac mi ges i fy synnu o'r ochor ora' achos yr hyn ddudodd Now oedd:
    'Ti rioed yn meddwl y baswn i'n anghofio dy ben-blwydd di, debyg.'
    Ddudis i ddim byd. Ond anghofio mae o wedi 'i wneud ers pan dwi'n cofio! Ac yna mi ddudodd:

'Ma' gen i syrpreis i chdi leni.'

A dwn i'm pryd yr es i i gysgu'n diwadd achos ro'n i'n methu'n glir â rhoi'r gora i wenu. A do'n i'n gweld dim byd ond injis golchi dillad newydd sbon danlli yn rhesi ar resi diddiwadd o 'mlaen i.

Dim mwy o olchi dillad hefo llaw. Dim mwy o sefyll 'dat fy ffera' mewn dŵr yn yr hen Gantre'r Gwaelod 'na byth eto. A mwy o brograms golchi na sy' ar *Sky Television*. Y *pre-wash* yn gweithio a'r dillad yn cael eu gwasgu nes bydd yr injan yn chwibanu a'r dillad yn sych fel sacha. Ac mi drois i ar fy ochor, gwenu a gafael yn dynn am Now. Ydi ma' 'i galon o yn y lle iawn, wedi'r cwbwl . . .

Gwener, 23

Deffro i sws gynnas ar fy moch.

'Pen-blwydd hapus cariad!' medda Now.

Ac ar ôl brecwast dyma fo'n gofyn:

'Sgin ti drowsus glân i mi?'

Ond ro'n i wedi ei estyn o'n barod ers neithiwr, er mwyn iddo fo fod yn daclus i fynd i'r Dre. A wnes i ddim holi dim arno fo, o fwriad, rhag ofn i mi ddifetha'r syrpreis. Ond roedd o hyd yn oed wedi llnau trwmbal y Racsan . . .

'Ga' i ddŵad Dad?' gofynnodd Rhys.

'Dad! Dad! Isio mynd! Isio mynd!' dawnsiodd Llyr.

'Na, 'sna neb yn dŵad hefo fi achos 'mond picio ydw i. Picio i nôl presant pen-blwydd i Mam.'

'Be?'

'A phan ddo' i'n f'ôl mi gura i'r drws, a gwnewch chi'n siŵr y bydd Mam wedi cau ei llgada cyn i mi ei agor o. Iawn?'

'Iawn! Iawn! Mi 'nawn ni! Mi 'nawn ni!'

A ddaru'r plant ddim symud o ffenast y gegin am o leia bum munud ar ôl iddo fo fynd, yn methu'n glir â disgwl iddo fo gyrraedd yn ei ôl yn ddigon buan.

A phan glywais i 'Bib-bib!' rhyw dro ganol bora mi redais i allan gan feddwl mai'r postman oedd yno. Ond Now oedd o, wedi cyrraedd yn ei ôl, ac mi redais inna i'r tŷ wedi cynhyrfu'n lân a deud wrth y plant:

'Dad wedi cyrraedd!'

'Hwrê! Hwrê!'

'Dad! Dad!'

'Reit 'dach chi'n barod? Ydi Mam wedi cau ei llgada?' gofynnodd Now yr ochor arall i'r drws.

'Ydi, ydi. Do, do!' gwaeddodd pawb ac roedd fy nghalon i'n pwmpio'n afreolus o gynhyrfus.

Ac mi glywn i Now yn tuchan a chwythu hefo'r injan yr ochor arall i'r drws.

'Reit 'ta? pawb yn barod?'

'Ydan! Ydan!'

'Ydi Mam wedi cau ei llgada?'

'Ydi! Ydi! Ydi!'

'Ydw!' medda finna.

'Reit 'ta! Cnoc! Cnoc!'

Ac ro'n i'n ddwy law chwith wrth drio ymbalfalu'n ddall am gliciad y drws.

'Dyna chdi! Gei di eu hagor nhw rŵan. Da-ra!'

A dyna lle roedd o yn sefyll. Fedrwn i ddim credu'n llgada!

'Pen-blwydd hapus car—'

'Ma-har-an?'

'Ia ond dim unrhyw faharan, ma' hwn yn un sbesial. *Beltex*. A sbia clunia sydd ganddo —'

Ond chlywais i ddim byd arall achos ro'n i wedi cau'r drws yn ei wynab o a'i faharan!

Sadwrn, 24

Ddim wedi deud gair wrth Now ers ddoe, 'mond 'Estyn o dy hun!' pan waeddodd o am doilet rôl odd' ar ei isda yn y bathrŵm.

Bwrw glaw fel shitia sinc o'r awyr ac ma' Rhys a Sioned, a'r plant fisitors newydd ddŵad i'r tŷ o allan, a gofyn:

'*Can we feed the chickens?*'

'Tshicins,' medda Llyr fel carrag atab wedyn.

'Cerwch â nhw i chwara i tŷ gwair neu rwla!' medda fi, o dan 'y ngwynt wrth Rhys a Sioned, a gwên fawr ar 'y ngwynab.

'Ond hefo'r ffarm yn *llofft* ma' nhw isio chwara, meddan nhw,' medda Rhys.

'Ia m'wn . . . !' medda finna.

A tydi poetshio eu hochor nhw'u hunain o'r tŷ ddim yn ddigon. O nag'di, ma'n rhaid iddyn nhw gael ffagio'n hochor ninna hefyd a rhedag yn syth o allan i fyny'r grisia i lofft y plant. A fasa hynny ddim yn poeni llawar arna' i tasa gen i darmac reit rownd y tŷ ond y cwbwl sgin i ydi baw ieir!

Sul, 25

Bwrw glaw eto ac ma' ŷd Now yn fflat fel bwrdd coffi, mewn manna'. Deud amball air wrtho fo heddiw. Ond eu bod nhw i gyd yn fyr ac yn y modd gorchmynol 'Cau drws!' 'Llna dy sgidia!' a 'Ma' dy fwyd di'n ffrij!'

Y fisitors wedi bod yn 'Glan a Môr' yn prynu dillad glaw lliwgar. Felly yn lle sbio ar y glaw trwy ffenast ma' nhw wedi mentro allan i'w ganol o rŵan.

Now yn trio ymddiheuro ond yn methu'n glir â dallt pam nad ydi'r anrheg yn fy mhlesio fi . . . !

'Fasa'n well gen ti taswn i wedi cael un *Suffolk* i chdi 'ta?' gofynnodd wedyn.

Llun, 26

Gŵyl y banc ac ma' Piff yn lwcus. Mae o'n cael gwylia a thâl amdano fo. Dwi'm yn cael run o'r ddau, dim ond y wobr gysur fod gen i un bol yn llai i'w lenwi.

Now yn gweld pabell wedi ei chodi reit ar ben 'rallt fôr, ac mi gurodd ar y drws a'i ysgwyd hi, nes daeth 'na ddau o betha digon tebyg i *New Age Travellers* i'r golwg. Ac mi gyflwynon nhw eu hunain fel Ludo a Malteser.

'A finna ydi Wil Cwac Cwac,' medda Now cyn deud wrthyn nhw am dalu am aros yno, lapio'u tent a'i ffaglu hi o'no!'

Ac yn rhyfadd iawn roeddan nhw'n fwy na pharod i gydweithredu medda Now. Ond do'n i'n synnu dim achos os oedd 'na olwg wyllt a budur arnyn nhw, roedd Now yn saith gwaith gwaeth. Roedd ei ddillad o'n oel i gyd a gâfl ei drowsus o wedi rhwygo nes fod blew ei goesa fo a darn o'i drôns o'n golwg.

Mawrth, 27

Rhoi'r dillad, a'u hel nhw odd' ar y lein dair gwaith rhwng cawodydd heddiw. A dwi'n dal i freuddwydio am yr injan golchi dillad 'na sy'n chwyrlïo rownd a rownd fil o weithia'r funud. Ond waeth i mi *heb* â dechra meddwl am dymbl dreiar . . . !

Mercher, 28

Penderfynu dial ar Now am y syrpreis pen-blwydd a'i atgoffa fo fod yr ysgol yn ailddechra ar Fedi'r ail.

'A dydi'r plant 'ma ddim wedi bod yn nunlla ar eu gwylia byth, 'mond yn Sioe Sir Fôn am ddwrnod, ac mi fyddan nhw'n gorfod gwneud stori a llun ar ôl mynd yn ôl i'r ysgol. Stori a llun yn dangos lle buon nhw ar eu gwylia.'

Ond ches i fawr o effaith, ma'n amlwg, achos ddaru Now a Piff ddim byd 'mond codi'n syth oddi wrth eu cinio a mynd allan i hel bustych i'r gorlan i'w pwyso.

Sut o'n i'n gwbod mai pwyso bustych oeddan nhw? Wel, bob tro y bydd Now a Piff yn gyrru gwarthaig heibio'r tŷ i fyny i'r iard mi fydd yn rhaid i'r gwarthaig gael dŵad am rhyw lonc fach i'r ardd a gadael tylla mawr ar eu hola a rheiny cyn ddyfnad â 'mhenglinia fi.

Ac ma'n dda o beth fod Drudwen wedi mynd yn ddigon pell i ochor isa'r byd neu mi fasa gweld yr anfadwaith yma eto wedi gallu bod yn ddigon amdani. Ac wrth sathru a thrio cau'r tylla hefo 'nhraed mi feddyliais i, taswn i'n craffu digon, ella y baswn i'n gallu gweld Drudwen yn Seland Newydd; dyn a ŵyr ma'r tylla'n ddigon tyfn.

Cofio, wrth orfadd yn 'y ngwely heno, nad ydi Now byth wedi trwsio'r gola-allan, a meddwl y basa'n well syniad i mi ofyn i'r dyn fisitor . . .

Iau, 29

Newyddion da i Now ben bora. Tanc yn ffônio i ddeud ei fod o wedi llwyddo i gael y combein o'r cae yn y ffarm ddiwetha o'r diwadd, ond y newyddion drwg wrth gwrs, oedd ei bod hi'n dal i fwrw glaw ac yn gaddo dim byd gwell at fory chwaith.

Felly mi ffôniodd Now Dei Dros Rafon am sgwrs i godi'i galon heno, ac mi newidwyd y pwnc trafod o ŷd a chombeinio i feheryn, a Now yn brolio 'i faharan newydd. Ond, a hitha'n ddiwadd Awst, meheryn fydd y pwnc trafod bellach, a'r cwestiwn ar dafoda pawb fydd:

'Ti wedi troi'r meheryn?'

Ac yna, mi fydd hi'n wanwyn . . .

Gwener, 30

Sych o'r diwadd ac wedi codi'n reit braf a phoeth. Y fisitors wedi gwirioni ac wedi rhedag i lawr i'r traeth. Ond yn eu hola ymhen llai na hannar awr ar ôl gweld rhyw ddafad fawr anferthol ar ei hochor, ac wedi marw ma'n siŵr. Reit ar y llwybr cyhoeddus.

Roedd Now yn y tŷ yn digwydd bod. Wedi dŵad i ffônio Tanc i ofyn iddo fo ddŵad â'r combein draw.

'Be oedd yn bod ar y ddafad?' medda fi amsar cinio. A ddaru Piff ddim byd 'mond claddu ei wynab yn ei fwyd nes na fedrwn i weld dim byd ond ei gorun o.

'Maharan oedd o,' medda Now. 'Y *Beltex*. Rhyw blydi fisitors wedi gadael y giât rhyngddo fo â'r lleill yn gorad!'

A dyna ddiwadd y maharan. Fuo bron i mi â deud na fasa'r fath anffawd wedi gallu digwydd i injan golchi dillad achos go brin y basa honno wedi cael hed-byt gan yr hen un!

Ond fedrwn i ddim meddwl am sathru Now ac ynta ar lawr yn barod.

Sadwrn, 31

Codi llaw ar y car fisitors yn diflannu i lawr y lôn a mynd ati'n syth i llnau cyn i E.T. ddeffro, a chyn i'r dynion ddŵad i nôl eu cinio.

Finna wedi meddwl na fasa'r hwfyr ddim yn clecian heddiw am na chafodd y fisitors fawr o gyfla i fynd i lan y môr o gwbwl. Ond ma'n nhw'n saff o adael tywod ar eu hola waeth sut dywydd ga'n nhw, na lle ma'n nhw wedi bod. Gwylia a thywod, priodas a chonffeti. Ma' nhw i gyd yn mynd hefo'i gilydd ma' siŵr. Ac fel yr o'n i newydd orffan llnau dyma Sioned yn gweiddi:

'Mam! Ma' can wi ffid ddy tshicins wedi cyrraedd!' a pharciodd y fisitors eu car o flaen y tŷ.

A'r petha cynta welodd y plant fisitors pan ddaethon nhw allan o'r car oedd yr ieir. A'r peth cyntaf ofynnodd rheiny eto, oedd:

'Mummy! Mummy! Can we feed the chickens?'

Mis Medi

Sul, 1

Gwên Now yn lletach na'r adwy wrth i Tanc lywio'r combein i'r cae o'r diwadd ac mi ddaliodd heb wneud diferyn trwy'r dydd. (Yr awyr, nid Tanc.) Ond do'n i ddim yn gwenu achos mi faswn i wedi gallu meddwl am filoedd o betha y basa'n well gen i eu gwneud ar y Sul na thendio ar dri dyn llwglyd ac un ohonyn nhw hefo stumog bron iawn cymaint â thanc ei gombein.

'Gwatshia'r ci!' gwaeddodd Now fel roedd Tanc yn ei ddilyn o i'r tŷ amsar cinio. Ond dal i siarad a sbio o'i gwmpas ddaru Tanc a dyna sut y baglodd o ar draws Mot a tharo'r palis fel daeargryn cyn ffendio'i draed rwla wrth ddrws y gegin.

Ond Mot ddychrynodd fwya a ddaeth o ddim yn ôl ar garrag y drws tan amsar te.

Llun, 2

Tanc yma munud gododd y gwlith eto heddiw, a hynny'n digwydd bod dri munud cyn cinio.

Pam na fasat ti wedi deud ei fod o'n dŵad i ginio?!' medda fi.

'Be wyddwn i?' medda Now.

'Diwrnod braf eto heddiw,' medda Tanc ac isda wrth y bwrdd.

'Diwrnod braf i fynd am dro yn basa,' medda finna . . .

'Dow, rhyfadd i chi sôn, ma'r wraig a'r plant wedi mynd i Sŵ Bae Colwyn ers ben bora,' medda Tanc.

Braf ar rai, ond dyna fo, ma'n rhaid i rywun aros *adra* i fwydo mwncwns, medda finna wrtha'n hun.

'Pryd fyddwch chi isio swpar 'ta?' medda fi wrth Now yn syth ar ôl te, i gael rhyw syniad pryd i ddisgwl yr ymosodiad nesa ar y bwrdd bwyd.

'Ar ôl i ni orffan,' medda fynta heb gyfeiriad at run cloc yn nunlla 'mond yr un yn yr awyr.

A thra bo'r rhan fwya o drigolion yr ynys yma'n byw yn ôl *Big Ben* a *Greenwich Mean Time* a'u watsus *digital*, 'dan ni yng Nghanol Cae yn dal yn ein crwyn ceirw ac yn codi, combeinio a chysgu hefo'r haul.

Mawrth, 3

Y tywydd yn dal yn rhyfeddol a Tanc yn cyrraedd ar ddannadd amsar cinio eto. Ond heddiw ro'n i wedi hannar ei ddisgwl o ac wedi paratoi ar ei gyfar. Ond do'n i ddim wedi disgwl na pharatoi run datan ar gyfer Cen Cipar.

'Isda Cen. Gymeri di ginio?' Ddigonadd yma i bawb,' medda Now yn ôl ei haelioni anwybodus fel arfar.

Ac os ydi ei bitia seilej o'n llawn, dwn i'm be sy'n gwneud iddo fo feddwl bod 'y nghypyrdda bwyd inna yn yr un cyflwr, achos tydyn nhw ddim. A thra bydd o'n cael help gan ddau neu dri dyn i lenwi ei bitia seilej 'dach chi'n meddwl y daw 'na rywun i nôl negas a llenwi'r cypyrdda 'ma hefo fi? A dim jyst un na dau doriad fydda' i'n gorfod ei wneud. O naci, dwi'n gorfod hel porthiant i'r tŷ 'ma ar hyd y flwyddyn! Dyna braf fasa cael gofyn i Piff:

'Idris? Fasat ti ddim yn bachu'r trelar tu ôl i'r tractor a galw amdanaf i o flaen y tŷ 'mhen rhyw bum munud.'

'Iawn, Musus Morus. Fydda i'm eiliad, Musus Morus.'

'Reit 'ta, Idris *Kwik Save* ffwrdd â ni!'

Ac ar ôl cyrraedd Dre fasa dim rhaid i mi boeni am drio cael lle i barcio na dim achos problam Piff fasa honno. Deud y gwir fasa fo'n gorfod gwneud dim byd 'mond bagio i'r cefn a dechra llwytho'r trelar a phan fasa hwnnw'n llawn 'dat ei garfanna, faswn i'n gorfod gwneud dim byd 'mond dringo'n ôl i fyny i'r tractor ac mi fasa Piff yn fy ngyrru fi adra'n saff.

Ac ar ôl cyrraedd adra mi fasa Now wrthi'n rhoi bwyd llwy i E.T. ac mi fasa'r te yn barod ar y bwrdd o 'mlaen i. A faswn inna ddim yn gorfod gwneud dim byd 'mond tynnu'n sgidia a chael panad tra basa Now a Piff yn dadlwytho'r trelar a llenwi'r cypyrdda a'r garej 'dat y to. Ac mi fasa siopio dipyn yn haws yn basa . . . ?

'Branwen? Sgin ti ginio i Cen, 'ta be?'

'Be? O, oes ma' siŵr . . . '

Mercher, 4

'Welis di'r tywydd?' Now ofynnodd, a hynny 'geinia o weithia yn ei gwsg neithiwr eto.

A phan godais i bora 'ma roedd hi'n tywallt y glaw.

'Be am fynd â'r plant i Sŵ Bae Colwyn?' medda fi wrth Now.

'Sŵ? Ma' hi'n ddigon o sŵ yn fa'ma. Gawn nhw ddŵad i fy helpu fi a Piff i bigo ŵyn.'

Ma' Sioned yn edrach ymlaen at gael mynd i'r ysgol ac yn gofyn ers dyddia:

'Ydi hi'n fory rŵan?' ac yn swnian isio cael rhoi ei dillad ysgol amdani bob munud.

'Na chei!' medda finna wrthi, achos dwi wedi golchi ei phinaffor hi ddwywaith yn barod a dydi'r ysgol ddim wedi dechra eto!

Iau, 5

'Mam? Ma' hi'n fory heddiw, tydi,' medda Sioned yn ei dillad ysgol rwla uwch 'y mhen i.

'Ydi,' medda finna a sylweddoli am chwech o'r gloch y bora bod gwylia'r haf drosodd am flwyddyn gyfan gron arall.

'Mam? Lle ma'n sgidia fi?' gwaeddodd Rhys o rwla, ac wedyn mi ddeffrodd E.T. a dechra crio yn ei got cyn i mi fedru gwisgo 'nillad; ac fel ro'n i wrthi'n rhoi fy sana' mi glywais i sŵn tynnu dŵr yn y bathrŵm. Ond erbyn i mi gyrraedd roedd hi'n rhy hwyr. Roedd Llyr wedi daffod y papur toilet i gyd ac wedi ei stwffio fo i lawr y pan.

Lwmp fel *Imperial Mint* yn sownd yn fy ngwddw i wrth weld Sioned yn diflannu o'r golwg i mewn i'r bỳs a'i llyncodd hi fel morfil mawr.

Gwener, 6

Lwcus mai dim ond dau ddwrnod o ysgol fuod wsnos yma achos ma' Sioned yn ddigon pigog a blinedig fel ma' hi a dydi Llyr wedi gwneud dim byd 'mond swnian a bod o dan draed a finna hefo byrddiad o ddynion yn disgwl bwyd. Ac ar ben hynny ma' E.T. wedi dechra ar rhyw hen gast o boeri ei fwyd llwy o'i geg.

'Mi fasa brechdan driog yn ddigon da iddyn nhw,' medda Bet, ddaeth draw rhyw dro ganol bora ar ei ffordd i'r Pentra i weld Nel, mam Dei. 'Dyna oedd 'y nghinio i pan o'n i'n gweithio'n *Co-Op* yn Dre, erstalwm. A thra buos i'n gweithio yno ches i rioed gynnig ogla dim byd gan y *management* heb sôn am ginio poeth wedi'i wneud o 'mlaen i. Tafla frechdan driog o'u blaena nhw a pera iddyn nhw fod yn ddiolchgar amdani.' Dyna ddudodd Bet.

Ac ar ôl bod wrthi tan d'wyllnos eto heno mi faglodd Now, Piff a Tanc trwy'r t'wyllwch i'r tŷ. Ac ma' Now, credwch neu beidio, wedi dechra deud y bydd yn rhaid iddo fo drwshio'r gola-allan. Er, erbyn meddwl, mae o wedi deud hynna bob noson wsnos yma a 'dan ni ddim tamad nes at gael goleuni yn y cowt byth. Ma'n siŵr mai jyst trio creu rhyw argraff dda ar Tanc mae o . . .

Sadwrn, 7
Bwrdd llawn heddiw eto ond ma' 'na dylla gweigion mawr yn dechra ymddangos yn fy nghypyrdda bwyd i ac os na ddôn nhw i ben hefo'r c'naea ŷd 'ma'n reit fuan mi fydda' i'n gorfod minshio'r silffoedd ar eu cyfar nhw.

'Y fisitors diwetha wedi mynd adra heddiw,' medda fi wrth Now wedi i Tanc a Piff fynd adra ar ôl swpar.

'M . . . ?' oedd unig sylw Now.

'Ac ma'r plant wedi mynd yn ôl i'r ysgol ac ma'r haf drosodd,' medda fi wedyn.

'Be ydi rhiff ffôn Gwich dwa', ti'n gwbod?' gofynnodd Now. 'Achos, os cawn ni orffan combeinio fory mi fyddwn ni'n barod i gario gwellt ddechra'r wsnos.'

Ac ro'n i wedi anghofio'n llwyr am y gwellt! Ma' hyn yn ddiddiwadd! Ac mi fydd yn rhaid i mi finshio'r silffoedd wedi'r cwbwl, neu yn waeth fyth fynd i siopio.

Sul, 8
Bet yn ffônio ar draws amser cinio. Gofyn os o'n i wedi gweld Nel.

'Nel?' ac mi waeddodd Now ei bod hi'n cowt, pan oeddan nhw'n dŵad i'r tŷ gynna'.

'Naci, Nel, *mam Dei*, dwi'n feddwl!' gwaeddodd Bet i 'nghlust i mewn panic gwyllt. 'Ma' hi ar goll eto!'

Ac fel ro'n i wrthi'n byta 'mhwdin pwy basiodd heibio'r ffenast ond Nel, mam Dei Dros Rafon.

'Does ganddoch chi ddim rhyw ddwsin o wya i sbario? 'Rhogan

'cw, Bet gwraig Dei'n disgwl i mi wneud cacan a run ŵy yn tŷ. A
'dan ni'n disgwl pregethwr i de.'

'Dowch i mewn Mrs Huws . . . '

'Na ddo' i ddim. Ma' gen i isio nôl blawd eto.'

Ac mi ffôniais i Bet y funud honno.

Teimlo'n ddigon trist yn 'y ngwely wrth feddwl am ddirywiad
meddwl Mrs Huws Dros Rafon. Ac mi agorais i'r drws iddi 'geinia
o weithia'n 'y ngwsg a neidio i fyny'n 'y ngwely bob tro roedd hi'n
troi i 'ngwynebu fi, achos 'y ngwynab i oedd ganddi bob gafael, a
rhyw hen wên wirion yn ei chwalu fo'n ddarna mân drosodd a
throsodd . . .

Llun, 9

Danfon y plant i'r ysgol a bron ag aros yno hefo nhw *a* gwneud cinio
i'r cwbwl lot achos mi faswn i'n cael rwbath am 'y nhraffarth yn
fan'no. Ond yn lle hynny mi es i adra i wneud bwyd i Gwich, Saim,
Main, Piff a Now.

'Ma' gen i ffansi sgwennu 'Caffi' ar ddarn o bren yn giât lôn,'
medda fi wrth Now, ar ôl cinio. Ond ddudodd o ddim byd 'mond:

'Ddown ni i nôl te bedwar o'r gloch ar y dot.'

Mi alwodd Bet ar ôl te. Isio denig oddi wrth Nel am rhyw hannar
awr.

'Gododd hi bawb yn tŷ 'cw am hannar awr wedi tri y bora eto
heddiw, dechra gosod y bwrdd a thorri brechdan a mynnu mai
dwrnod cneifio oedd hi a'n bod ni i gyd wedi codi'n hwyr!'

'O taw,' medda finna. 'Ac ydi hi'n dal i gorddi hefo'r injan golchi
dillad?'

'Paid â sôn, dwi wedi trio dangos iddi sut ma' golchi dillad hefo
hi, ond fel bydda' i ar orffan mi daflith fwcedaid o lefrith i mewn
iddi a chau'r drws yn glep! Dwi'n deud wrtha chdi, dwi bron â
mynd o ngho'! A lle ma' Dei medda chdi? Ia, allan yn esgus
gwneud rwbath bob munud. Rwla ond bod yn tŷ yn dal pen
rheswm hefo'i fam.'

'Isda. Mi wna' i banad,' medda fi wrth Bet i drio codi'i chalon hi.

A thra buos i'n siarad hefo Bet mi anghofiais i'r cwbwl am yr ham oedd gen i'n rhostio'n popdy. Ro'n i wedi bwriadu iddo fo wneud dau bryd. Ond fydda i'n lwcus os gwneith o *un* rŵan.

Meddwl yn 'y ngwely heno, tybad be sydd o'n blaena' ni i gyd, a phenderfynu nad oes 'na ddim byd 'mond henaint; ac mi atgoffais i Now y funud honno am ei adduned. Ond mi aeth o'n flin i gyd a deud:

'Gwitshia i mi gael y gwellt 'ma dan do gynta!'

Mawrth, 10

Pryfaid yn codi'n gymyla odd' ar bob dim dwi'n ei gyffwrdd bron, ac ma' Now yn gwneud ati i ofyn am bob dim na sgin i mohono fo yn y cypyrdda 'ma.

'Lle ma'r sôs coch?'

'Mae o wedi gorffan,' medda finna.

'Sgin ti un brown 'ta?' medda fynta.

'Nagoes. Ond mi fydd yn rhaid i mi fynd i chwilio am rai i rwla ma' siŵr, bydd . . . '

'A tyrd â llinyn bêl hefo chdi o'r *Co-Op* os wnei di,' medda fo wedyn.

Deud y gwir sgin i rioed go' o fynd i siopio a nwylo yn rhydd, achos os na fydd gen i rhyw filia i'w talu yma ac acw mi fydd gen i rhyw ffisig neu boteli neu rwbath i'w nôl o'r lle ffariar.

Mercher, 11

Deffro a 'mhen i fel llyn chwiad, yn gymysgadd o bob rhyw rwtsh, ar ôl breuddwydio trwy'r nos. Breuddwydio 'mod i'n mynd i Dre i siopio yn fy nillad gora a bag llaw dros fy ysgwydd. Now yn gwarchod y plant adra, a finna hefo digonadd o amser i allu hel a didol chwartar pwys o fyshrwms (heb ôl gwinadd rhywun arall arnyn nhw) a chael panad mewn caffi.

Ond pan ddaeth hi'n amsar i mi gychwyn am y Dre a'r *Co-Op* roedd Llyr newydd dynnu ei sgidia, E.T. newydd wneud yn ei glwt ac ar ôl cyrraedd giât y lôn mi gofiais i 'mod i wedi anghofio'r list negas ar dresal. Ond roedd hi'n rhy hwyr i droi'n ôl erbyn hynny.

Ac ar ôl mynd rownd a rownd y Dre yn trio cael lle i barcio mi lwyddais i yn diwadd i stwffio rhwng dau gar yn parcin Cwics. Ond roedd y ddau mor agos nes y meddyliais i'n siŵr y basa'n rhaid i mi ddŵad allan trwy'r bŵt. A chan fod E.T. yn cysgu, mi adawon ni o yn y car a chloi'r drysa, achos mi fasa trio'i dynnu fo allan trwy'r drws ôl wedi gallu bod fel ailenedigaeth hunllefus iddo fo.

Gwibio rownd y siop hefo'r tryc, ac ar ôl rhyw ddau funud roedd Llyr wedi blino isda ynddo fo ac wedi penderfynu ei bod hi'n fwy o hwyl o'r hannar i redag i fyny ac i lawr y llwybra. A rhwng trio cadw golwg ar Llyr rhag ofn iddo fo ffendio drws-allan, ac ofn i rywun ddwyn E.T. o'r car, ro'n i'n trio cofio be oedd gen i ar y list negas oedd adra ar ben dresal . . .

Meddwl mor braf fydd hi ar Now yn cael mynd ar ei ben ei hun i'r mart . . . 'Mond y fo a'i lyfr siecia. A dim ond ar ôl i mi dalu a llwytho'r negas i gyd i fŵt y car y gwelais i'r tabledi llnau-dannadd-gosod yn eu canol!

' . . . Llyr!'

Adra ffordd gynta ac ar ôl cyrraedd, y peth cynta ofynnodd Now oedd:

'Ges di'r llinyn bêl?'

Ac o hynny ymlaen ddaru petha ddim byd 'mond dirywio. Mi edrychais i ar y list negas a do'n i ddim wedi cofio hannar y petha oedd arni. Sôs brown, sôs coch, marmalêd . . .

Iau, 12

Dwrnod braf ac mi wneith i gario gwellt fory medda Now, os deil y tywydd fel hyn trwy'r dydd. Piff yn chwalu'r gwellt a Now yn gofyn i mi fynd i'r *Co-Op* i nôl llinyn bêl eto.

Mi brynais inna stribwd melyn arall i ddal pryfaid tra o'n i yno, a'i sdicio fo hefo pin bawd reit wrth ymyl y gola uwch ben bwrdd y gegin fel na fasa fo ddim yn bachu yng ngwallt neb, tro yma. A fedrwn i ddim llai na gwenu wrth grafu tatws a throi rownd bob hyn a hyn i glywad sŵn cynddeiriog pry arall wedi'i ddal.

'Chwech, saith, wyth . . . ' medda rhyw lais diarth tu ôl i mi.

'Be 'dach chi isio?' A taswn i ddim wedi sgrechian mi faswn i wedi rhegi. Ond ro'n i'n dal mewn rhyw fath o ddychryn achos doedd gen i ddim syniad pwy oedd yno.

'Wedi dŵad i gyfri pryfaid y . . . *defaid* dwi'n feddwl, cyfri defaid. Gweithio i'r Ministri. Ydi'r gŵr o gwmpas ydi?'

'Ydi, allan.'

'Cyfri ei brês ma' siŵr ia?'

'Naci, bêls gwellt debyca,' medda finna.

'Ew, tasach chi'n gweld pobol oedd yn Malta bythefnos yn ôl,' medda fo wedyn, fel tasa fo wedi bod bron â thorri ei fol isio deud hynny ers pan ddaeth o i mewn i'r tŷ.

'Malta? Tewch . . . ' medda finna a dal i blicio'r tatws.

'Y wraig a finna wedi mynd am rhyw holide bach. A pobol! Wyddoch chi fod 'na *seventy* yn byta swpar yn yr hotel bob nos — wel ac eithrio ar nos Lun a nos Ferchar — ac mi roedd 'na dri yn fyr nos Wenar hefyd. A 'sach chi'n gweld y traeth ! Bobol bach! Filoedd! 'Gyfrais i *two hundred and sixty five* un dwrnod cyn brecwast. Cyn brecwast cofiwch. Ond wel, doedd gen i'm *chance* yn pnawn.'

'Am faint fuoch chi yno?'

'O 'mond pythefnos. Dydan ni ddim yn bobol sy'n crwydro llawar 'chi. Digon cartrefol ydan ni wedi bod 'rioed. Ond mi fyddwn ni'n trio mynd dramor unwaith bob blwyddyn. Lle buoch chi leni?'

'O run lle â llynadd, a flwyddyn cynt, ran hynny . . . '

'Mmm, ma' 'na rwbath yn reit braf sdicio i'r un lle does.'

Gwener, 13

'Lle buoch chi leni . . . ?'

'O 'dan ni'm wedi mynd eto. Ond munud bydd Now wedi gorffan hefo'r gwellt 'ma rŵan, mi fyddwn ni'n cychwyn . . . ' Dyna ddyliwn i fod wedi ei ddeud wrth y dyn Ministri 'na ddoe.

Glaw eto heddiw, ac ma' hyn yn ymestyn yr artaith i'w eitha rŵan. Ar y raddfa yma mi fydd hi'n Ddiolgarwch cyn y byddwn ni wedi gorffan cael y gwellt i gyd dan do! Gweddïo am heulwen ar gyfar fory, tasa ond i ni gael gorffan contract ddiwetha'r flwyddyn yn daclus.

Sioned wedi setlo'n iawn yn yr ysgol ac yn awyddus dros ben i ddysgu. 'Dw inna yn 'y ngwaith yn torri selotêp, yn darllan *Sali*

Mali bob nos ac yn trio cael atebion syml i gwestiyna mawr: 'Pam fod yr haul yn felyn a'r lleuad yn grwn?' Ond dwi'n benderfynol o roi pob cyfla a chefnogaeth iddi achos mae'n bwysig iddi hi fynd yn bell, yn bellach na chegin ffarm, beth bynnag.

Sadwrn, 14

Bet yn ffônio i ofyn os o'n i isio tatws.

'Na, ma' ganddon ni lond cae,' medda finna, jyst 'mod i'n gorfod mynd yno hefo pwcad a rhaw a bôn braich bob tro y bydda' i angan rhai.

'Naci, tatws wedi eu plicio'n barod, dwi'n feddwl,' medda hi wedyn.

'Wedi eu plicio'n barod?' medda finna.

'Ia, Nain sydd wedi drysu ac wedi plicio llond bag hannar cant ohonyn nhw, a hynny cyn chwech o'r gloch bora 'ma!'

Sul, 15

Dwrnod braf ond ma'r gwellt yn rhy wlyb i'w felio medda Now.

'Wel, be 'di'r ots?' medda finna. 'Fydd 'y mhêstri a 'mara brith a 'nghêcs spynj inna'n rhy wlyb yn amlach na pheidio hefyd, ond dydi hynny ddim yn deud na cha'n nhw mo'u byta.'

Ond ma' gen i broblam fwy o'r hannar, ma' Sioned a Llyr wedi tynnu'r lebals odd' ar bob tun bwyd sy'n cwpwrdd, a rŵan ma' bob tun *peaches*, tymatos a bîns yn edrach yn union yr un fath a'i gilydd!

Dim ond gobeithio y bydd hi'n brafiach fory, i gael diwadd ar y c'naea 'ma.

Llun, 16

Y locustiaid yn ymosod ar y bwrdd bwyd eto heddiw a llwythi gwellt mawr sigledig yn cael eu tynnu i fyny i'r iard.

Mi fasa'r dyn cyfri wedi bod wrth ei fodd tasa fo wedi gweld y stribwd melyn heddiw. Roedd 'na 'geinia yn gwingo arno fo. Ac mi wnes i feddwl ei dynnu fo i lawr a'i daflud o i'r bin cyn cinio. Ond rhwng codi cwpan-pig E.T. odd' ar lawr, bob yn ail funud, cadw llygad ar Llyr ac ar y tatws a'r llysia ar y tân, mi anghofiais i. Ac fel yr oedd pawb newydd isda i lawr ac wrthi'n pasio'r dysgla pys a ffa a moron i'w gilydd mi ddisgynnodd y stribwd mêl du i ganol y tatws-wedi-sdwnshio!

'Dwn i'm be ddiawl sy' ar dy ben di'n hongian y blydi petha 'ma'n to. Ma' nhw'n beryg bywyd!' damiodd Now.

Ond ma' hi'n iawn arnyn nhw, tydi. Dydyn nhw ddim yn sdyc yn tŷ trwy dydd hefo pryfaid yn mwydro'u penna nhw. Ac ar ddwrnod gwael ma' hynny fel cael eich cau mewn pot jam hefo cacwn.

Mi lowciodd pawb y tatws run fath yn union ar ôl crafu'r top i ffwrdd. Ond mi fethais i â magu digon o stumog i fentro llwyad fy hun.

'Sgin ti sôs brown i Main? Ma' Main isio sôs brown,' medda Now ar ei ran o wedyn.

'Ond wnes i'm cymryd arnaf 'mod i wedi clywad.

Mawrth, 17
Fisitors mwyar duon wedi dechra britho'r gwrychoedd a'r cloddia yn barod, ac mi fu bron iawn i mi fynd ar draws un hefo'r car pnawn 'ma. Ar fy ffordd i'r Post o'n i pan ddechreuodd E.T. dagu a chrach boeri fel tasa 'na rwbath wedi mynd yn sownd yn ei wddw fo, ac wrth i mi droi 'mhen i edrach arno fo yn fy mhanic, mae'n rhaid 'mod i wedi gyrru'n gam; achos pan edrychais i yn fy mlaen ro'n i hannar ffordd i ben y clawdd, a fisitor mwyar duon lathan o flaen 'y monat i. Ac ar ôl swyrfio yn ôl ar y lôn welais i ddim byd yn y drych 'mond mwyar duon fel baw defaid dros y lôn i gyd.

Meddwl crybwyll y fisitors mwyar duon wrth Now pan ddaeth o i'w wely heno ond wnes i'm traffarth. Does 'na'm diban hintio am wylia nes bydd y gwellt 'ma i gyd dan do achos wneith o'm byd 'mond gwylltio. Felly mi fodlonais i ar droi dipyn o dudalenna'r brôshyrs gwylia oedd ar fy nglin i cyn mynd i gysgu.

Mercher, 18
Y locustiaid i gyd rownd y bwrdd eto heddiw ac mi dorrais i dorth gyfan o frechdana' cyn cinio heb sylwi be ro'n i'n ei wneud, a phwy gyrhaeddodd ond Bet.

'Mwy o datws i chdi yli. Nain wedi cael gafael ar datws a chyllall eto neithiwr,' medda hi cyn ychwanegu'n sobreiddiol: 'Ond sdi be sy'n fy nychryn i yn fwy na dim, Branwen fach?'

'Na wn i,' medda fi yn chwys doman wrth drio cuddio'r pentwr brechdana o dan lian sychu llestri.

'Mai fel hyn y byddwn ninna hefyd ella, rhyw ddwrnod . . . '

A phwy a ŵyr ella mai hefo brechdana y dechreuodd Nel cyn symud ymlaen at y tatws . . .

Iau, 19

Gweld rhesi ar resi o wenoliaid ar y weiran deliffôn yn Cae Cefn. Braf arnyn nhw, 'mond trwshio'u plu ac i ffwrdd â nhw. Dim angan llenwi siwt-ces na bag na dim. Canol Cae heddiw, Tiwnisia fory!

A be ydw i'n ei wneud? Rhedag a sglefrio yn ôl a blaen rhwng y gegin a'r cefn, nes bydda i bron â chodi hediad fy hun weithia, dwi'm yn ama, wrth estyn a chyrraedd i lond bwrdd o ddynion. A tydw i'm hyd yn oed yn cael diolch yn fawr, na chil-dwrn am fy nhraffarth.

Ac ar ôl i Gwich, Main a Saim a Piff godi oddi wrth eu swpar heno, a finna orffan sychu pob cyllall a fforc a phlât, mi soniais i am y gwenoliaid wrth Now.

'Ti'm yn meddwl ei bod hi'n hen bryd i ninna gael mynd i rwla cynnas, hefyd . . . ?' medda fi.

'Ydi, ti'n iawn. 'Dw i'n barod am 'y ngwely ers oria . . . '

Gwener, 20

Cael sbario plicio tatws eto heddiw am fod gen i ddigon wrth gefn o hyd! Ond does gen i fawr o ddim byd arall ar ôl. Mi fydd yn rhaid i mi gael menyn o rwla cyn amsar swpar, a dwi'n pitïo na fasa gan Nel Dros Rafon feudda go iawn i gorddi.

Ond pan ddois i'n f'ôl o Dros Rafon hefo'r hannar pwys o fenyn a'r llefrith ges i gan Bet, mi ddudodd Now eu bod nhw wedi gorffen hefo'r gwellt. A doedd neb isio swpar, er iddo fo bwyso'n arw arnyn nhw, medda fo.

Diolch i'r drefn ei bod hi'n nos Wenar ac iddyn nhw 'madal pan ddaru nhw achos pan agorais i'r cwpwrdd i wneud swpar i'r plant doedd 'na ddim byd ar ôl 'mond pacad o jeli coch, un tun tymato piwre sydd wedi bod yno ers o leia dair blynadd, ac un tun bîns (am wn i) heb lebal.

'Dw inna'n arswydo wrth feddwl mai dim ond cwta bythefnos sydd ers pan fuos i'n siopio llond tryc yn y Dre 'na o'r blaen, a dyma nhw, 'nghypyrdda fi'n wag eto. Ma'n rhaid i mi ddeud, dwi'n edrach ymlaen yn eiddgar at y dwrnod y bydd rhywun yn gallu ordro ei negas ar gyfrifiadur yn syth i'w gypyrdda.

'Pump o'r rheinia, dau o'r rheinia, tri o'r rheinia, pedwar . . . '

Sadwrn, 21

'Lle ma'r siwgwr?' Now oedd yn gweiddi ac yn gwneud môr a mynydd am fod y bowlan siwgwr yn wag.

'Yn cwpwrdd,' medda finna. Ond doedd 'na'm byd yn fan'no 'mond y pacad jeli coch a'r tun tymato piwre; ac er syndod i mi nid tun bîns, ond tun *peaches* oedd yr un heb lebal yn diwadd, fel y sylwais i amser swpar neithiwr ar ôl ei dywallt o i'r sosban.

'Sgin ti'm bwyd yn y tŷ 'ma 'dwa?' cwynodd Now wedyn.

'Tasa chdi ddim yn hudo gymaint o gega a bolia yma i'w gwagio nhw, mi fasa gen i ddigonadd,' medda finna . . .

Ond ŵyr Now ddim byd am siopio, achos phrynodd o rioed na leg o lam na phot jam yn ei fywyd.

Sul, 22

Cen Cipar yma ganol bora.

'*Sgin* i'm siwgwr,' medda fi, cyn iddo fo ofyn am lwy i droi'i goffi.

'Ken Tyddyn Ffarmwr wedi cael gwarad o'i dractor,' medda fo'n hamddenol.

'O?' medda Now.

'Call iawn,' medda finna. Dyna sut mae o'n gallu cael amsar i fynd i helpu'i wraig i siopio.

Ond doedd gen i ddim mynadd i wrando achos dwi'n dal i glywad sŵn tractors yn fy mhen ers y cario gwellt diddiwadd 'na. Felly mi benderfynais i y baswn i'n cymryd cip ar y papur Sul. Ond mi fuo'n rhaid i mi gau hwnnw hefyd yn reit handi, ar ôl darllan hanas Mick Jagger a Jerry Hall yn gadael eu plant hefo rhyw *nannies* tra oeddan nhw yn picio i Dde Ffrainc ar eu gwylia! Tasa Now 'mond yn mynd â fi i *Drefor* hefo'r plant am y pnawn, mi faswn i fel dynas newydd!

'Ma'r plant wedi mynd yn ôl i'r ysgol, ma'r fisitors mwyar duon wedi cyrraedd ac ma'r adar wedi dechra heidio. Oes ganddon ni obaith o fynd i rwla cyn diwadd y mis 'ma 'ta be?'

'Ma'n rhaid i mi hadu'r cae sofl 'na gynta,' medda Now.

'Hadu? Ond ma' hynny'n golygu 'redig a thrin eto, a ti'm yn meddwl dy fod ti wedi 'redig digon am leni yn barod?'

Ac mi deimlais i rhyw wendid yn fy nghoesa ac ro'n i'n meddwl 'mod i'n mynd i gael ffatan, ac mi ddechreuodd bob man droi rownd a rownd run fath â'r tymhora, ond yn gynt!

Llun, 23

Sioned yn deud bod ganddi boen yn ei bol bora 'ma wrth i mi ei danfon hi i giât y lôn. Ond chymerais i fawr o sylw ohoni achos fydd gen inna boen yn 'y mol hefyd bob tro y bydda' i'n gorfod gadael E.T. ar ben ei hun yn ei got yn llofft a danfon y plant i giât y lôn.

Ond fel y cyrhaeddodd Sioned ddrws y tŷ ar ôl dŵad adra o'r ysgol mi daflodd i fyny yn y portsh ac mi gerddodd Llyr ar ei ben i'w ganol o, a'r ogla'n codi cyfog gwag ar Rhys a finna.

A dyna dymor arall wedi ei fedyddio eto.

Mawrth, 24

Wedi meddwl mynd i siopio heddiw ond ar ôl byta llond ei fol o swpar mi chwydodd Rhys lond ei wely ac mi fuon ni'n gaeth i'r tŷ a'r ogla trwy'r dydd a finna'n neidio bob tro roedd 'na un o'r plant yn pesychu.

Dydi salwch y plant yn mennu dim ar Now na'i waith wrth gwrs, a dim ond amsar bwyd y gwelson ni o trwy'r dydd. Ond pan ddaeth o i'r tŷ i nôl ei swpar mi driodd godi 'nghalon i a deud:

'Paid â phoeni ma' dy wylia di'n dŵad yn nes bob dydd rŵan sdi. Ac os daw'r calch 'na fory mi ga' i orffan trin . . .'

Ond tydw i ddim mor lwcus, a waeth pa mor hir y disgwylia' i, cha' i ddim lorri'n danfon siwgwr at ddrws y tŷ. Felly mi lwythais i Llyr ac E.T. i mewn i'r car a'i chychwyn hi i Siop y Post i nôl y siwgwr a rhyw fanion, ac ma'r daith *honno* hyd yn oed yn chwartar awr un ffordd.

Mercher, 25

Ar gychwyn i siopio i'r Dre o'n i ar ôl cinio pan gyrhaeddodd Angharad. A do'n i ddim haws â chau'r drws yn ei gwynab hi a thrio egluro gymaint yr o'n i wedi seicio fy hun ar gyfar y gwaith, achos dydi siopio i Angharad yn golygu dim byd mwy na phicio allan o'r *Travel Agency* a chroesi'r stryd i Cwics. Ond ma'n rhaid i mi barchu pawb sy'n galw i 'ngweld i yn Ganol Cae achos dim galw wrth basio ma' nhw ond dŵad yma yn un swydd.

Felly mi wnes i banad i ni'n dwy a rhoi crystyn i Llyr i'w rannu i'r ieir, a rhoi E.T. mewn môr o deganna ar ganol y llawr.

Ond rhyw hwylia digon rhyfadd oedd ar Angharad. Un funud roedd hi'n chwerthin dros y lle nes roedd hi'n tynnu dŵr i'w llgada, a'r funud nesa roedd hi'n dawal a'i meddwl hi'n bell bell i ffwrdd . . .

Es i llnau'r tŷ ar ôl i Angharad ei throi hi adra, achos roedd hi'n rhy hwyr i gychwyn i nunlla erbyn hynny. A rhyfadd meddwl, ond pan o'n i'n sbring clînio roedd Now yn trin y caea ac yn codi llwch a phridd a baw, a rŵan, a finna'n llnau ar ôl y fisitors, mae o wrthi eto yn codi llwch a phridd a baw.

Iau, 26

Meddwl 'mod i'n dechra colli arnaf fy hun achos mi rois i'r tatws-yn-eu-crwyn i mewn yn y ffrij yn lle'r popdy, a wnes i ddim sylwi nes roedd hi bron yn hannar dydd pan agorais i ddrws y popdy a methu gweld run datan yn nunlla! Ma' 'matris i yn siŵr o fod yn gwanhau hefo'r haul 'radag yma o'r flwyddyn.

'Isio newid wyt ti siŵr. Ma' hyd yn oed anifeiliaid yn cael newid cae 'tydyn,' medda Bet ar y ffôn heno.

A dyna pryd y penderfynais i y baswn i'n gallu hwyluso llawar ar y 'mywyd taswn i ond yn cael dipyn mwy o gydweithrediad gan Now. Ac mi wnes i restr ar ei gyfar o:

1. Rhaid i Now olchi ei flewiach ei hun o'r bath a sgwrio'r plimsol lein hefo *Ajax*.
2. Torri gwinadd ei draed yn bathrŵm yn lle'n y gegin.
3. Golchi ei ddwylo.
4. Rhoi ei gadair o dan bwrdd ar ôl gorffan hefo hi.
5. Cau drws ar ei ffordd allan.
   Ond 'dach chi'n gwbod be oedd ei ymateb o?
   'Iawn, mi wna' i. Ond sgin i'm amsar rŵan.'

Gwener, 27
'Llyfr siecia, cardyn, pwrs a list negas.'

A dwi'n cychwyn i'r Dre i siopio unwaith eto. Ond mae'n amlwg nad ydi Llyr ddim achos mae o newydd dynnu ei sgidia a cherddad yn draed ei sana i ganol rhyw faw iâr oedd fel tshocled wedi toddi, ar ganol y cowt. Ar ôl rhoi sana glân i Llyr mi osodais i'r bwrdd te yn barod ar gyfar Now a Piff, a thorri llond platiad o frechdana. Dim na fedar Now dorri brechdan ei hun achos mae o wedi gorfod gwneud mewn amball i argyfwng o'r blaen yn y gorffennol. Ond am nad ydi o ddim yn golchi ei ddwylo'n amal iawn, y tebyg ydi y basa ôl ei fysadd o ar y dorth; a fedra' inna ddim stumogi torth wen sy'n edrach fel *Everton Mint*.

Mi lenwais i 'nhryc yn llawn dop, yn fwy na llawn a deud y gwir nes roedd petha'n disgyn ar y llawr; ac yna ar ôl ciwio mi gyrhaeddais i'r til o'r diwadd. Ac ar ôl i'r hogan brisio bob un dim mi estynnais i am fy llyfr siecia a theimlo'n hun yn dechra cochi run pryd. Dim rhyw gochi dros dro ond cochi oedd yn cychwyn ymhell o dan fy ngên i yn rwla ac yn codi fel thermomedr i fyny 'ngwynab i nes toddi bonna' ngwallt i.

'Wyth deg pump punt a chwe deg un ceiniog plis.'

Ond ro'n i'n gwbod nad o'n i damad haws a chwilio a chwalu yn 'y mag achos roedd y llyfr siecia' adra ar ben dresal.

'Wn i, a' i i'r banc! Ma' gen i gardyn ac mi adawa i'r tryc yn fa'ma,' medda fi fel trên *Inter City*, a rhedag allan.

Llwytho pawb i'r car. Parcio. Rhedag at y banc. Diolch fod pres yn gallu dŵad allan o dylla bach yn y wal. Dim ond biti na fasan nhw i'w cael yn walia Canol Cae.

Nôl i'r Siop Fawr, dadlwytho'r plant, llwytho'r negas a'r plant ac am adra hefo cywilydd a chur mawr yn fy mhen.

Gorfod anghofio am rhyw fanion o negas yma ac acw ac am y powltia ofynnodd Now i mi eu cael o rwla, achos ma' E.T. wedi dechra cwyno ac mae o'n dechra gwingo yn ei gadair.

Stopio'n Siop Post ar y ffordd adra, y cwbwl ar lechan a chael bocs i ddal y negas, ac roedd hi'n chwartar wedi tri yn barod a finna isio bod yn Pentra erbyn hannar awr wedi i nôl y plant o'r ysgol. Cario'r bocs a'i roi o ar ben y to achos ma' isio dwy law i fedru agor drws y car, sydd braidd yn sdiff, ac i ffwrdd â fi i'r ysgol a thân yn fy mheipan ecsôst!

Pwy oedd hi sgwn i . . . ? Na sori, ddim yn ei nabod hi a dim amser gen i i godi llaw heddiw. Ar ormod o frys. Dyn ar feic yn stopio ac yn edrach yn geg agored arnaf i; o'i unfan. Rhywun yn canu corn. Pwy oedd hwnna? Rhywun wedi cael car newydd, ma'n siŵr.

Rhys a Sioned yn sefyll wrth giât yr ysgol hefo'r brifathrawes ac un neu ddau o blant amddifad eraill. Gwenu a diolch, ond dim amser i siarad a dwi'n gweld llaw seimllyd ddu Now yn gwasgu'r dorth, achos feddylith o byth fod 'na frechdana o dan y llian sychu llestri ac mi fydd o'n sglefrio trwy'r tŷ i gyd yn ei sgidia budron yn chwilio am bot jam, ond ffendith o run achos mae o'n ganol y negas yn y bŵt.

Adra o'r diwadd. Ac er bod Now â Piff yn y tŷ, dim ond newydd gyrraedd oeddan nhw a chyn i mi gael cyfla i estyn y brechdana mi ganodd y ffôn. Be nesa?

'Tewch!' ac roedd pawb yn gweiddi, Rhys yn gofyn lle oedd ei ddillad chwara-adra fo a Sioned yn biwis am fod Llyr wedi dwyn ei dol hi, ac E.T. yn gweiddi am rwbath i loenwi'i fol!'

'Sori, be ddudoch chi?' ac roedd y dyn ar ben arall y ffôn yn gweiddi hefyd.

'Mi wnes i drio canu corn arna chi. Ond chymeroch chi ddim sylw,' medda fo.

'Sssht! Tewch!' medda fi wrth y plant a 'Pardyn?' wrth y dyn.

'Ma'ch bocs negas chi'n chwildrins ar mên rôd!'

'Be?'

'Jyst tu allan i Pentra Poeth!'

'Be nesa . . . ?'

'Pwy oedd yna?' holodd Now, cyn ychwanegu'n falch: 'Dwi wedi torri'r brechdana ond doedd 'y nwylo fi ddim yn rhyw lân iawn . . . '

Sadwrn, 28

'Pwy fasa'n meddwl . . . ?' medda fi wrtha'n hun, pan basiodd Cen Cipar heibio'r ffenast, ganol bora.

'Wyt ti wedi gorffan hel dy negas?' gofynnodd yn glyfar i gyd.

'Do am byth,' medda finna, 'achos ma' Now wedi deud yr ei di i siopio yn fy lle fi o hyn ymlaen!'

'Y fi'n siopio? Dim peryg! Job merchaid ydi cerddad rownd Dre hefo handbags ar eu breichia. A phrun bynnag, 'dach chi wrth ych bodda'n crwydro a hel straeon.'

A fuos i rioed cyn agosad i dywallt tecelliad o ddŵr berwedig dros ei dacla fo.

Sul, 29

Sioned yn deud nad ydi hi ddim isio mynd i'r ysgol fory. A phan agorodd hi ei cheg roedd dwy bêl golff wen o donsyleitus ym mhen draw ei gwddw hi. Joch o Galpol iddi, a thaith arall ar draws gwlad o'n blaena ni fory eto; at y doctor tro yma.

Now wedi gorffan hadu'r cae ac mi ddois inna i ben â smwddio'r tŷ a hwfrio'r dillad, neu ffordd bynnag . . . ! Ond methais i â wynebu'r llestri budron yn y sinc.

Angharad yn ffônio yn hwyr heno ac yn gofyn i mi be faswn i'n wneud tasa Now yn mynd hefo rhyw ddynas arall.

'Dwn i'm,' medda fi, dan chwerthin. 'Ond tasa fo'n mynd â hi ar wylia mi faswn i'n hannar ei ladd o!'

Ac wedyn mi ddudodd fod Russell wedi mynd i fyw at ei ysgrifenyddes i ryw fflat yn Dre, a fedrwn i ddim chwerthin na chrio na deud dim byd.

Llun, 30

Methu cysgu am hir iawn neithiwr. Angharad a Russell a Now a finna'n rasio rownd a rownd yn 'y mhen i trwy'r nos. Ond fasa Now byth yn cael affêr. Does ganddo fo'm amsar, a phrun bynnag, ma' 'na ormod o bridd a chol haidd yn ei glustia fo.

Mis Hydref

Mawrth, 1

'Dau dicad i Honolulu plis!' medda fi wrth Angharad, talu hefo
llyfr siecia'r ffarm, llenwi'r siwt-cesus a deud wrth Now: 'Ma' dy
gês di'n bwt ac os ti'n dŵad hefo fi ma'r eroplên yn gadael am
ddau.'

Ac fel roedd yr eroplên yn codi hediad a finna'n gwasgu'n ôl yn
fy sêt mi drois i fy 'mhen i wenu ar Now a gafael yn ei law o. Ond
nid Now wenodd yn ôl arnaf i ond Cen Cipar. A dyna pryd y
deffrais i a chlywad sŵn trwm a gwichlyd y lorri warthaig yn siglo i
lawr y lôn a chofio ei bod hi'n ddwrnod mart.

Mercher, 2

Now wedi mynd i gerddad rhyw fart eto heddiw a finna'n cerddad
fel llewpart yn ôl a blaen rhwng walia'r tŷ 'ma.

Iau, 3

Ordro glo o'r *Co-Op* a thorri pricia tân. Y pryfaid wedi mynd, ond
ma' 'na lygodan wedi marw yn y twll-dan-grisia.

Gwener, 4

Y dydd wedi byrhau ac ma' dail y coed wedi dechra rhydu, a faswn
i'n synnu dim mai wedi dechra rhydu ydw inna hefyd. A dwi'n
gweld dim byd o 'mlaen 'mond t'wyllwch a chaethiwed a dwi'n
arswydo clywad sŵn y plastig du 'na yn cael ei godi odd' ar wynab y
pitia seilej a'r hen ogla caws wedi suro a thaflud i fyny 'na yn denig
allan a llenwi ffroena pawb. Fydd 'na ddim gobaith wedyn. Mi
fydd hi'n rhy hwyr achos mi fydd y gaeaf wedi cyrraedd go iawn ac
mi fyddwn ninna'n byw dan gyrffiw y porthi nes daw 'na flewyn
glas i'r golwg unwaith eto . . .

Sadwrn, 5

Now yn mynd i rhyw fart eto heddiw a finna newydd dorri llond
pocad o frechdana bêcyn iddo fo.

'Hwrê! Gawn ni ddwrnod i'r brenin heddiw ac ella y piciwn ni i rwla am dro,' medda fi wrth y plant, nes i mi sylweddoli nad oedd gen i ddim car i fynd i nunlla; a faswn i byth yn mentro i giât lôn yn y Racsan. 'Mond Now fedar ei thanio hi erbyn hyn, a hynny hefo stwffwl a lot o fynadd.

'Faint mwy wyt ti am brynu 'ta?' medda fi wrth Now cyn iddo fo gychwyn.

'Tua 'run faint a dwi'n mynd i werthu,' medda fynta.

'Ond ma' hynny'n golygu y byddi di yn yr un un twll yn union flwyddyn nesa eto felly tydi,' medda finna.

Pam na werthith o'r job lot, prynu *villa*'n Sbaen a rhoi diwadd ar y lol wirion unwaith ac am byth!

Sul, 6

Mam yma i ginio ac yn ymosod ar Mot eto.

'Pam na symudwch chi'r *ci* 'ma odd' ar garrag y drws! Dydi o ddim yn heijinic ac mae o'n beryg bywyd. Mi dorrith goes rhywun rhyw ddwrnod, gewch chi weld.'

'Dudwch wrth Now. Iddo fo fuodd o'n gweithio,' medda fi. A phwy a ŵyr ella mai dim ond carrag drws sy'n fy aros inna hefyd . . .

Ac wedyn mi newidiodd Mam destun y sgwrs a dechra sôn am wasanaeth Diolchgarwch yr Eglwys 'mhen yr wsnos. A dyna pryd y sylweddolais inna mor bell i ffwrdd ydi'r haf ar drothwy mis Hydref fel hyn . . . Ond os ydan ni wedi ffarwelio â'r haf dydi o ddim yn golygu 'mod i wedi ffarwelio â 'ngwylia!

Llun, 7

'Oer heddiw eto, Musus!' medda'r dyn bara wrth fagio allan o'r tŷ.

Ac mi es inna i ben Now yn syth:

'Dydi o'm ots i lle ti'n mynd â fi, ond mi liciwn i gael gwbod *pryd*!' medda fi wrtho fo.

Doedd gan Now ddim syniad am be ro'n i'n sôn. Ond fuos i'm chwartar eiliad yn ei atgoffa fo!

'Diolchgarwch. A' i â chdi Diolchgarwch yli, os wyt ti isio,' medda fo, ar ôl deud faint o waith oedd ganddo fo i wneud yn y cyfamsar. Faint o warthaig oedd o isio'u prynu a'u gwerthu a sawl tatan oedd angan ei phlanu a sawl buwch oedd i ddŵad â llo . . .

'Dim jyst deud rwbath i gau 'ngheg i wyt ti naci?' medda fi wedyn.

'Naci. Dwi wedi gaddo 'do, a dwi am fynd â chdi, dwi newydd ddeud. A dwi'n gwbod 'mod i wedi gaddo o'r blaen ond doedd na'm byd fedrwn i wneud nagoedd. Ond dyna fo, ma'r c'naea i gyd dan do rŵan tydi, ac unwaith y bydda i wedi gorffan hefo'r prynu a'r gwerthu 'ma, mi fydda inna'n barod i gael gwylia hefyd, coelia di fi.'

Ac mi deimlais i'n hapus ac yn gynnas i gyd am y tro cynta ers dwn i'm pa bryd, ac yn falch o Now am iddo fo roi rhyw oleuni i mi anelu ato fo ym mhen draw'r twnal . . .

Mawrth, 8

Bet yn galw. Newydd fod yn danfon Nel yn ôl i'w thŷ yn Pentra ar ôl iddi fod yn swnian am gael mynd adra ers dyddia.

'Ydi hi'n ffit i'w gadael ar ei phen ei hun dwa'?' medda fi'n bryderus.

'Dwn i'm, ond mi fynnodd gael mynd adra. Wnaetha hi ddim aros acw dros ei chrogi. Ond dwi'n deud wrtha chdi, dwi'm yn gwbod pwy na be i' goelio, erbyn hyn,' medda Bet yn wantan.

'Choeli ditha byth mo hyn,' medda finna wrth Bet. 'Ond o'r diwadd, ma' Now yn mynd â fi ar 'y ngwylia! Ydi, go iawn!'

'Y nefi wen! Pryd?'

'Diolchgarwch 'ma.'

'Di o'm wedi dechra colli arno'i hun fel Nain, naddo . . . ?' gofynnodd Bet, a'r ddwy ohonan ni'n glanna chwerthin.

Mercher, 9

Now wedi mynd i Langefni i brynu mwy o warthaig stôr ac mi nes inna frechdana ham iddo fo, am newid, a rhoi sws iddo fo ar ei foch; ac ma'n rhaid i mi ddeud fod bob dim yn edrach yn llai o draffarth rŵan, rhywsut, ers i Now addo'r gwylia 'ma i mi. Fydda' i ddim chwinciad yn codi lludw a gwneud tân oer, a dydi hi ddim yn gymaint o boen gen i i fynd i dorri pricia na chario glo i'r tŷ chwaith. Dim ond biti na fasa Piff wedi mynd hefo Now. Mi faswn i wedi cael arbad gwneud cinio trafferthus wedyn, achos mi fasa iogyrt a brechdan gaws wedi gwneud y tro yn iawn i'r plant a finna. Ond dyna fo, waeth i rywun heb â disgwl gwyrthia, na waeth?

Iau, 10

Mynd i'r *Co-Op* i brynu trapia dal llygod.

'Llygod bach 'ta llygod mawr sgin ti?' gofynnodd Idwal.

'Bach ydyn nhw rŵan ond os byddi di lawar iawn hirach cyn estyn y trapia 'na i mi, mi fyddan nhw'n rhai mawr,' medda fi wrtho fo.

Ond chymerodd o ddim sylw o gwbwl. Dim ond dal ei afael yn y trapia a deud:

'Dwi'n difaru na faswn i wedi mynd â sachiad o rhain hefo fi pan aethon ni i Sbaen. Methu cysgu winc run noson. Llygod bach yn gwichian uwch 'n penna ni, dan 'n traed ni . . . Yn bob man! 'Thynnais i mo 'nillad tra buos i yno. Pah! Dydi'r llefydd poeth 'na'n ddim byd tebyg i'r brôshyrs. A "Byth eto!" medda fi wrth y wraig munud y daethon ni adra. A da' i byth eto chwaith, dros 'y nghrogi! Anticleimacs ydi holides a dim byd arall. Ma' breuddwydio amdanyn nhw'n iawn ond faswn i byth yn traffarth llenwi siwt-ces, fy hun.'

'Diolch am y trapia!'

Anticleimacs? Beryg mai cael *gormod* o wylia ma' Idwal achos 'mond o naw tan bump ma' *Co-Op* yn 'gorad ar hyd 'rwsnos ac mi fydd o wedi cau ar benwsnosa a gwylia banc.

Gwener, 11

Dechra poeni am Now. Un ai mae o wedi cael BSE neu mae o'n dechra colli arno'i hun wrth grwydro gormod i fertydd achos mae o wedi dechra twitsian yn ei gwsg. Mi ddylia'r gwylia 'ma wneud mwy o les iddo fo nag i mi . . .

Sadwrn, 12

Bet yn galw ar ei ffordd o'r Pentra. Wedi cael galwad i fynd i nôl Nel.

'Pobol drws nesa ffôniodd. Deud fod Nain yn taflud crwyn tatws a moron a'i sbarion bwyd i gyd drosodd i'w gardd nhw, *ynte Nain?*' medda Bet.

'Rhaffu clwydda. Do'n i'n gwneud dim byd o'r fath. Taflud bwyd i'r moch o'n i,' medda Nel, a'i gwynab hi'n hollol ddiemosiwn.

Sul, 13

'Fasa chi'n gallu gwarchod y plant? 'Dan ni am fynd ar 'n gwylia wsnos Diolchgarwch.'

Y fi ofynnodd i Mam, a hynny cyn iddi hi gael cyfla i ddechra rhwbio'i phenglinia.

'Wela' i. A dwi fod i goelio hyn tro yma ydw?' medda hitha'n cŵl.

'Ma' Now wedi gaddo, a ddaw 'na ddim byd i'w rwystro fo tro yma. Mae o wedi deud.'

'A be am Euros bach?' gofynnodd wedyn. 'Sut bwyda' i o?'

'Mae o bron iawn â dyfnu. 'Mond bora a nos mae o'n sugno rŵan,' medda finna.

'Wel, am faint ydach chi'n bwriadu mynd 'ta?'

'Noson neu ddwy . . . Dwi'm yn siŵr iawn eto.'

A dyna pryd y trawodd o fi cyn lleiad o fanylion oedd gen i am y gwylia 'ma, ac mi ddois i i lawr o'r cymyla, glanio ar fy nhraed a gofyn i Now am faint o ddyddia oeddan ni'n bwriadu mynd. Ond mi fasa'n well taswn i wedi gofyn am faint o *oria!*

'Dwrnod?! Ond mi gymerwn ni bron i ddwrnod i gyrraedd yno,' medda fi.

'Bron i ddwrnod? Argol fawr, i lle wyt ti'n feddwl mynd?' gofynnodd Now.

'Run lle ro'n i wedi meddwl mynd ddechra'r flwyddyn. Torquay,' medda finna.

Ac yn diwadd mi lwyddais i i'w ddarbwyllo fo y basa'n rhaid i ni gael tridia. Tri dwrnod a dwy noson. Ac mi gytunodd. Am ei fod o wedi blino neu am ei fod o wedi blino arnaf i'n swnian, 'dwn i'm prun . . .

Llun, 14

Now a Piff yn dechra dŵad â'r gwarthaig i mewn dros y gaeaf ac yn ôl eu harfar, fel bob dim ar bedair coes, mi fuo'n rhaid iddyn nhw gael dŵad i boetshio o flaen y tŷ cyn mynd yn eu blaena i fyny i'r iard. Dim fod llawar o ots chwaith achos ddaw 'na fawr o neb diarth draw i weld ein blerwch ni 'radag yma o'r flwyddyn, prun bynnag.

Rhyw feddwl ella y basa'n well i mi drio gorffan dyfnu E.T. cyn cychwyn ar y gwylia . . .

Mawrth, 15

Y dynion wedi agor y pit seilej ac ma'r hen ogla sur felys 'na wedi cyrraedd y tŷ a'r gegin ar ofyrôls a welingtons Now a Piff.

Ond os ydi'r gwarthaig i gyd o dan do ac ar fwyd llwy, dydi hi ddim yn edrach yn debygol, ar hyn o bryd beth bynnag, y bydda' i wedi gallu gorffan dyfnu E.T. cyn y gwylia. A dyna pam yr es i i chwilio am rhyw bwmp godro brynais i pan oedd Rhys yn fabi, ond na ches i rioed fawr o hwyl ar ei feistrioli fo. Ond ma'n *rhaid* i mi ei feistrioli fo tro yma er mwyn cael 'chydig o laeth brest yn y rhewgell ar gyfer E.T.

Felly mi es i i chwilio am y pwmp. Ond ro'n i'n gwbod nad o'n i damad haws â dechra chwilio cyn i Sioned ddŵad adra o'r ysgol a gofyn i'r wiwar ei hun os oedd hi'n gwbod lle'r oedd y pwmp.

'O, corn siarad Sam Tân 'dach chi'n feddwl?' medda hitha.

A phan ddilynais i hi i'r llofft, dyna lle'r oedd un darn o'r pwmp ynghanol rhyw dedi bêrs a dolia.

'Lle ma'r darna eraill 'ta?' medda finna yn reit ffyddiog.

'Darna eraill?'

Ond doedd ganddi hi ddim syniad.

Mercher, 16

Bron â thorri 'nghalon ac mi fuo bron i mi a ffônio Dei Dros Rafon i ofyn tasa fo'n gallu dŵad draw i roi rhif ar fy nhin i ac injan odro ar 'y mhwrs i a gwasgu'r botwm. Fedra' i yn fy myw â chael diferyn o laeth hefo'r pwmp 'ma. A dwi newydd gofio rŵan pam y rhois i o i Sioned chwara hefo fo. Penderfynu peidio â thrio nes y bydd gwell tempar arnaf i, achos ollynga' i byth laeth a finna wedi tynhau fel hyn.

Cathod yn baglu o dan 'y nhraed i wrth i mi drio'u bwydo nhw yn y garej a dwi wedi cario gymaint o fwyd iddyn nhw rioed nes ma' nhw wedi anghofio be ydi llgodan erbyn hyn heb sôn am sut i ddal un. Ond dyna fo ma' cario bwyd i Now wedi dwyn ffrwyth o'r diwadd, a phwy a ŵyr na ddalith y cathod 'ma lygodan yn ddiolch i mi hefyd rhyw ddwrnod. Ond be ydi'r ots am lygod; dwi'n mynd ar 'y ngwylia 'mhen yr wsnos!

Iau, 17

'Ella basa'n well i ni fynd ag Euros hefo ni,' medda fi wrth Now heno.

'Euros hefo ni? Be 'ti'n feddwl? O'n i'n meddwl ma' isio *gwylia* oedda chdi,' medda Now.

'Wel ia, dyna ydw i isio.'

'Wel gad o adra 'ta siŵr. 'Drychith dy fam ar ei ôl o 'gwneith?'

'Gwneith, dwi'n gwbod. Ond dydw i ddim wedi ei ddyfnu fo eto nag'dw.'

'Dyro botal iddo fo 'ta. 'Ddigon o laeth powdwr ŵyn llywath ar ôl!' chwarddodd Now.

'Paid â bod yn wirion!' medda finna.

Ond mae o'n rhyfadd sut ma' Now wedi dechra gweld petha mewn goleuni ysgafnach unwaith eto ar ôl iddo fo ddechra dŵad adra o'r mart hefo pres gwarthaig yn ei bocad . . . Ac mi benderfynais inna y baswn i'n rhoi cynnig arall ar y godro bora fory eto.

Gwener, 18

Llwyddiant o'r diwadd! Ac er na cha' i byth 'y ngalw'n *Friesian*, mi lwyddais i i gael hannar potelad o laeth ac mi rhois i o mewn twb marjarin yn y rhewgell, a chodi 'nghalon.

Gweld llgodan yn rhedag o dan bwrdd gegin a meddwl y basa'n well i mi ffônio'r dyn llygod i ddŵad yma hefo gwenwyn achos mi fasa'n gas gen i feddwl y basa'r plant yn llwgu tra basa Mam yn sefyll ar ben cadair am y ddau ddwrnod y byddwn ni o'ma.

'Adran Llygod, ia?'

'Ro' i chi drwodd i'r Adran *Iechyd* rŵan . . . '

'O, diolch.'

'Helo. Llygod sydd ganddoch chi ia?'

'(Naci bwjis!) Llygod, ia.'

'Mawr 'ta bach?'

'Ydi o ots?'

'Nag'di deud gwir, achos dydi Wil Llygod ddim yn gweithio wsnos yma. A fydd o ddim yn ôl tan ddydd Mawrth. Wedi mynd ar rhyw drip hefo Caelloi. Ffônith o chi ar ôl iddo fo ddŵad yn ôl ia?'

'Ia iawn, os na fydd y llygod wedi cnoi cêbl y ffôn erbyn hynny 'de!'

Sadwrn, 19

Dim amsar i odro hefo'r pwmp heddiw am fod y plant i gyd wedi codi ben bora ac am fwynhau eu gwylia o'i gwr, mae'n amlwg.

Now yn rhyw fart eto fyth yn chwilio am fwy o warthaig stôr.

Sul, 20

Mam yn fy synnu fi o'r ochor orau ac yn holi yn ddiddiwadd am y gwylia.

'Pryd yn union ydach chi'n mynd 'ta? A pryd 'dach chi isio i mi ddŵad draw?'

'Wel, ma' 'na rhyw fuwch fod i ddŵad â llo ddechra'r wsnos. Ac os daw honno, roeddan ni'n meddwl cychwyn ben bora dydd Gwenar a dŵad yn ôl dydd Sul.'

'A be am Euros? Yfith o laeth buwch?'

'Dwi wedi godro a rhewi rhyw chydig ar ei gyfar o, mewn tybia marjarin yn y rhewgell.'

'A be am yr hogyn Idris 'na. Fydd o isio bwyd bydd?'

'Mi fydda i wedi gwneud lobscows i chi i gyd. Barith ddau ddwrnod. Ac mi ferwa' i ham. Fydd dim isio i chi boeni am wneud bwyd 'mond edrach ar ôl y plant.

'Dydd Gwenar ddudis di felly 'de?'

'Ia. Mi ddaw 'na rywun i'ch nôl chi nos Iau.

Llun, 21

Dydd Llun Diolchgarwch ac ma' pawb yn gwneud yr ymdrach

flynyddol i fynd i'r Capal rhag ofn i ni golli ffafr Duw ac i'r grantia ddŵad i ben. Now yn meddwl am y stôrs y mae o newydd eu prynu, a finna'n meddwl am y paratoada sgin i i'w gwneud cyn dydd Gwenar . . .

Dwi'n trio pwmpio'r plant hefo da-da a difyrru E.T., fasa'n cysgu'n sownd yn ei wely radag yma o'r dydd fel arfar. Ond wrth edrach ar y gynulleidfa o 'nghwmpas mae'n amlwg mai dyna ydi arfar y rhan fwya ohonyn nhwytha hefyd.

Now ruthrodd i agor y drws ac ateb y ffôn y funud y cyrhaeddon ni'n ôl, a chafodd o 'mond gwingo o'i siwt a neidio i'w ddillad gwaith nad oedd o yn Nhyddyn Ffarmwr yn tynnu oen. Ydi, ma' hi'n wanwyn yn Nhyddyn Ffarmwr rownd y flwyddyn, ma' siŵr gen i.

'Sut oedd Ken a Barbie?' medda fi.

'Welais i mo Ken. Barbie'n cwyno 'i fod o ddim yn dda. Rhyw gur yn ei ben o neu rwbath. Ond taswn inna wedi gwario, ac yn gwario hanner cymaint ag y mae o, homar o gur yn 'y mhen fasa gen inna hefyd,' medde Now gan ysgwyd ei ben o ochor i ochor.

Mawrth, 22

Cael hwyl ar y godro eto bora 'ma. Ac mi alwodd Bet draw am banad. Ma' Nel yn byw hefo nhw'n barhaol yn Dros Rafon rŵan, ers yr helynt diwetha.

Dyn llefrith welodd hi'n cerddad ar hyd lôn bost am hannar awr wedi pump rhyw fora a rhoi lifft iddi. A dim ond lwcus ei fod o'n digwydd gwbod pwy oedd hi neu fasa ganddo fo ddim syniad lle i fynd â hi, achos pan ofynnodd o i lle'r oedd hi isio mynd, yr unig atab gafodd o oedd:

'Wel, i odro debyg iawn. A ma' gen i waith corddi tan ganol bora.'

'Pryd 'dach chi'n cychwyn am Torquay 'ta?' holodd Bet.

'Ben bora dydd Gwenar,' medda finna.

'Ac am faint 'dach chi'n mynd?'

'Fyddan ni'n ôl ddydd Sul. Wel na, dwi wedi bod yn meddwl, ella y basa'n well i ni ddŵad yn ôl·nos Sadwrn.'

'Nos Sadwrn? Paid â bod yn wirion. Ddoi di ddim yn ôl nos Sadwrn, siŵr. Fyddi di ddim yno'n ddigon hir i lyfu stamp, bron, heb sôn am sgwennu cardyn post. Gwna'n fawr o'r cyfla siŵr a rhoswch am dridia!'

Ond mi fuos i'n meddwl yn 'y ngwely ac mi ofynnais i i Now yn diwadd.

'Fasa'n well i ni ddŵad yn ôl nos Sadwrn dwa', yn lle dydd Sul? Ella bydd o'n ormod i Mam.'

'Na fydd siŵr. Diawcs, sbia arna chdi. Ti'n ei wneud o bob dydd dwyt, a ti'm tamad gwaeth!'

'Ia, ond dwi'n fengach tydw . . . '

'Paid â phoeni, fydd bob dim yn iawn siŵr. A phrun bynnag, ma' 'na rhyw sêl stôrs y baswn i'n licio mynd iddi hi yn Truro dydd Sadwrn!'

Braf ar ddynion yn meddwl am neb 'mond nhw'u hunan, fel arfar . . .

Mercher, 23

Dyn llygod yn ffônio:

'Wil Llygod sy' 'ma. Ddaru chi ffônio wsnos diwetha do?'

'Do.'

'Fydd hi'n iawn i mi alw dydd Gwenar bydd?'

'Wel, na fydd, digwydd bod, achos fydda' i'm yma. Dwi'n mynd ar 'y ngwylia,' medda fi.

Ac mi deimlais i rhyw wefr foddhaus yn saethu trwydda' i, o fawd 'y nhroed i reit i fyny i 'nghlustia fi, wrth ei ddeud o; ac ew ro'n i'n teimlo'n dda! Dim ond gobeithio y daw'r fuwch goch 'na â llo rŵan ac mi fyddwn ni ar 'n ffordd i'r De Orllewin.

Alwodd Cen Cipar at tua amsar te. Wedi clywad am y gwylia ac isio gwbod y manylion i gyd achos mi lasa hyn gyrraedd y dudalan flaen.

'Llgodan!' medda fo toc, a'i llgada fo'n rhedag yn wyllt ar draws y llawr. 'Oedda chdi'n gwbod fod gen ti lygod?'

'Oeddwn, ond paid â deud wrth Mam,' medda fi, 'neu ar ben bwrdd y bydd hi tra byddwn ni o'ma!'

'Wyt ti isio i mi nôl Bela? Ma' hi gen i'n y fan. 'Ddalith honno rwbath,' medda Cen.

'Dim diolch yn fawr,' medda finna.

Doedd gen i ddim ffansi meddwl am ffurat yn rhydd yn tŷ . . .

'Tri pheth peryg sydd wedi bod gen i rioed, erbyn meddwl . . .
Gwn, motobeic a ffurat,' medda Cen wedyn, cyn dechra mwydro
am rhyw atgofion.

Ond doedd gen i ddim amsar i isda'n gwrando achos roedd gen i
ddigonadd o waith paratoi . . .

Iau, 24

'Dyna fo! 'Ddudis i do. Mi fasa un dwrnod yn Torquay wedi bod
yn hen ddigon yn basa!' ac ro'n i'n sgrechian yn orffwyll.

Roedd yr olygfa yn erchyll. Llygod mawr yn cerddad ar hyd y
bwrdd a llygod bach yn dŵad allan o glustia'r plant ac roedd Bela
yn cysgu'n un gyrlan dew ar frest Mam . . .

'Be s'arna' ti!' gwaeddodd Now dros y tŷ.

A ches i rioed y fath hunlla yn 'y mywyd o'r blaen.

'Euogrwydd ydi o sdi,' medda fi wrth Now. Teimlo'n euog am
mod i'n mynd a gadael y plant.'

'Ond 'mond am *ddwrnod* 'dan ni'n mynd!' medda fynta. 'A
ddown ni'n ôl nos Sadwrn, os basa hynny'n well gen ti,' cynigiodd
wedyn.

'Ia, ddown ni'n ôl nos Sadwrn. 'Mond am un noson a dau
ddwrnod fydd yn rhaid i Mam eu gwarchod nhw wedyn . . . '
medda finna. Ac mi es i i gysgu'n diwadd, er gwaetha'r llygod a'r
ffurat . . . Rhyfadd fel ma' merchaid yn poeni am bawb ond
nhw'u hunain tydi . . .

Y trefniada i gyd yn mynd fel watsh ac mi ddaeth Now i'r tŷ ben
bora yn gwenu fel giât ac yn canu ac yn fy nhroi i rownd fel top cyn
gafael amdanaf i a dechra downsio rownd bwrdd y gegin. Roedd y
fuwch wedi dŵad â llo. Llo gwrw da. Ac roedd y plant yn llawn
bywyd ac yn gofyn bob munud:

'Pryd ma' Nain yn dŵad i'n gwarchod ni?'

'Ma' newid yn gwneud lles i bawb sdi,' medda Now.

Deud y gwir, dim ond Piff oedd yr unig un â fawr o flewyn arno
fo heddiw. Chydig iawn fytodd o trwy'r dydd. Ac roedd o'n edrach
fel tasa pwysa'r byd ar ei sgwydda fo . . .

Mi fethais inna â byta rhyw lawar chwaith achos roedd y nhu

193

mewn i yn ferw o donna mân, a rheiny'n torri'n erbyn walia 'mol i trwy'r dydd.

Nôl Mam o'r Pentra a gwely cynnar. Ac ar ôl i Now orffan ailadrodd drosodd a throsodd, faint o flawd oedd bob sied o warthaig yn fod i'w gael fora a nos, a deud 'Cofia Idris,' bob yn ail air, mi aeth o a finna i gysgu.

Gwener, 25

Canu wrth wneud brecwast i bawb, a Mam wedi anghofio bod gen i gystal llais. Ac wedyn mi aeth hi at y piano a'r plant yn ei dilyn a phawb yn cael hwyl wrth ganu, a Mot yn udo ar garrag y drws. Roedd Now wedi mynd allan yn gynt na'r arfar, er mwyn iddo gael yr olwg fanwl, ddiwetha, ar ei sdoc cyn cychwyn.

Ond fuodd o ddim allan ddau funud nad oedd o'n ei ôl i lawr yn y tŷ ac yn sefyll o flaen y ffôn yn ei welingtons budron yn dyrnu'r palis hefo un llaw ac yn gafael yn y ffôn hefo'r llall.

'Damia! Damia! Damia!'

'Be sy'?' medda fi.

'Bustych-blawd-damia nhw!'

'Be?'

'Helô? Lle ffariar ia? Canol Cae sy' 'ma. Ma' gen i fustych wedi byta gormod o haidd. Nagoes sgin i'm syniad. Ond ma' golwg diawledig yn y cwt blawd. Fedar rhywun ddŵad draw i'w gweld nhw? Iawn. Diolch.'

'Wel, 'dach chi'n barod i gychwyn 'ta?' medda Mam wrth gerddad i mewn i'r gegin.

'Fedran ni'm mynd,' medda Now.

'Be 'dach chi'n feddwl fedrwch chi ddim mynd? Be sy' wedi digwydd?' gofynnodd Mam.

'Ia, be'n union sydd wedi digwydd?' medda finna.

'Bustych wedi gwthio giât y sied yn 'gorad ac wedi mynd i'r cwt blawd ac wedi cael parti. Ac ma' 'na olwg giami ofnadwy ar dri neu bedwar ohonyn nhw.'

'Ond fedrwn ni fynd ar 'n gwylia run fath siŵr. 'Mond wedi cael dipyn bach o wynt ma' nhw! Fedri di'm rhwbio'u cefna nhw neu rwbath?!'

'Paid â siarad yn wirion. Mi fedran ddisgyn yn farw unrhyw funud! Ma' nhw'n siglo i bob man fel tasan nhw wedi meddwi ac yn gruddfan dros y lle.'

'Wel, s'na'm byd amdani felly nagoes,' medda finna gan weld fy nau ddwrnod o ddihangfa yn cael ei fyta gan rhyw fustych barus! 'Gei di 'u claddu nhw ar ôl dŵad adra. Neu gwell fyth, gofyn i Piff wneud tra byddi di o'ma. Fyddi di ddim yn cofio dim byd amdanyn nhw 'mhen chydig o ddyddia, gei di weld.'

'Claddu nhw? Uffarn dân ma' nhw werth dros wyth gant o bunna'r un!'

Ac yna mi ddaeth y ffariar. Ond doedd 'na ddim y medra hwnnw ei gynnig i'r bustych nac i finna chwaith, a doedd 'na ddim allai Now wneud, 'mond eu cerddad nhw rownd a rownd y sied trwy'r dydd a gwagio pob potelad o oel cwcio oedd gen i'n tŷ i lawr eu corn gyddfa nhw. A tasa Now wedi mesur faint yn union gerddodd o, mi fasa'n saff o fod wedi cyrraedd Land's End erbyn gyda'r nos.

Mi es i i fyny i'r sied, ar ôl rhoi'r plant yn eu gwlâu, i weld yr anifeiliaid rheibus larpiodd 'y ngwylia fi hefo'u parti anghyfrifol. A dyna lle'r oedd Now yn dal i gerddad ar eu hola, rownd a rownd y sied, gan roi rhyw wên fach obeithiol bob tro roedd un ohonyn nhw'n gollwng rhech.

Sadwrn, 26

Dwrnod o wrando ar Now yn berwi am y bustych yn y sied. Sut yr oedd amball un yn edrach fymryn yn well a'r llall yn siglo ar y dibyn. Ond fedrwn i ddeud na gwneud dim byd achos roedd fy emosiyna fi wedi eu cloi'n dynn a didrugaredd fel tshaen hen feic.

Dwn i'm os daeth Now i'w wely neithiwr. Sgin i'm co' teimlo cnesrwydd ei gorff yn f'ymyl i. Ond ma' gen i rhyw go' clywad rhywun yn cerddad rownd a rownd y gwely . . . !

Gorfod mynd i fyny i'r iard pnawn i nôl pwcedad o haidd i'r ieir ac wrth basio rhyw sied mi frefodd rhyw fustach nes neidiais i. 'Drychais i fawr arno fo ond faswn i'n synnu dim i mi ei weld o'n rhoi winc . . . !

Sul, 27

Troi'r cloc awr yn ôl neithiwr ac mi fasa wedi gallu bod yn fanteisiol iawn erbyn bora heddiw, taswn i wedi gallu ffendio'r botwm i droi clocia greddfol y plant awr yn ôl hefyd. Ond mi ddeffrodd E.T. yn sychedig am chwech, run fath ag arfar, a chydig funuda wedyn roedd y lleill wedi codi ac yn neidio a gweiddi a chadw reiat run fath ag arfar.

Ond roedd Now i fyny yn y sied, yn yr iard, yn bugeilio'i warthaig ers ymhell cyn hynny.

'Ydyn nhw'n well?' gofynnodd Mam i dorri ar y tawelwch annifyr amsar brecwast.

'Ydyn, well o . . . Yn gwella'n ara deg . . . ' medda Now pan ddaliodd o fi'n edrach arno fo.

A welais i mohono fo wedyn tan glywais i sŵn rhyw warthaig yn rhedag i lawr y lôn heibio'r tŷ. Rhyfadd hefyd. Dŵad a gwarthaig i *mewn* fyddan nhw radag yma o'r flwyddyn . . .

'Brysia!'

'Be sy'?' medda fi.

'Brysia! Tyrd hefo fi. Ma'r gwarthaig wedi denig!'

A ches i 'mond neidio i'r car ac roeddan ni'n giât lôn ac yn trio penderfynu pa ffordd i fynd gynta, i'r dde 'ta'r chwith. Ac ar ôl troi i'r chwith a gyrru am o leia filltir roedd hi'n amlwg mai i'r dde yr oedd y gwarthaig wedi mynd ac mi yrrodd Now fel dyn mewn car rali ar eu hola. A toc ar ôl rhyw filltir digon llwm doedd dim rhaid i ni chwilio amdanyn nhw achos mi ddaeth 'na rhyw ddyn dŵad blin iawn yr olwg allan o'i ardd i'n cyfarfod ni!

'Cer draw Nel!' medda Now ar ôl agor y bŵt i'r ast, ac mi lwyddodd i yrru'r gwarthaig o'r ardd yn ddigon didraffarth, chwara teg iddi. Ro'n inna wedi cael gorchymyn i sefyll fel bwgan ar ganol y lôn yn barod i'w troi nhw am adra.

A wnes i ddim sylwi nes ro'n i wedi neidio i'r car a throi rownd, fod y dyn dŵad wedi estyn rhaw i Now ac yn ei daro yn ei frest hefo'i fys wrth bwyntio at bibo'r gwarthaig oedd fel triog dros ei lawnt i gyd. Ond i ddyn oedd wedi cael dyrnod seciolegol go egar gan y bustych ddyddia'n unig yn ôl, doedd Now ddim yn barod i gael ei bwnio yn ei frest gan neb. A dyna pam, mae'n debyg, y sodrodd ei ddwrn o dan gliciad gên y dyn dŵad. Ergyd a darodd hwnnw'n ôl yr holl ffordd i Burton-on-the-Water.

Llun, 28
Plant yn ôl i'r ysgol, Mam yn ôl adra a finna'n ôl i bwll anobaith.

Mawrth, 29
Bet yn dŵad draw i gydymdeimlo hefo fi am y gwylia ac i chwilio am Nel.

'Nel ar goll eto. Dydi hi ddim yn digwydd bod yma nag'di?' gofynnodd Bet.

'Nag'di cofia. Dwi'm wedi'i gweld hi ers dwn i'm pa bryd rŵan,' medda finna.

'Daria! A finna wedi cymryd yn fy mhen mai yma roedd hi,' medda Bet.

'Fasa'm yn well i ti ffônio'r heddlu?' medda fi.

'Mi alwa' i yn Cae Rwtan eto ar fy ffordd adra sdi. Ma'n rhaid mai'n fan'no ma' hi. Fa'ma a Cae Rwtan ydi'r unig ddau le fydd hi'n mynd,' medda Bet a phrysuro am y car cyn gweiddi: 'dwn i'm be i wneud hefo hi wir . . . Ella y basa'n syniad i mi glymu lastig am ei choes hi!'

A fedrwn i'm peidio â chwerthin. Ond wedyn, ella mai rhyw linyn anweledig sydd wedi bod am ei choes hi, yn rhy hir . . .

Ac yn y fan a'r lle, doed a ddelo, mi benderfynais i nad o'n i'n mynd i fyw heb wylia!

Mercher, 30
'Lle ti'n mynd heddiw?'

'I Langefni i brynu llo. Pam 'ti'n gofyn?' medda Now.

'Achos dan ni'n dŵad hefo chdi!' medda fi.

'Wel, dwi'n cychwyn rŵan!' medda Now.

'Dan ni'n barod,' medda finna a stwffio Llyr ac E.T. i mewn i'r Racsan.

A thra buodd Now a Llyr yn y mart mi gerddodd E.T. a finna i'r stryd i nôl rhyw chydig o negas. Ac mi roedd hi'n reit braf, cael cerddad stryd a bod ynghanol pobol, am newid. Chawson ni fawr o amsar, wrth gwrs, ond mi ddaru'r newid les mawr i mi beth bynnag ac ro'n i'n teimlo fel dynas newydd wrth gerddad yn ôl i'r fan yn maes parcio'r mart.

'Barod?' gofynnodd Now.

'Ydw,' medda finna ac i mewn a ni yn ôl i'r Racsan.

'Brynis di dri llo'n diwadd 'lly,' medda fi wrth sbio i'r cefn.

'Naddo. Cae Rwtan sydd wedi gofyn i mi gario dau adra iddo fo,' eglurodd Now.

Gysgodd Llyr ac E.T. toc wedi i ni groesi'r Bont ac roedd y tawelwch yn braf er bod y mreichia fi'n brifo o dan bwysa E.T.

Ac fel yr oeddan ni'n agosáu at ganol Bontnewydd dyma fi'n gofyn i Now:

'Fasa ti'n licio tships?'

'Ia iawn,' medda Now.

Ond fel yr oeddan ni o fewn golwg i'r siop mi groesodd rhywun o dan ein trwyna ni ar y *zebra crossing* ac mi fuo'n rhaid i Now wneud *emergency stop*, ac fel ddaru o hynny mi daflwyd y lloua'n y cefn yn erbyn y drysa tu ôl a'u hagor! A chyn i mi fedru troi 'mhen roedd Now wedi neidio allan o'i sêt, wedi llwyddo i gau un o'r drysa ar un o'r lloua ac yn dal ei afael fel cranc yng nghynffon un arall. Ond pan drois i fy mhen i wynebu'r *crossing* dyna lle'r oedd y trydydd yn croesi'r ffordd ar ras wyllt a rhyw hen dro chwareus yn ei gynffon o!

Ond trwy rhyw lwc roedd 'na lorri warthaig a *landrover* yn y rhes tu ôl i ni, ac mi lwyddodd pedwar ag ogla tail gwarthaig arnyn nhw i gornelu'r llo yn gefn rhyw dai.

Chawson ni ddim tships i ddŵad adra hefo ni ond wedyn ma' siŵr ein bod ni'n lwcus i gael y lloua!

Meddwl yn 'y ngwely heno, peth ryfadd na fasa Barbie a Ken wedi ffônio. Ma' nhw'n arfar gwneud rhyw barti nos Galan bob blwyddyn. Ond dyna fo, dydyn nhw ddim mor gymdeithasol ag y buon nhw; a phrun bynnag ella'n bod ninna wedi cael mwy na'n siâr o gynnwrf yn ystod y dyddia diwetha 'ma fel ma' hi . . .

Iau, 31

Gwneud hetia gwrachod i'r plant, ar ôl te, a meddwl dychryn Now wrth iddo fo ddŵad i lawr o'r iard yn y t'wyllwch. Ond pan agorais i ddrws y portsh roedd hi'n amlwg fod 'na rywun wedi cael y blaen arnan ni. A ddaru Now ddim byd ond tynnu ei welingtons a gwthio heibio i ni'n reit welw.

'Be sy'? Be ddigwyddodd?' medda fi, a 'nghalon i'n cyflymu bob eiliad.

A dyna pryd y gofynnodd rhyw lais bychan yn y drws:

'Does ganddoch chi ddim rhyw ddwsin o wya i sbario? Bet, gwraig Dei 'cw, yn disgwl i mi wneud cacan a does ganddi hi run ŵy yn tŷ.'

Ac ar ôl llyncu 'mhoeri a tharo mrest mewn gollyngdod, dyma fi'n deud:

'Dowch i mewn Musus Huws. Ma' hi'n oer iawn i chi allan yn fan'na.'

Mis Tachwedd

Gwener, 1

Taflud asgwrn i Mot ar ôl cinio. Ond chymerodd o ddim sylw ohono fo. 'Mond rhoi rhyw hannar llyfiad iddo fo a mynd yn ôl i gysgu. A dyna fydd fy hanas inna hefyd os na cha' i wylia yn reit fuan. Fydd hi'n rhy hwyr. Fydd gen i ddim diddordab. Fydda' i ddim isio gwbod.

'Drycha!' medda fi wrth Now a stwffio papur ffarmio o dan ei drwyn o. 'Ma' ffarmwrs ŷd East Anglia yn cymryd dau fis o wylia radag yma bob blwyddyn.'

Ond runig beth ddudodd Now oedd:

'Ma' hi'n holide ar rheiny rownd y flwyddyn.'

Sadwrn, 2

Dim rhyfadd nad ydi Now yn swnian am wylia. Dydi o ddim wedi ei gau yn tŷ trwy'r dydd hefo plant a llygod ac mae o'n cael crwydro mertydd bron bob dwrnod.

Mi welais i o yn gwenu yn ei gwsg heno. Meddwl ei fod o wedi cael y gora' arnaf i ma'n siŵr, a'i fod o wedi clywad diwadd ar fy swnian i, am ei bod hi wedi mynd yn rhy ddiweddar yn y flwyddyn i ni gychwyn i nunlla bellach. Ond mi geith o socsan os ydi o'n meddwl hynny!

Sul, 3

'Welais i Angharad ar y stryd ddoe,' medda Mam. 'Ar gychwyn am Bristol a Longleat Saffari Park, medda hi.'

'Deud y gwir, fydda i ddim yn teimlo 'mod i'n bell iawn o Longleat byth, yn enwedig pan fydd pawb rownd y bwrdd bwyd fel hyn!'

'A sut ma'r gŵr bach dymunol 'na sy' ganddi hi?' holodd Mam.

'Prysur, rhwng bob dim, ma' siŵr . . . ' medda finna.

'Swydd dda bod yn acowntant,' medda Mam.

'Goelia' i! Yn ôl y bilia dwi'n ei gael ganddyn nhw!' medda Now.

'Wnaethoch chi rioed feddwl mynd yn gyfrifydd Owen?'

'Naddo. Fasa gen i'm amsar chi,' medda Now.

Ac mi ddiflannodd Now i weld y tywydd gan weiddi 'Sa'n ôl!' ar un o'r plant oedd yn sefyll rhyngtho fo a'r sgrin. Ond ar ôl y styrbans i gyd doedd hi'n gaddo dim byd gwahanol dim ond niwl a mwy o law.

Ac mae o'n rhyfadd tydi, nad oes 'na neb byth yn sôn am *global warming* na thwll yn yr osôn pan fydd hi'n oer a gwlyb fel hyn, ac oer a gwlyb y mae hi wedi bod leni ar ei hyd ddudwn i. A heddiw, mi fasa'n haws gin i goelio mai oes yr iâ, os rwbath, sydd ar ei ffordd, ac nid cnesrwydd 'run tŷ gwydr. A faswn i'n synnu dim fod Now yn iawn ac nad ydi'r *global warming* 'ma'n ddim byd 'mond rhyw hen lol wirion gan bobol sydd wedi eu magu rhwng dybl glêsing . . .

Llun, 4

Hel dillad gwlyb a llipa odd' ar y lein eto heddiw. Dwn i'm pam dwi'n traffarth eu cario nhw allan o gwbwl deud y gwir, achos mi fasan nhw'n sychu mwy yn tŷ. Ond wedyn dyma i chi beth rhyfeddach fyth. Yn yr haf pan fydd y tywydd yn braf fydd gen i ddim hannar gymaint o ddillad i'w golchi na hannar cymaint o waith golchi arnyn nhw. Ond yn y gaeaf pan fydd 'na ddim byd 'mond glaw a niwl a gwynt oer, ma' rhywun yn gorfod golchi gymaint ddwywaith o ddillad a rheiny hefo cymaint ddwywaith o waith golchi arnyn nhw hefyd. Felly dim yn unig ma' 'ngwaith i'n ddiddiwadd ond mae o'n ddi-sens hefyd.

Mawrth, 5

Now yn mynd i rhyw fart eto heddiw a finna'n mynd â chlytia E.T. allan am dro i'r ardd ac yn ôl, achos mi ddechreuodd fwrw glaw fel yr o'n i wrthi'n codi'r polyn i fyny. Ac os na chafodd E.T. ddŵr sanctaidd ar ei ben byth, ma' un peth yn saff, mae o wedi cael digonedd o ddŵr glaw.

Mercher, 6

Dydi hi ddim yn bwrw heddiw ond tydw i ddim haws a mynd â'r dillad allan, neu mi faswn i'n gorfod mynd i Dros Rafon i'w hel nhw, achos ma' hi'n amlwg fod y gwynt wedi cael mwy na llond ei fol ar y glaw 'ma hefyd ac wedi dechra ei chwipio a'i chwythu fo i bob cyfeiriad.

Ma' gen Mam dri botwm ar ei thymbl dreiar hi ond does gen i ddim siawns o reoli dim ar wynt Canol Caea 'ma. Dyna pam mai odd' ar llawr y bydda i'n hel y dillad yn amlach na pheidio, a rheiny wedi eu taflud ar hyd yr ardd fel cyrff ar faes y gad. Ac ar ddechra'r gaeaf, fel hyn, ma'n rhaid i mi ddeud 'mod i'n pitio'n arw na fasa ganddon ni i gyd dipyn bach mwy o flew a llai o ddillad.

A sôn am flew, os nad ydi Now yn rhyw fart ac yn berwi am rhyw brisia gwarthaig, yna mae o i fyny yn yr iard ac yn siarad hefo'r bustach Dolig 'na sydd ganddo fo.

Iau, 7

Llyr wedi troi'n labrador melyn unwaith eto, ac wedi agor y papur toilet ar ei hyd. Ond yn wahanol i'r Labrador ma'n rhaid i Llyr gael ei stwffio fo i gyd i lawr y pan a stwffio'r brwsh ar ei ôl o.

Gwener, 8

Agor cyrtans y llofft i edrach ar ddwrnod arall o ddim byd ond glaw a gwlybaniaeth ym mhob man. A phan agorais i ddrws y gegin gefn, i dynnu'r dillad o'r injan olchi mi fasa fflipars ar fy nhraed a snorcyl yn fy ngheg wedi bod yn fuddiol, achos doedd 'na ddim byd yn fan'no chwaith 'mond gwlybaniaeth a dŵr.

'Ma 'na rwbath wedi digwydd i'r injan golchi dillad 'na eto,' medda fi wrth Now.

'O,' medda Now fel tasa fo newydd ddeud dim byd 'mond y lythyran yn syth o'r wyddor.

Ond wedyn pam ddylia Now gymryd diddordab? Does ganddo fo ddim syniad sut ma' dillad, sydd yn fudron wrth draed ei wely fo un funud yn ymddangos yn lân a thaclus yn yr un un lle dridia'n ddiweddarach. Faswn i'n synnu dim ei fod o'n meddwl mai hud a lledrith ydi'r cwbwl achos chlywais i rioed mohono fo'n diolch i mi.

Ond dwi'n gwbod yn iawn sut ma' cael sylw Now pan fydda' i ei angan o.

'Bryna' i un newydd,' medda fi.

'Prynu be newydd?' cododd Now ei glustia'n syth.

'Injan golchi dillad,' medda finna.

'Na wnei siŵr. Paid â bod yn wirion. Ga' i olwg arni hi i chdi.'

'Pryd 'lly? Fory? Drennydd? Dradwydd? Pryd?'

'Sdim isio gwylltio nagoes. Fory. Mi wna' i fory.'

'Pryd fory?'

'Ben bora fory, os lici di.'

'Iawn.'

Sadwrn, 9

Ac mi fasa Now, wedi cymryd golwg ar yr injan ben bora heddiw, medda fo, tasa hi ddim wedi digwydd bod yn braf a bod yn rhaid iddo fynta fanteisio ar y tywydd sych, prin, i garthu'r siedia a theilo.

Ond mae o'n disgwl i mi garthu a golchi run fath yn union; injan ai peidio.

Sul, 10

Bet yn denig draw am rhyw seibiant bach oddi wrth Nel pnawn 'ma. Isio newid aer yn fwy na dim, medda hi, achos dydi Nel yn gwneud dim byd ddydd a nos ers dyddia rŵan, 'mond tynnu llwch a llnau ac ma' pawb bron â mygu'n y tŷ hefo ogla polish.

'Ac ma' hi'n beryg bywyd i gerddad yn nunlla yn draed dy sana. Ma' cefn Dei yn brifo byth ers iddo fo gael sgid hwch o godwm ar lawr yr *hall*. Ac ma' llawr pren y parlwr-gora fel *ice rink*. Dyna pam dydw i ddim wedi mentro yno ers wsnosa,' medda Bet.

'O lle ma' hi'n cael ei hegni dŵad?' medda fi'n geg agored.

'Dyn a ŵyr,' medda Bet. 'Ond mi dduda i un peth wrtha chdi, tasa hi'n ei rannu o rhyngddon ni i gyd mi fasa'n dipyn haws byw hefo hi.

Llun, 11

Ma' hi'n bwrw, a 'dw inna'n diolch i'r drefn ei bod hi, am unwaith, achos mi gymerodd Now olwg ar yr injan. Ond fedrodd o wneud dim byd iddi'n diwadd fel yr o'n i wedi ama.

'Ma' hi wedi torri am byth. Heddwch i'w llwch. Amen,' medda fi wrtha'n hun.

Ac ma'n rhaid i mi ddeud 'mod i'n gweld fy hun yn lwcus mai injan golchi dillad wedi torri sgin i ac nid Mam-yng-nghyfraith sy'n ffwndro. Ac erbyn meddwl tydi'r ffaith fod yr injan wedi torri ddim yn fatar trist o gwbwl. A deud y gwir, dyma'r newyddion gora dwi wedi ei glywad ers blynyddoedd, achos y ffaith amdani ydi y bydd yn *rhaid* i mi gael injan newydd rŵan. Injan golchi dillad newydd sbon!

A thra oedd Now yn dal i ysgwyd ei ben a phorthi sentimental-eiddiwch uwch ben yr injan bob hyn a hyn: 'Biti, hitha'n injan dda hefyd,' a 'dydyn nhw ddim yn gwneud rhai fel hyn rŵan . . . ' ('Nag'dyn ma' nhw'n gwneud rhai gwell, rhai *meicro chip*!' medda finna) pwy landiodd ond Cen Cipar yn ei holl ddoethineb.

'Rhen injan wedi torri eto, dwi'n gweld.'

'Do. Ond wneith hi ddim eto!' medda finna, a gwên falch ar fy ngwynab.

Ond cyn i 'ngwynab i gael amsar i arfar hefo'r wên, roedd Cen Cipar wedi ei sigo hi hefo un frawddeg:

'Henri ydi'r dyn i'w thrwsio hi i chdi,' medda'r lembo. Ac mi oleuodd gwynab Now fel goleudy.

'Henri?'

'Ia, trwshio bob dim. Cythral o foi da,' rhwbiodd Cen yr halan i'r briw yn egrach fyth.

'Ffônia fo Bran,' medda Now y funud honno.

Ond mi fuos i'n trio trwy'r pnawn a ches i ddim atab gan Henri, eto, 'mond ei lais o ar rhyw beiriant atab yn deud:

'Dwi'm yma rŵan ia, ond tasach chi'n gadael mesej ar ôl y blîps, mi wna' i ringio chi'n ôl.'

Mawrth, 12

Now yn dŵad i'r tŷ, ganol bora, a gofyn os oedd o wedi cyrraedd.

'Pwy wedi cyrraedd?' medda finna.

'Smarties,' medda fynta.

Ond do'n i ddim wedi ei weld o nac yn ei ddisgwl o. A dyna pryd y dudodd Now wrtha i am guddio tegana'r plant, gwneud twll yn fy sana neilons a rhoi dipyn o fflêc mês y cŵn i ferwi ar ben stôf.

'Mi wneith o drio ei ora' i godi'n rhent ni eto, gei di weld, medda Now,' wrth stwffio i mewn i rhyw ofyrôl garpiog.

Ond doedd dim angan iddo fo wneud, achos roedd yr un oedd ganddo fo amdano cynt yn edrach fel tasa 'na rwbath wedi ei chnoi hi.

'Helyw Mrs Morris. Is Mr Morris in the house? I think he's expecting me.'

'O ies, Mr Smarties. Hi is in his offis yp in ddy iard.'

'Ah! Jolly good! Thankyou Mrs Morris.'

'Pam ydach chi'n galw'r dyn yna'n Mr Smarties, Mam?' gofynnodd Rhys oedd yn gorfadd ar ei hyd ar y soffa am fod ganddo fo donsyleitus.

'Am mai dyna ydi ei enw fo,' medda finna. 'A phrun bynnag does 'na ddim byd arall ar ei feddwl o 'mond byta smartis dy dad . . . ' medda fi wedyn.

'Ond sgin Dad ddim smartis!' medda Rhys mewn penbleth.

'Dim llawar nagoes, ond mi wneith hwnna drio ei ora' glas i sglaffio'r chydig sy' ganddo fo, cred ti fi . . . '

A phan ddaeth Mr Smarties yn ôl i lawr o'r iard, mi gofiais i am Awstralia.

'Ecsgiws mi. Aif got symthing ai want to sho iw,' medda fi wrtho fo.

'Oh, yes?'

'Haf iw efyr bîn to Awstralia?' medda fi.

Ac mi ddangosais i'r tamprwydd ar dalcan llofft bella iddo fo. Ond fel pawb arall sy'n dŵad i'r llofft mi gymerodd Mr Smarties fwy o ddiddordab yn yr olygfa o'r môr, trwy'r ffenast, na ddaru o yn Awstralia oedd reit o dan ei drwyn o. A fasa waeth i mi fod wedi deud fy nghŵyn wrth dalcan y tŷ ddim, ella y baswn i wedi cael mwy o gydymdeimlad, achos ddaru Mr Smarties ddim byd ond cerddad ar flaena 'i draed yn ôl i'w gar, a deud:

'I'll get in touch with you again Mrs Morris, I've got my holidays coming up next week, but I'll make a note of it. Cheerio!'

Mercher, 13

Ffônio Byris Dre heddiw, am nad ydw i byth wedi cael gafael ar Henri:

'Helo? Byris Dre ia?'

'Yn siarad del.'

'Injan golchi dillad sy' wedi torri. Fedar rhywun ddŵad i'w thrwshio hi?'

'O sori del, ond 'dan ni wedi stopio'u trwshio nhw rŵan. Cympani polisi.'

'O,' medda finna.

Ac wedyn, chwara teg iddo fo, mi roddodd nymbar ffôn Henri i mi. Ac ar ôl chwartar awr go dda ar y ffôn, ro'n i'n ôl yn yr un un lle'n union ac yn trio cael gafael ar Henri eto . . .

Baglu yn y t'wyllwch wrth drio bwydo'r cŵn eto heno, achos dydi Now byth wedi trwshio'r gola-allan a dydw inna byth wedi cael hyd i'r fflashlamp. Ac ro'n i'n arfar meddwl fod 'na rwbath yn braf pan fydda hi'n t'wyllu'n gynnar: Now yn tŷ'n gynt o'r hannar, cael cau drws a chyrtans ar y sŵ tu allan toc wedi pump, a phawb yn isda o flaen tân hefo'i gilydd.

Ond a hitha'n tynnu am saith rŵan, dydi Now byth yn tŷ. Dim ond y fi yn trio dal pen rheswm hefo'r plant wrth eu bwydo a'u newid a'u molchi nhw ar ben fy hun.

'Lle buos ti?!' medda fi pan ddaeth o trwy'r drws yn diwadd.

Ond yr unig atab ges i oedd:

'Ew, mae o'n altro bob dydd rŵan.'

A tasa Now yn dangos hannar gymaint o ddiddordab yn y *plant* a mae o yn y *bustach Dolig* 'na, mi faswn i ar ben fy nigon.

Iau, 14

Now newydd gael cawod ac yn cerddad yn ôl a blaen ar y balconi yn ei ddresing gown a'i fflip fflops a 'dw inna'n dal i orfeddian yn 'y ngwely. A dim ond pan ddigwyddais i agor fy llgada y sylweddolais i lle'r o'n i; ac wedyn, ar ôl taflud fy nghoesa dros erchwyn y gwely mi ges i sioc arall pan sglefrais i ar rwbath oer a llithrig o dan fy nhraed. Ac ar ôl ei godi o mi taflais i o, yr *Australia, New Zealand and Around the World* ar ei ben i'r bin.

Bwrw eto heddiw ac er y basa'n well gen i siarad i geg toilet nac i beiriant atab, siarad fuodd rhaid i mi yn y diwadd.

'Musus Morus, Canol Cae, isio trwshio injan golchi dillad gyntad â phosib, os gwelwch yn dda. Rhif ffôn 075 888 303.'

Gwener, 15
Clywad dim gan Henri trwy'r dydd a dechra meddwl mai rhyw jôc rhwng Cen Cipar a dyn Byris ydi'r Henri 'ma ac nad ydi'r fath berson yn bod o gwbwl . . .

Ma' dillad budron Now yn dechra hel yn dwmpath drewllŷd yn y cefn, a 'dw inna'n methu'n glir â dŵad i ben i olchi dillad pawb hefo 'nwylo.

Piff wedi mynd am benwsnos hir i Blackpool i weld y goleuada. Ac ar ôl baglu yn y twllwch o flaen tŷ ar ôl te, eto heno, mi es i i ben Now i drwshio'r gola-allan. Ond roedd o wedi tynnu ei welingtons ac wedi isda'n ei gadair cyn i mi orffan, a ches i 'mond yr un atab ag arfar ganddo fo:

'Mi wna' i o i chdi fory.'

Ffônio Henri wedyn, peth diwetha cyn mynd i 'ngwely, a ches i ddim atab gwahanol yn fan'no chwaith:

'Bliiiiip! Dwi'm yma rŵan ia, ond tasach chi'n licio gadael mesej ar ôl y blîps, mi wna' i ringio chi'n ôl.'

Sadwrn, 16
Tymor ciami ai peidio, mi gyrhaeddodd y bil rhent ar amsar, run fath ag arfar, ac mi fydd yn rhaid ei dalu fo run fath ag arfar hefyd os ydan ni am fod â thir o dan 'n traed a tho uwch 'n penna.

Now allan yn ei ddillad oel eto heddiw, ac oni bai ei fod o'n drewi o ogla seilej a thail mi faswn i'n taeru mai pysgotwr fasa fo. Ac ar ôl gweld y bil rhent fuodd Now rioed cyn agosad i brynu cwch!

Sul, 17
Y plant 'ma'n gwneud ati i fynd allan dim ond am ei bod hi'n bwrw glaw. Rwbath i gael poetshio. A tydi Now ddim tamad gwell yn gwneud ati i draforio yn ei ganol o. Gorfadd ar wastad ei gefn o dan rhyw dractor ddaru o heddiw nes yr oedd ei gefn a'i wallt o, o'i gorun i'w wegil, yn oel du.

A dyna pam yr es i i'r gegin gefn i sbio ar yr hen ddeinasor rhywdro ganol pnawn gan feddwl y baswn i'n rhoi cynnig ar ei thrwshio hi fy hun. Ond wnes i ddim byd ond gwylltio, achos er 'mod i wedi gwneud dim byd ers chwe mlynadd ond gofalu am y blyming plant 'ma, pan edrychais i ar yr injan do'n i'n dallt dim! Ac mi wylltiais i'n fwy fyth, achos er i mi gael rhyw wersi cwcio yn rysgol a dysgu sut i wneud blwmonj a smwddio hancas bocad, ddangosodd neb rioed i mi sut oedd trwshio stôf na injan golchi dillad!

Llun, 18

Teimlo 'mod i'n ôl yn Oes y Cerrig. Wrthi'n sgwrio ofyrôl Now ar ben wal y cowt hefo brwsh bras ac yn hannar gobeithio y basa 'na rhyw Fendigeidfran yn dŵad trwy ganol y môr 'na i f'achub i.

A dwi bron â gofyn i Now beidio trafferthu tynnu ei ddillad budron yn y dyfodol os ydyn nhw mor fudur â'r rhain, dim ond sefyll yn ei unfan a throi rownd a rownd fel top tra bydda i'n dal yr hospeip arno fo.

'Ches di byth ei thrwshio hi?' Bet biciodd draw.

'Naddo. Dal i drio cael gafael ar Henri. Os ydi o'n bod o gwbwl 'de.'

'Henri Siop Sbarcs 'ti'n feddwl?'

'Ia, am wn i.'

'Paid â meddwl 'mod i'n trio dy ddigaloni di ond mi fuodd Gladys Cae Rwtan yn disgwl am bron i hannar blwyddyn cyn daeth hwnnw i drwshio'i rhewgell hi. Ffaith i chdi, achos acw fuodd ei bwydiach hi trwy'r haf.'

Teimlo'n fwy anobeithiol fyth, a phob baw iâr a seilej a thail a budreddi'n gyffredinol, yn tynnu'n llygad i. O am gael byw mewn *cul de sac* bach clyd . . . Dillad pawb yn lân a neb yn gwybod be ydi ystyr *pre-wash*.

Mynd i drwmgwsg bwriadol pan ddechreuodd Now roi ei adroddiad nosweithiol i mi ar y bustach Dolig.

'Ella mai 'rom bach yn foliog ydi o . . . Tasa fo'n cael amsar i dynnu'i fol ato eto, mi fasa'n gallu bod yn chwip o fustach. Ond wedyn, dwn i'm. Ma' gofyn cael un da gynddeiriog i ennill yn Sêl Dolig . . . '

Mawrth, 19

Now yn gweiddi am drowsus glân i fynd i'r mart. Ond dim ond *un* glân oedd gen i ac roedd hwnnw'n wlyb. Roedd y lleill i gyd yn fudron oni bai am yr un hefo'i afl o wedi rhwygo, a finna byth wedi cael cyfla i'w bwytho fo.

'Sgin ti drowsus glân 'ta be?' gwaeddodd Now wedyn.

'Oes. Dal dy ddŵr!' medda finna.

Ac ar ôl trwshio gafl y trowsus hefo steplar mi taflais i o i Now, a chwynodd o ddim nes daeth o adra.

'Ti wedi gadael rhyw bina yn y trowsus 'ma sdi! Ma' nhw wedi bod yn 'y mhigo fi trwy'r dydd . . . !'

Mercher, 20

'Sgin ti ofyrôl lân i mi?' medda Now yn drws cefn, jyst cyn cinio.

'Ofyrôl lân? Ond ti newydd gael un bora 'ma,' medda finna mewn syfrdandod llwyr.

'Do, dwi'n gwbod ond fuodd yn rhaid i mi gael trefn ar y draen na'n gadlas do!'

'A be wnes di? Neidio i mewn iddi?'

'Paid â siarad yn wirion.'

'Wel, sut wyt ti'n fwd 'dat dy fogail 'ta?'

'Wel, be ti'n ddisgwl. Dydi hi fel *monsoon* allan yn fan'na tydi!'

Ffônio Henri. Ond yr unig atab ges i oedd yr un dwi'n wbod ar y ngho' bellach:

'Bliiiip! Dwi'm yma rŵan ia, ond tasach chi'n . . . '

'Paid â phoeni,' medda Now mewn llais cariadus a gafael amdanaf i. 'Os gwneith hi dorri *un waith* eto mi bryna' i un newydd i chdi.'

'Ma' hi wedi torri *un waith* yn ormod fel ma' hi!' medda finna.

'Wel os gwneith hi dorri un waith eto *cyn Dolig* 'ta, mi . . . '

'Os na ddaw yr Henri 'na yma'n reit fuan fydd yr injan ddim wedi cael ei *thrwshio* cyn Dolig heb sôn am *dorri* eto!' medda fi.

210

'Wn i, bryna i un yn bresant Dolig i chdi.'

'Presant Dolig?'

'Wel, presant dechra flwyddyn 'ta. Fydd 'na sêls erbyn hynny'n bydd . . . '

Ac ma'n rhaid i mi ddeud fod calon Now yn y lle iawn. Ydi, reit y tu ôl i'w 'sgyfaint o, cyn bellad a dwi'n y cwestiwn!

Iau, 21

Methu'n glir â thywallt fy hun o 'ngwely. Ac ar ôl agor y cyrtans a gweld y glaw yn ymosod yn genlli ddiddiwadd o'r awyr; ro'n i'n teimlo fel mynd yn ôl i mewn iddo fo a chuddio.

Ma'r tŷ 'ma fel Londri Wili Tsieini. Dillad yn hongian ar ben bob hoelan a hors, a chadair a chwpwrdd. A phan gyrhaeddais i'r gegin roedd y plant wedi gwneud tŷ bach hefo'r hors lwythog, a Tos wrthi'n chwara a chwyrnu a thynnu'r dillad glân dan draed.

'Sgin ti grys a jympr lân i mi?' Now ofynnodd yn wlyb fel dyfrgi yn drws-cefn, ganol bora.

'Nagoes, sori,' medda finna. 'Ond mi bryna i rai yn bresant Dolig i chdi!' A chau'r drws yn ei wynab o.

Gwener, 22

Erbyn hyn, ma'r baw a'r gwaith golchi lleia yn codi'r felan arnaf i a dwn i'm 'ta'r tywydd oer 'ma 'ta be ydi o, ond dwi fel taswn i'n gollwng petha bob munud.

Mi ollyngais i hannar dwsin o wya ar llawr bora 'ma ac mi faswn i wedi crio cawodydd oni bai i mi ddigwydd clywad y dyn bara'n cyrraedd yn ei fan. Yna mi stwffiodd Llyr ei ddwylo i beipan ecsôst y car cyn mynd ati i grafu ei drwyn a'i glustia a sychu'r gweddill yn ei ddillad. A dydi Now fawr gwell. Mae o'n mynd trwy ofyrôls fel hancesi papur.

Sadwrn, 23

Gorfod helpu Now i danio'r tractor. Ac os ydi'n gas gen i wneud rwbath, tynnu tractor i'w danio fo ydi hynny, achos bob tro bydda i'n gwneud, mi fydda i'n siŵr o wneud rwbath yn rong a Now yn gweiddi a harthio arnaf i dros y greadigaeth. A doedd heddiw yn ddim gwahanol i'r arfar achos roedd fy meddwl i yn dal i fod rwla rhwng y sinc a'r lein ddillad pan gyrhaeddais i giât y lôn a sylweddoli fod y tshaen rhwng y ddau dractor wedi dŵad i ffwrdd a bod Now yn dal yn yr iard!

Sul, 24

Wnes i rioed feddwl 'mod i mor ddibynnol ar y tywydd o'r blaen, a nes i rioed feddwl y baswn i'n rhuthro i'r parlwr fel Now am hannar awr wedi deuddag ar ddydd Sul, gweiddi 'Gorfadd!' ar y plant a gweddïo am dywydd braf wrth wrando ar y tywydd. Os na chawn ni heulwen fory y peryg ydi y byddwn ni wedi'n claddu o dan ddillad gwlyb.

A be ddudodd y ddynas tywydd?

'Glaw eto.'

'Eto!' medda'r jolpan; ac yn waeth 'na hynny mi wenodd. Rhyw hen wên wirion, rêl gwên dynas sgin injan golchi dillad a thymbl dreiar, dynas wnaeth rioed orfod cerddad allan i roi run dilledyn ar lein!

Ffônio Henri, ond cael dim byd 'mond un blip hir cyn rhoi y ffôn i lawr.

Llun, 25

Dwi'n teimlo bob dim yn llithro o 'ngafael i. 'Ollyngais i bowlan bwdin reis ar lawr cyn cinio ac ma'n gas gen i feddwl am godi E.T. rhag ofn iddo fynta lithro fel sliwan trwy 'nwylo fi. Ac ma'n rhaid bod 'y ngho' fi'n gollwng bron gymaint â'r injan olchi achos anghofiais i gau tap y sinc ar ôl rhoi'r dillad yno i fwydo. A phan ddois i yn ôl roedd y swigod sebon wedi codi'n eisbyrg mawr gwyn ac wedi dechra llithro fel afon i ganlyn y dŵr dros ymyl y sinc!

Breian Bara Brith yn landio erbyn te ddeg fel yr o'n i newydd orffan mopio'r dŵr dan fy nhraed a sychu gwynab y sinc ac ar fin nôl E.T. o'i wely lle mae o wedi bod yn gweiddi am yr hannar awr ddiwetha. Rois i ddiod o lefrith buwch mewn cwpan big i E.T. a'i sodro fo'n ei gadair uchal. Rhoi panad i Breian a sodro'r bara brith losgais i wsnos diwetha o'i flaen o. Ac mi yfodd ei banad a chymryd dwy dafall fawr o'r bara brith, ac mi fasa wedi ei gorffan hi bob tamad ma' siŵr oni bai i mi gadw'r plât.

'Ti'n gwbod os ydi Now isio *minerals*?' medda fo, a'i ddannadd yn ddu gan gyraints.

'Nag'dw,' medda finna, 'ond mi faswn i'n gallu gwneud hefo rwbath fy hun. Be am un o'r blocia llyfu 'na sgin ti? Dwi wedi bod yn meddwl . . . mi fasa un mawr felly ar ganol bwrdd gegin 'ma'n para'n reit hir. Be ti'n feddwl?'

Ond ddaru Breian Bara Brith ddim byd ond chwerthin. Oes 'na rywun yn fy nghymryd i o ddifri 'dwch?

Mawrth, 26

Dwi'n golchi dillad yn y sinc yn reddfol erbyn hyn. Dim ond taflu'r cwbwl lot i mewn am funud neu ddau cyn eu sgwrio nhw, a dwi wedi dechra gwneud dipyn o ymarfer corff wrth eu gwasgu nhw hefyd.

'Dwn i'm i be ma' merchaid yn traffarth mynd i'r Ganolfan Hamdden 'na'n Dre i ymarfer eu cyhyrau pan fedran nhw wneud hynny adra o flaen y sinc,' medda fi wrth Now.

Ac mi lyncodd Now y cwbwl a chytuno'n llwyr. Tydi dynion yn ddi-ddallt!

Mercher, 27

Dim hanas o Henri ac mi ollyngais inna y botal lefrith ddiwetha oedd gen i yn tŷ, ar llawr amsar te.

Ond fel ro'n i ar bicio i Dros Rafon i nôl chydig o lefrith, pwy basiodd heibio'r ffenast ond Bet. Ac ar ôl iddi godi ei choesa dros Mot ac isda i lawr mi ddudodd fod Dylan yn mynd i fod yn dad a hitha a Dei yn mynd i fod yn daid a nain. Mi wnes inna syms elfennol iawn yn 'y mhen a difaru na faswn i wedi cadw'r tocynna a llusgo'r plant i lawr i'r Roial Welsh ar fy mhen fy hun!

'Byd rhyfadd, tydi,' medda Bet. 'Ti'n priodi a ti'n poeni na chei di ddim plant i ddechra arni, a wedyn pan ti'n disgwl ti'n poeni na chei di ddim hogyn i ddilyn ei dad, a wedyn ti'n deffro rhyw fora ac mae hi'n amsar i chdi symud draw i wneud lle iddo fo a'i deulu newydd!'

A fedrwn i'm hyd yn oed cynnig panad iddi hi.

'Hwda, cym' lymad o hwn,' medda fi wrthi a rhoi tymblar go dda o frandi yn ei llaw.

Ac ar ôl rhoi clec iddo fo, mi ddechreuodd arni wedyn:

'Ti'n treulio blynyddoedd gorau dy oes yn bystachu i fagu dy blant ac yn trio gwneud cartra, a phan ma' hi'n dŵad yn amsar i chdi gael rhywfaint o hamdden ma' hi'n bryd i chdi chwilio am gartra arall i chdi dy hun. Ti'n gweld, ar ddiwadd y dydd does ganddon ni, y chdi a fi a'n tebyg, ddim hyd yn oed *do* uwch 'n penna. Ar ôl slafio'r holl flynyddoedd fydd gen ti na fi ddim byd ond be oedd ganddon ni'n dŵad yma: un pâr o welingtons a pac-a-mac, tra bydd pres y busnas yn dal i gerddad rownd a rownd y caea 'ma ar bedair coes, dwy glust a chynffon i'r genhedlaeth nesa.'

Iau, 28
Ma' Henri, a'i addewid tragwyddol, yn amherthnasol.

Gwener, 29
Tasa gen i amser mi faswn i wedi cael nyrfys brêcdown ers blynyddoedd, ond dwi'n teimlo'n nes nag erioed at gael un rŵan. Ac mi rois i ddillad yn y sinc i'w golchi eto heddiw fel arfar, mynd allan i daflud bwyd i'r ieir, bwydo'r ci bach a'r cathod a dyna pryd y gwelais i'r llanast ar y tŷ gwydr. Roedd y drws wedi cael ei chwythu i ffwrdd a'r gwydra yn deilchion.

A phan ddois i'n ôl i'r gegin roedd 'na bwll mawr o ddŵr ar y llawr o flaen y sinc.

'Fy ngwlad!' Do'n i rioed wedi anghofio cau'r tapia *eto*, doedd bosib . . .

Ond nago'n, do'n i ddim wedi anghofio, ac roedd y tapia ar gau. Ond i lle diflannodd yr holl ddŵr 'ta, oherwydd roedd y sinc yn wag ac eithrio'r swp o ddillad gwlyb, trwm oedd yn ei waelod o. Doedd o rioed wedi efapyretio? Ond pan agorais i'r cwpwrdd o dan y sinc mi lifodd y gronfa i gyd ar ben 'y nhraed i!

'Injan yn gollwng! Sinc yn gollwng! Dwi wedi cael llond 'y mol!

Blydi injan, blydi dillad budron, blydi glaw, blydi Henri, blydi *ffarmio*!'

A dyna pryd rhoddodd Now ei drwyn rownd y drws, yn ei ddillad oel, a gofyn:

'Wyt ti wedi gweld 'y nghyllall bocad i?'

'Golcha dy ddillad dy hun Wili Tsieini! Dwi'n mynd!' medda fi.

'Mynd i lle . . . ?'

'O'ma!'

Ac mi gerddais i i lawr y lôn yn fân ac yn fuan a'r glaw wedi tynnu 'ngwallt i dros fy llgada, a sboncs dŵr fel pysl join ddy dots ar gefn fy sana fi. A phan gyrhaeddais i giât y lôn, o'r diwadd, mi sylweddolais i lle'r o'n i. Dim ond disgwyl am fys rŵan ac i ffwrdd â fi. Dihangfa, o'r diwadd. Dihangfa!

'Bib-Bib! Symud gwarthaig eto heddiw Mrs Morus? Ffor' ma' nhw i fynd? Cae Dan Lôn ia?' gofynnodd y postman.

'Y? O, ia . . . ' ond fedrais i ddim sbio i'w llgada fo, 'mond derbyn y llythyra'n dawal.

'Bil dŵr . . . Ac ma' hynna'n jôc dydi, 'n bod ni'n gorfod talu am hwnna a fynta wedi disgyn ar 'n penna ni yn rhad ac am ddim ers mis cyfan! . . . *Inland Revenue, Big Farm Weekly, Farming News* a *'Win a Volkswagen'*. Dyna chi. Well i mi fynd rŵan 'cofn i'r gwarthaig 'na fynd ar 'nhraws i. Hwyl Mrs Morus!'

Ond enw Now oedd ar y llythyra i gyd; doeddan nhw'n ddim byd i wneud hefo fi. Felly wrth groesi'r lôn i ddiagwyl am y bỳs mi daflais i'r cwbwl lot i'r afon ac ar hynny be ddaeth i'r golwg ond y fan fara.

'Dew, symud gwarthaig 'dach chi Musus?'

'Ia, ma' siŵr . . . '

'Dowch i ni weld rŵan 'ta . . . dwy *large white* ac un *wholemeal*. Dyna chi. *Champion*. Wela' i chi dydd Llun, Musus. Hwyl rŵan!'

(Gei di weld prun boi . . . !)

Diflannodd y fan fara o'r golwg rownd y troad ac mi gymerais i un cipolwg o 'nghwmpas cyn taflud y dair torth, un ar ôl y llall i fyny trwy'r awyr nes glaniodd y ddwy gynta ynghanol coed drain yn y cae odanaf i. Ond mi ffliodd yr un *wholemeal* dipyn pellach, a glanio drwch brechdan o ben rhyw faharan *Texel* a oedd, tan y

215

funud arswydus honno, yn pori ei frecwast yn hamddenol ac yn meindio ei fusnas ei hun. Ond yr eiliad y glaniodd y dorth fe garlamodd i ffwrdd fel ceffyl gwyllt.

Ar ôl rhwbio 'nwylo yn ei gilydd ac ysgwyd y briwsion odd' ar fy nghôt mi feddyliais i 'mod i'n clywad rhyw sŵn trwm yn dŵad ar hyd y lôn. Ac er syndod, be oedd o ond y bỳs. Y bỳs yr o'n i wedi dŵad i'w gyfarfod. Ond fel y daeth o'n nes mi ddaeth 'na rhyw lwmp i 'ngwddw fi ac fel yr o'n i am godi fy llaw i'w rafu, mi stopiodd ac mi gymerais inna gam yn nes at y lôn.

'Singl?'

'Ydw.'

'Singl i lle?'

'O . . . y . . . '

A dyna pryd y gwasgais i 'mhocedi a chochi. Doedd gen i run geiniog yn run bocad. A phan welais i odra'n ffedog o dan 'y nghôt mi welais i'n slipas hefyd . . . !

'Y . . . faint 'dach chi'n godi am singl i . . . i Fangor?' cloffais wedyn.

Ond sgin i'm math o go' be ddudodd y dreifar, na faint oedd singl i le bynnag, dim ond cofio'r mwg du a'r dynfa o wynt adawodd y bỳs ar ei ôl wrth ruo yn ei flaen a 'ngadael i'n sefyll yn fy unfan.

A'r peth nesa, ro'n i'n cerddad yn ôl linc di lonc trwy giât Canol Cae, hefo 'nwylo yn fy mhocedi, pan glywais i sŵn trwm yn 'rafu cyn fy nilyn i i fyny'r lôn.

'Dwi'm yn gwbod os dwi'n mynd ffordd iawn ia ond — '

'Henri?' medda fi.

'Ia,' medda fo, ac mi rois i ddwrn ynghanol ei wynab o! Wel, naddo wnes i ddim go iawn. Ond ma'n rhaid i mi gyfadda, mi ddaeth yr awydd drostaf i, ac mi ofynnodd:

' . . . Canol Cae sy' ffordd 'ma ia?'

'Ia, os mai chdi ydi Henri!'

'*Your lucky day* 'ta ia. Ti isio lifft?'

'Ia, waeth i mi hynny ddim. Dwi wedi disgwl yn ddigon hir amdana chdi! Ti wedi bod yn brysur ma' siŵr . . . ?' medda fi.

216

'Wel, fedri di ddeud hynny ia! Wedi bod ar 'n holides dwi. *Seyshelles*. Ffantastic! Ti 'di bod?'

'Naddo wir.'

'Wel, rhaid i chdi fynd. Rŵan ma' dy *chance* di 'de; ffarmwrs ddim byd i wneud yn gaeaf nagoes?'

'Lle ti'n feddwl 'dan ni'n byw, East Anglia . . . ?'

'*Honeymoon* oedd o, deud gwir, ia. Ail briodas i fi ydi hon ti'n gweld. *Second honeymoon* felly ia! Doedd wraig gynta ddim yn licio fflio.'

'O, wela' i.' (A dyna syniad. Os nad ydi Now am ddŵad hefo fi, mi fydd yn rhaid i mi ffendio rhywun arall 'ta, bydd . . .)

Sadwrn, 30

Henri wedi cael mis mêl ac wedi trwshio'r injan. Ma' Now wedi trwshio'r sinc ond dwi ddim yn meddwl ei fod o'n cofio dim byd am fis mêl na'r adduned ddaru o ddechra'r flwyddyn, achos yr unig berson yn ei fywyd o ar hyn o bryd ydi'r bustach Dolig 'na. Er, mi afaelodd amdanaf i neithiwr, a deud:

'Fyddi di'n well fory sdi . . . Ond meddylia sut le fasa yn Canol Cae 'ma tasa pob buwch a dafad yn diodda o P.M.T.!'

Ond cyn iddo fo ddechra chwerthin mi rois i swadan iddo fo ar ochor ei ben, hefo pacad o *Tampax*!

Mis Rhagfyr

Sul, 1

Pwy ddudodd mai tymor ewyllys da ydi'r 'Dolig . . . ? Ma'r plant 'ma wedi dechra ffraeo a chwffio yn barod a hynny am rhyw dda da sydd y tu ôl i rhyw ffenast ar y calender Adfent, a Mam sy'n cael y bai am mai hi brynodd o a'i hongian o o fewn cyrraedd pawb ar y palis.

'Fydd hi'n Ddolig cyn i ni droi rownd rŵan,' medda Mam, wedi mopio'n lân.

'Bydd,' medda finna, a hyd yn oed ar ôl i mi godi'r calendr yn uwch i fyny o gyrraedd y plant, roedd o rwsut neu gilydd wedyn, yn dal o dan eu trwyna nhw.

Llun, 2

Now yn rhoi ei drwyn ar ffenast rhyw dro ganol pnawn ac yn gofyn i mi os oedd gen i ddigon o oel i'r stôf. Ond fel ro'n i'n mynd i edrach mi gofiais i fod gen i gacan spynj yn popdy. Ac ar ôl i mi achub honno, mi fuo'n rhaid i mi ruthro i achub E.T. o grafanga Llyr oedd yn trio peintio'i wynab o hefo ffelt tips; ac mi anghofiais i'n llwyr am yr oel.

Mawrth, 3

Gwneud mwy o gêcs eto heddiw at barti'r Urdd fory. Meddwl am Barbie a Ken sydd wedi mynd i Smithfield lle'r oedd Barbie'n derbyn ei gwobr, Gwraig Ffarm Orau'r Flwyddyn, mewn rhyw seremoni'n rwla. Ac ma'n rhaid i mi ddeud ei bod hi'n haeddu'r wobr tasa ond am yr holl ryddid a gwylia y ma' hi a Ken wedi llwyddo i'w cael ers pan ma' nhw'n ffarmio yn Nhyddyn Ffarmwr.

'Ac ma' nhw i'w gweld yn byw run fath yn union, er yr holl grwydro,' medda fi wrth Now.

'Amsar a ddengys . . . ,' medda Now o'r tu ôl i'w bapur newydd.

'Damia!' medda finna. Ond roedd hi'n rhy hwyr achos ro'n i newydd losgi trê arall o gêcs spynj!

Ma' Now wedi gofyn i mi dair gwaith ers dydd Llun os oes gen i shampŵ yn tŷ. A dyna ryfadd achos hefo *sebon* y bydd o'n golchi ei wallt fel arfar . . . .

Mercher, 4

Gwneud cêcs eto bora 'ma at ffair 'Dolig yr ysgol feithrin.

'Ma' hi fel becws yma. Gwneud cêcs bob dydd,' medda Now.

'Ac ma' hi fel salon gwallt yn yr iard 'na,' medda finna, achos mae o wedi golchi'r bustach 'na o leia ddwy waith yn barod. 'Biti na fasa chdi'n cymryd hannar gymaint o ddiddordab yn y car,' medda finna, 'achos mi fasa hwnnw'n gallu gwneud hefo rhyw gawod hefyd, bob hyn a hyn!'

Lobscows wedi ei ail dwymo i ginio eto heddiw er mwyn i mi gael gwneud mwy o gêcs, ac ma' pawb wedi llenwi eu dysgla 'dat yr ymylon. Un ai ma' nhw wedi gwirioni hefo'r lobscows, neu ma' nhw'n mynd i wneud yn saff na fydd 'na ddim digon ar ôl i wneud pryd arall eto fory!

Iau, 5

Gwneud mins peis trwy'r pnawn a rheiny'n diflannu i geg Llyr fel ro'n i'n eu tynnu nhw allan o'r popdy.

Noson Panad a Mins Pei yn yr ysgol heno. A lle ma' Now? Does 'na ddim hanas ohono fo, a hitha bron yn saith o'r gloch, a Rhys, Sioned a finna i fod yn yr ysgol erbyn saith; dim fod Now yn bwriadu dŵad hefo ni i gario'r mins peis, wrth reswm. Ond os na ddaw o i'r tŷ'n reit fuan i warchod y ddau fenga, fedrwn ni ddim cychwyn!

Pum munud wedi saith, mi es i i fyny i'r iard a dallu Now hefo goleuada'r car. A dyna lle'r oedd Now yn pwyso ar giât y sied yn siarad hefo'r bustach Dolig, a thair potal shampŵ wag yn y minshiar. A heb air o gelwydd, ma' Now wedi gwagio mwy o boteli shampŵ ar y bustach Dolig 'na mewn wsnos, na ddaru o arno fo'i hun rioed.

'Wel, be ti'n feddwl ohono fo 'ta?' Now ofynnodd yn llawn balchdar.

'Ma' Llyr ac E.T. yn eu gwlâu, dy swpar di'n popdy a 'dan ni'n tri'n fod yn Pentra ers deg munud!' medda fi cyn cau drws y car yn glep a gyrru i lawr y lôn.

Gwener, 6

Y plant yn neidio fel babŵns eto bora 'ma i drio cyrraedd y calendr Adfent a'r da da sy' tu ôl i'r ffenast.

'Fi! Fi sy'n agor y ffenast heddiw!' gwaeddodd Sioned.

'Llun be ydi o? Llun be ydi o?' gwaeddodd Rhys.

Ac ar ôl codi Sioned i fyny i agor y ffenast, llun mul oedd o.

'Bustach Dad!' gwaeddodd Llyr nes dechreuodd pawb chwerthin.

Sadwrn, 7

Ffansi denig ar y '*Snow Coach to Austria*', welais i yn cael ei hysbysebu yn y papur newydd. Dydi Now'n gwneud dim byd ers dyddia 'mond berwi am y bustach Dolig 'na ac mae o fel tasa fo'n dechra ama safon y bustach, erbyn hyn, ac yn dechra tynnu'n ôl.

'Ar ôl iwsio'r holl shampŵ 'na, ma' hi'n *ddyletswydd* arna chdi i fynd â fo,' medda fi, 'tasa 'mond i rywun gael clywad ei ogla fo. Ac os bydd 'na rai *gwell* na fo, fydd 'na run *glanach* ma' hynny'n saff!'

Dyn a ŵyr pryd daw Now i'w wely achos mae o'n dal i edrach ar y ticad coch yna enillodd o hefo'r bustach ac yn ei osod o ar rhyw ogwydd wahanol ar y silff ben tân bron bob tro mae o'n codi odd' ar ei gadair.

Ond 'dw inna wedi cael newyddion da heddiw, hefyd. Ma' Now am fynd â fi i Landudno i siopio am y dwrnod ac ma' gen i wsnos gyfan i baratoi. A dyna dwi'n ei wneud yn 'y ngwely rŵan. Sgwennu list, ac mi galwa' i hi'n list Dolig.

Sul, 8

'Ond 'dan ni wedi *pasio* Llandudno,' medda fi.

'Ond dwi'n gwbod,' medda Now wrth f'ochor j.

'Ond i lle ti'n mynd â fi 'ta?'

'Dramor. Rwla cynnas,' medda Now a gwenu'n angylaidd.

A'r peth nesa 'dwi'n gofio ar ôl sbio ar y cymyla, odanan ni oedd rhyw sŵn chwiban fawr a'r eroplên yn plymio ar ei thrwyn. Roedd 'na weiddi gwyllt a phanic a phawb yn sglefrio ar draws ei gilydd a dyna pryd y rhedais i i mewn i'r cocpit a gweiddi drosodd a throsodd 'Lle ma' Now? Lle ma' Now?' A dyna'r captan yn troi rownd a deud: 'Dwi newydd gofio, ma'n rhaid i mi fynd adra, ma' 'na fuwch â dolur llo arni!'

'Now?' medda fi 'be ti'n wneud yn dreifio'r eroplên 'ma?'

Ac fel roeddan ni'n cwffio am y llyw a'r eroplên yn crashio, mi ddeffrais i; a dyna lle ro'n i yn tynnu yng ngwallt Now a hwnnw'n gweiddi dros y tŷ.

Llun, 9

Un peth yn braf hefo'r tywydd rhewllyd, oer 'ma. Mae o'n golygu llai o waith llnau. Brwsh yn lle mop yn un peth. Ond ma' Mot, y creadur, er gwaetha'r barrug a'r rhew yn dal i lusgo'i hun i orfadd ar garrag y drws bob dwrnod, run fath. A 'dw inna'n trugarhau ac yn ei lusgo fo yn ei ôl bob nos. Sut nad ydi o'n teimlo'r oerfal dwn i ddim, ond wedyn dwn i'm sut 'dw inna wedi diodda saith mlynadd heb wylia chwaith.

Bet yn picio draw bora 'ma, i longyfarch Now ar ei gamp hefo'r bustach ac i stwffio rhyw docynna raffl i mi. Mae Nel yn dal i ffwndro ond ma' Bet yn fwy amyneddgar o'r hannar hefo hi rŵan, medda hi, ar ôl sylweddoli nad ydi hi ei hun fawr o gama' y tu ôl i Nel yn y bôn, ac y bydd hitha hefyd yn Nain yn y gwanwyn.

'A sgwn i sut stâd fydd arna' finna medda Bet, 'pan fydda' i wedi colli'n iws a cholli 'nannadd ac yn byw yn Pentre . . . ?'

Taro cracyrs i lawr ar y list Dolig.

Mawrth, 10

Rhys a Sioned wedi dechra sgwennu llythyr arall at Sion Corn hefo cynnwys hollol wahanol i'r un gwreiddiol a Llyr yn sgwennu ar bob dim ond ar y papur! Ond dydi llythyra'n poeni dim ar E.T., ar hyn o bryd, dim ond ei ddannadd o.

Ma' gen inna ffansi sgwennu llythyr at Sion Corn, hefyd, yn gofyn am wyrth a gwylia tramor. Ond wedyn, ma' 'na un dwrnod ar hugian tan Nos Galan a phwy a ŵyr ella y gwneith Now ddechra cael blas ar grwydro ar ôl dydd Sadwrn Llandudno . . .

Cofio gyda'r nos bod isio gwneud dillad pluan eira i Rhys ar gyfar pasiant Dolig yr ysgol nos Wener, ac mi es i chwilio am hen gyfnas wen. Ond fe fethais i'n glir â chael un oedd yn ddigon cyfan i wneud hyd yn oed hancas bocad iddo fo heb sôn am goban 'dat ei draed. Ac ma'n siŵr y bydd isio gwneud cacan a dwsin o fins peis eto . . .

Taro *Quality Street* ar y list.

Mercher, 11

Dechra arni i dorri a gwnïo, a chwilio am lastig, ar ôl i'r plant fynd i'w gwlâu. Fuos i wrthi trwy'r gyda'r nos ond fuo'n rhaid i mi adael y gwaith droedfadd o'i orffan yn diwadd, am fod yr eda' wen wedi darfod. Finna hefo milltiroedd o eda' ddu, wrth gwrs . . .

Dal i feddwl am be ddudodd Bet dwrnod o'r blaen, bod gwragedd tŷ yn haeddu o leia ugian mil y flwyddyn o gyflog. Ond hefo'r holl ofyrteim dwi wedi bod yn ei wneud yn ddiweddar fasa'i ddyblu fo ddim yn afresymol.

Rhoi eda' wen ar y list a chofio tynnu ugian mil o gyfri banc Now.

Iau, 12

Y gola'n diffod fel yr oedd y plant a finna'n byta'n swpar, ac mi gorffiodd pawb. Corffio am funud, fel tasan ni i gyd yn disgwl i'r miwsig ailddechra.

Ond ar ôl rhyw bum munud go dda o drio cadw pawb yn llonydd ac o ddeud drosodd a throsodd fod y gola'n mynd i ddŵad yn ei ôl unrhyw funud a rhybuddio pawb i aros ar y fainc tra o'n i'n trio cael hyd i fatshan a channwyll, dyma Llyr yn dechra gweiddi crio ar ôl cymryd cam gwag dros ymyl y fainc a tharo'i dalcan ar y llawr, ac mi gynyddodd y gweiddi pan gymerodd o ddau gam wedyn, a cherdded ar ei dalcan yn erbyn y drws . . . !

'Rhoswch lle'r ydach chi, wnewch chi!' medda finna ac o'r diwadd mi ges i hyd i ddarn o gannwyll a bocs matshus. Ond mi agorais i'r bocs matshus ar ei ben i lawr ac mi neidiodd rheiny i bob man!

Ond doedd gan neb fawr o ffansi ailafael yn ei ŵy-ar-dost achos doedd o ddim yn edrach yr un lliw na'r un un blas rwsut yng ngola cannwyll. A phrun bynnag, roedd hi'n ddifyrrach o'r hannar chwara hefo gwêr na byta bwyd.

A lle oedd Now tra oeddan ni ynghanol yr argyfwng? Cwestiwn da. Wedi picio i Dyddyn Ffarmwr i roi *injection* i rhyw iâr neu rwbath . . . A tasa fo yr un mor barod i redag i mi ag ydi o i redag i rhyw iâr, fasa gen i ddim lle i gwyno.

Ar ôl hel y plant i'w gwlâu mi ges i hyd i fwy o ganhwylla ac mi gosodais i nhw i gyd rownd y stôf, tynnu'r bwrdd gwnïo reit ati, i gadw'n gynnas, a dechra gwnïo. Ac wrthi'n clymu'r cwlwm diwetha o'n i pan gyrhaeddodd Now, a gweld y stôf wedi ei goleuo fel allor.

'Argian fawr! Be ti'n wneud. Gweddïo?' gofynnodd Now.

'Na, ma' hi wedi mynd yn rhy hwyr i mi wneud hynny,' medda finna. 'Rwbath ddigwyddodd i'r letrig.'

'Lle ma'r plant 'ta?'

'Yn eu gwlâu.'

A does 'na'm rhyfadd, nagoes, fod Now yn gweld magu plant yn fusnas hawdd!

Rhoi papur lapio ar y list. Un mawr. Ac ella taswn i'n gofyn i Bet, y basa hi'n ei lapio fo amdanaf i, rhoi stamp ar 'y nhin i a 'mhostio fi cyn bellad ag y medar hi oddi wrth holl firi'r tymor gwyllt 'ma!

Gwener, 13

Sioned isio teipreitar yn lle Sindy erbyn hyn a Rhys isio Gladietor yn lle dyn reslo. A dydi o'm ots gan Llyr be geith o cyn bellad a'i fod o'n felys ac yn fwytadwy, run fath â'r da da gafodd o y tu ôl i'r ffenast agorodd o bora 'ma.

Gwneud cêcs ar gyfar y bwrdd gwerthu yn yr ysgol a dwi'n teimlo fel y bys bach eiliad, tena 'na sy'n chwipio rownd a rownd y cloc filoedd o weithia mewn dwrnod. Ac ma'n rhaid i mi ddeud 'mod i'n edrach ymlaen i'r ysgol 'ma gau hyd yn oed yn fwy na'r plant, tasa ond i mi gael seibiant o wneud cêcs a dwsin o fins peis bob munud!

Rhoi potelad o asprin ar y list.

Sadwrn, 14

Now yn gweiddi:

'Paid â gwasgu 'mhenglin i!' wrth i ni'n dau ddringo i fyny i Lithfaen yn y car.

Ond roedd yn rhaid i mi drio dal 'y ngafael yn y byd go iawn jyst rhag ofn i mi gael sioc sydyn arall a neidio i fyny yn 'y ngwely a deffro o 'mreuddwyd fel ro'n i wedi'i wneud geinia' o weithia o'r blaen.

Mi gyrhaeddon ni Landudno tua chwartar i hannar dydd ac ro'n i yn dal i deimlo 'mod i mewn rhyw freuddwyd nes dudodd Now:

'Rhaid i mi gael cinio. Dwi jyst â llwgu.'

Ac ar ôl sleifio i rhyw gaffi a llowcio cinio poeth, a synnu bod yn rhaid talu yn ychwanegol am bwdin, mi gychwynodd Now yn ei ôl am y car.

'Hei, lle ti'n mynd?' medda fi.

'Wel i'r car 'de. Faint o waith sgin ti? Fyddi di ddim yn hir iawn na fyddi?' medda fynta.

'Na fydda, 'mond cyn hirad ag y byddi di'n mart!' medda finna'n flin.

Ac mi ddiflannodd o'n ôl i'r car fel rhyw gowboi a phris ar ei ben. Fuos inna'n sefyll yn fy unfan am bum munud go dda yn methu credu'r sefyllfa. Dyma fi, yn sefyll ar stryd yn Llandudno ar ôl ymgyrch galad sydd wedi para bron i flwyddyn, a be mae o'n ei wneud? Byta llond ei fol o ginio, mynd yn ôl i'r car a 'ngadael i ar ben fy hun. Fy ngadael i fel rhyw ful bach yr Hendra i siopio a chario'r negas i gyd yn ôl i'r car heb help yn y byd.

'Agor y bŵt plis!' medda fi pan ddois i'n f'ôl yn llwythog. Ond chlywodd o mohonaf i'n gofyn, ac mi fuo'n rhaid i mi gerddad at ei ffenast o a'i cholbio hi cyn y deffrodd o a chymryd sylw!

Ac ar ôl i mi orffan dadlwytho mi daniodd y car a deud:

'Handi iawn. Ges di bob dim oedda chdi isio felly, do?'

Ond wnes i ddim traffarth ei atab o, 'mond rhoi clep ar y bŵt a gofyn:

'Wyt ti'n dŵad i helpu 'ta be?'

Ac yn ddigon heglog ac ansicr mi ddechreuodd lusgo ar fy ôl i ar hyd y stryd, yn rhythu ar y peth yma a'r peth arall, ac yn mynd yn erbyn rhywun neu rwbath bob yn ail gam. Welais i rioed mohono fo'n cerddad mor ara' deg yn ei fywyd.

Ond wedyn fel dudis i o'r blaen, yn ei sgidia hoelion a'i welingtons o ma' batris Now, ac nid yn ei sgidia gora' fo, mwya'r piti . . . !

Er, pan gerddon ni i mewn i *Woolworths* a gweld yr adran pic-a-mics mi sbriwsiodd Now trwyddo. Ac yno y gadewais i o yn llwytho rhyw fag fel tae o'n llwytho bag blawd. Welodd merchaid y siop rioed y fath beth. A chan nad oedd ganddyn nhw ddim bagia hannar cant, 'mond rhyw betha plastig tila, roedd gan Now o leia bedwar ohonyn nhw erbyn iddo fo orffan, a rheiny'n llawn i'r ymylon. Ond fel yr oedd o'n cerdded at y cowntar i dalu, a hynny trwy ganol diadall glòs o bobol, mi dorrodd un, os nad dau o'r bagia o dan y pwysa, ac mi lithrodd y ddau arall o'i law o nes roedd y cwbwl lot yn doffis, *eclairs* a mints fel *chippings* lliwgar dan draed pawb. A phan ddois inna i lawr, o'r llawr ucha i ganol y gyflafan, wnes i ddim byd ond cerddad allan trwy'r drws a disgwl amdano fo, yr ochor arall i'r stryd!

Ddaru Now ddim byd wedyn trwy'r dydd 'mond daffod papura fferins a stwffio'r cynnwys i'w geg.

'Ti'n dŵad i Mârcs?' medda fi.

'Ddisgwylia' i amdana chdi allan yn fa'ma 'li,' medda fynta. A dyna ddaru o hefyd, hefo'i stôr o fferins.

'Dowadd annwyl Now! Sud wyt ti? Wedi crwydro'n o bell heddiw?'

A phan ddois i allan roedd Now yn sgwrsio ffarmio hefo rhywun digon tebyg iddo fo'i hun. Rwbath oedd hefo dwylo rhy fawr a siwt rhy fach ac yn cnoi toffis. Wel, wnes i ddim lol 'mond gadael y bagia wrth draed Now a deud 'mod i ond isio picio i *un* lle arall, gan wneud yn siŵr y baswn i o leia awr go dda cyn dŵad yn fy ôl. Ac ar ôl rhyw awr doedd Now na'r dyn wedi symud cam, na'r drafodaeth chwaith, achos roeddan nhw'n dal i siarad am rhyw IACS a GATT neu rwbath. Ac mi fuo'n rhaid i mi ofyn i Now am *eclair* cyn y ces i ei sylw fo.

Ac ma'n rhaid fod gwraig y dyn wrthi'n siopio o gwmpas y Dre hefyd achos roedd 'na dwmpath o fagia wrth ei draed ynta run fath â Now. Ond mi ddaeth y sefyllian a'r sgwrsio i ben pan daranodd un o ferchaid *Marks & Spencer* allan a gofyn fasa ots ganddon ni symud o'r ffordd am ein bod ni'n blocio un o'r drysa!

'Wel, well i mi ei throi hi rŵan neu mi fydd y wraig wedi gwario mhres i i gyd myn diawl!' medda Now gan chwerthin. Ac fel roeddan ni'n cyrraedd y car mi ddudodd:

'Dew, dwrnod bach digon difyr yn diwadd doedd? Llandudno ma'n lle gwell nag ro'n i wedi feddwl. Oedda chdi'n nabod Jac dwa'? Gwerthu gwarthaig yn Llanrwst. Hen foi clên.'

Ond erbyn hynny ro'n i wedi tynnu'n sgidia a chau'n llgada a ddeffrais i ddim nes stopiodd y car wrth giât y cowt.

Sul, 15

Mam yn deud ei hanas yn gwarchod, ddoe. Bob dim wedi mynd yn iawn, ond nad oedd 'na ddiferyn o lefrith yn tŷ at amsar te i Piff gael ei banad. Ond trwy rhyw lwc mi ffendiodd hi rhyw dwb marjarin yn y rhewgell a 'llaeth' wedi ei sgwennu arno fo ac mi ddaru hwnnw'r tro yn iawn.

'Ddudis i wrtho fo,' medda Mam dan chwerthin, 'mod i'n gobeithio mai dim llaeth rhyw hen ddafad neu rwbath oedd o!'

Ond gan nad oedd hi ddim yn cofio, ro'n inna'n meddwl ei bod hi'n ddoethach peidio'i hatgoffa hi . . . !

Mae'r plant yn dal i sgwennu a phostio llythyra at Sion Corn ac ma'r cynnwys yn dal i newid.

Llun, 16

Agor cypyrdda i wneud arolwg iawn o'u cynnwys nhw ond doedd hynny ddim yn anodd achos 'mond y tun bach tymato piwre, a rhyw ddwy neu dair potal o sôs oedd yr unig betha yno. Ond tasa Now wedi bod yn barotach ei help, wrth gwrs, mi faswn i wedi gallu siopio am fwyd yn Llandudno.

Cychwyn i Siop Post ar ôl cinio i brynu deunydd gwneud cacan Dolig ond ma'n amlwg fod pawb arall yn Pentra wedi gwneud eu cacan a'u pwdin neu wedi prynu'r stwff ers tro achos doedd 'na ddim cyran ar ôl ac mi fuo'n rhaid i mi fynd cyn belled â'r Dre i chwilio am rai yn diwadd; a rhywsut neu'i gilydd mi lwyddais i i gael tancar llaeth o mlaen i ar y ffordd yno a lorri warthaig yr holl ffordd yn ôl.

Gwneud y gacan ar ôl i bawb fynd i'w wely a chael amsar i droi tudalenna rhyw gylchgrawn merchaid brynais i yn Dre. Meddwl y baswn i'n cael syniad be i wneud i swpar ar gyfar Barbie a Ken sy'n dŵad draw nos Sadwrn . . . Now wahoddodd nhw, i dalu'n ôl am yr holl wisgis mae o wedi gael yno medda fo; a hawdd y medar dynion estyn gwahoddiada achos tydyn nhw ddim yn gorfod gwneud dim byd 'mond siarad a mwynhau, a disgwl i rywun alw arnyn nhw o leia ddwy waith, cyn y dôn nhw at y bwrdd i nôl eu bwyd.

'*Tomalia à la crestu*.' Ond be ydi '*crestu*'? Ma' un peth yn saff. Dydi o ddim i'w gael yn Siop Post!

Mawrth, 17
Meddwl o ddifri, ar ôl neithiwr, os ydi cylchgrona merchaid wedi eu gwneud ar gyfar merchaid sydd yn gwneud bwyd bedair gwaith y dydd, bob dydd, 'ta 'mond ar gyfar rhai sydd yn coginio ar gyfar pobol ddiarth, unwaith y mis . . . Ac yna mi welais i raglen goginio ar BBC2 gan rhyw ddyn oedd yn gogydd o fri, ac fel yr oedd o wrthi'n cymysgu ei bwdin Dolig mi gofiais inna am yr un oedd gen i yn y popdy ar y pryd ac mi gafodd ei achub rhag bod yn ddim byd ond pêl snwcyr fach ddu, galad erbyn y bora.

Mercher, 18
Cofio 'mod i heb ddechra gwneud VAT y tri mis diwetha eto a bod isio'i orffan o erbyn diwadd y mis, a dwi byth wedi sgwennu 'nghardia Dolig chwaith. Er, synnwn i ddim bod y ffrind sgin i yn Singapore wedi derbyn mai rhywbryd ganol Chwefror ma'n Dolig ni yng Nghymru ers blynyddoedd bellach.

Sgwennu cardia Dolig, llyfu stampia a Llyr yn helpu ond ma'n gwestiwn gen i os ydi bob cardyn wedi mynd i'r amlen gywir.

Rhys a Sioned yn cyrraedd adra ac yn deud eu bod nhw isio cardia Dolig i rannu i'w ffrindia. Ond dim ond un oedd gen i ar ôl erbyn hynny.

Iau, 19

Baglu i lawr y grisia, cyn i mi ddeffro'n iawn, i oruchwylio agor y ffenast ddiweddara yn y calendr Adfent jyst rhag ofn i'r Dolig gyrraedd yn rhy gynnar! Ac ma' angan cyllall i dorri'r tshocled yn dri darn bob bora, neu fasa 'na ddim pwynt sôn am dymor ewyllys da chwaith . . .

'Llun be ydi o heddiw?'

'Brysiwch Mam!'

'Fi sy'n agor ffenast heddiw!'

'Naci fi!'

'Fi! Fi! Fi!'

'Tewch wnewch chi! Tro Llyr ydi hi heddiw, dwi'n meddwl.'

'Llun be ydi o? Llun be ydi o?'

'Ydi o'n dda da mawr?'

'Co!'

'Twrci! Twrci ydi o!'

'Llun twrci?'

'Ia.'

'Ifan Twrci Tena! Sbiwch!'

A dyna pryd cofiais i am y twrci. Do'n i ddim wedi ordro un!

'Now, ordris di dwrci gan Cae Rwtan?'

'Y fi? Naddo debyg. Dy fusnas di ydi ordro'r twrci. 'Di o'm byd i'w wneud hefo fi. Pam, be sy?'

'O dim byd . . . '

'Ti wedi anghofio ordro un!'

'Wel, ma' hi'n job trio cofio *bob* dim dydi! Ma' hi'n ddigon i mi gofio petha bob dydd, heb sôn am betha rhyw Ddolig ar ben bob dim!'

'Duwcs, paid â mynd i stêm, 'di o'm ots. 'Nawn ni'n iawn heb run siŵr,' medda Now. (Saib) 'Er, mi fydd hi'n Ddolig reit rhyfadd heb dwrci . . . ' medda fo wedyn.

'O cau dy geg! Chdi fydd yn cwyno dy fod ti'n byta gormod ohono fo bob blwyddyn!' medda fi.

'Be sy' arna' ti, fydda' i byth yn cwyno! Deud gwir, mi fydda' i'n gweld cael rhyw dwrci, neu ffowlyn, yn dipyn bach o newid . . . '

'Nefi wen, ma' isio mynadd!'

Gwener, 20

Ffansi llosgi'r calendr ac anghofio am y Dolig 'ma'n gyfangwbwl! Ond ma' hi'n rhy hwyr i feddwl am stumia o'r fath achos ma'r ysgol a'r ysgol feithrin yn cau heddiw.

Alwodd Angharad ar ôl cau'r siop hefo llond bocs o anrhegion i'r plant a'r rheiny wedi eu lapio'n daclus, bob un. Ond roedd hi wedi cael digon o bractis lapio pethau'n ddiweddar medda hi, achos mi ddaeth Russell i nôl ei ddillad o'r tŷ rhyw bythefnos yn ôl.

'Wnes di rioed eu lapio nhw iddo fo?!' medda finna.

'Do,' medda hitha.

'Ond i be oeddat ti'n gwneud hynny?'

'Wel, doedd gen i'm dewis, ti'n gweld, neu mi fasa fo wedi ffendio fod ganddo fo lot o shorts a chrysa T.'

'Be? Wnes di rioed . . . ?!'

'Do. Wel, dyna'r peth lleia fedrwn i wneud. Mae o'n cael affêrs ers blynyddoedd, erbyn dallt, a sdi be, mae o newydd 'y nharo fi. Ga' i sbario gwneud swpar iddo fo bob nos rŵan, heb sôn am ginio Dolig.'

'A lle'r ei di dros y Dolig?' medda fi, a lwmp yn 'y ngwddw.

'Dwi newydd fwcio pythefnos yn Honolulu,' medda hitha.

Ac ar ôl i Angharad fynd, mi gofiais i fod Barbie a Ken yn dŵad draw i swpar nos fory, a chofio 'mod i wedi gweld rhyw risêt hefo cig moch yn rwla. Chwilio amdano fo a'i ddarllan o eto. *'Bacon with Hoisin Sauce and Brocoli'*. Bêcyn? Ydi, ma' hwnna gen i. Brocoli? Wel, ma' gen i golifflwar wneith tro. A Hoisin sôs? Be gythral ydi hwnnw . . . ? A dyna fi'n sdyc eto! Waeth i mi anghofio am y cwcio crand a'r llyfr am rhyw ugain mlynadd arall ddim, nes bydd gen i ddigon o amsar i'w ddarllan o ac y bydd 'na ddelicatesen yn giât lôn.

Gwneud y VAT tan berfeddion eto heno gan obeithio y gorffenna' i o cyn Dolig.

Sadwrn, 21

Now wedi bod wrthi trwy'r dydd yn gwneud ati i ddrewi'r awyr a phoetshio'r lôn ac ynta'n gwbod yn iawn fod Barbie a Ken yn dŵad yma i swpar heno. Ond roedd yn rhaid iddo fo wagio dipyn ar y pit slyri, medda fo.

Fuos inna'n trio carthu'r tŷ ac mi lyncodd yr hwfyr lond ei fol o wellt, gymaint ddwywaith ag oedd ar lawr y beudy ym Methlem Jiwdea ddwy fil o flynyddoedd yn ôl, dwi'n saff o hynny. Ond be ydw i haws? I be ydw i'n lladd fy hun yn ymladd yn erbyn y llanw fel hyn achos mi fydd o i gyd yn ôl run fath fory eto.

Mi gyrhaeddodd Barbie a Ken tua saith ac mi ddechreuon ni fyta am chwartar i wyth ac am chwartar wedi roedd bocha pawb yn goch a Barbie a Ken yn dechra agor botyma a llacio beltia. Do'n i ddim wedi gwneud dim tamad mwy o fwyd na fydda' i'n arfar ei wneud i ginio bob dydd. Ond wedyn, erbyn meddwl, ma' stumoga Now a Piff bron gymaint â stumoga pobol normal ddwy waith.

Siarad am ffarmio fuodd Now trwy'r gyda'r nos a Ken yn trio'i ora glas i gael sgwrs am rwbath arall; ac mi glywais i o'n sôn am rhyw *guest house* fwy nac unwaith. Ond chafodd o fawr o hwyl ar gael ei big i mewn achos fedar Now siarad am ddim byd 'mond am ffwtbol a ffarmio.

Treulio'r noson yn siarad am ei mam fuodd Barbie, a deud fel yr oedd iechyd y greaduras yn fregus iawn; er ei bod hi, rywsut neu gilydd, yn llwyddo i gadw *guest house* yn Torquay, ac yn ennill cwpana am chwara golff . . .

Am chwartar i ddau yn y bora, a finna hannar ffordd i fyny'r grisia i 'ngwely, mi ges i syniad y baswn i'n cuddio y calendr Adfent! Ond wnes i ddim yn diwadd achos erbyn hynny ro'n i hanner ffordd i fyny'r grisia, a fedrwn i ddim meddwl am orfod dringo hwnnw am yr eildro.

Sul, 22
Dim math o go' gweld y calendr bora 'ma, heb sôn am sylwi ar y llun. Ond ma' gen i go' taflud y da da ar lawr a gadael i bawb gwffio amdano fo.

Mam yma i ginio. Ond Now a finna fel dau aligetor wedi cael digon o ffidan neithiwr i bara pythefnos. Ac mi gafodd y plant a Mam ddigon o ginio Sul o'r sbarion.

Gwenu wrth basio'r llun twrci ar y calendr pnawn, achos mi

gawn ni dwrci wedi'r cwbwl. Cen Cipar wedi deud fod ganddo fo un yn sbâr. A diolch i'r drefn am hynny.

Llun, 23
Now a Piff yn dal i deilo a 'dw inna ar yr orsadd yn amlach na'r Cwîn ei hun. A rhwng rhedag i fyny ac i lawr y grisia, llyncu panadols a thabledi dolur gwddw a golchi 'mriwia ceg hefo dŵr a halan mi fedra' i ddeud bod ysbryd yr Ŵyl wedi cael gafael ynddo fi go iawn eto leni.

Nôl Mam o'r Pentra ar ôl te, ac mae hi am gael rhannu gwely hefo Sioned, os bydd hi'n addo peidio chwyrnu.

'Ydi'r ci 'ma'n dal yma? Pam na symudwch chi o i'r tŷ gwair neu rwla. Fuo bron i mi â baglu ar ei draws o gynna'. Mae o'n beryg bywyd!'

Mawrth, 24
Llun parsal y tu ôl i ffenast y calendr heddiw ac ma' Sioned newydd ddeud mai beic ma' hi isio ac nid teipiadur. Ond fuo'n rhaid i mi ei darbwyllo hi fod Sion Corn wedi llenwi ei sach ac wedi cychwyn ar ei daith.

'Heno mae o'n dŵad ia?'
'Ia.'
'Ydi o'n dŵad go iawn?'
'Ydi.'
'Go iawn, go iawn?'
'Llyr tyrd i lawr o fan'na a gad lonydd i'r angal 'na! Ma' Sion Corn yn sbio arna chdi cofia a fydd o ddim yn dŵad os 'dach chi'n blant drwg!'

Ond ma' bygwth Sion Corn wedi dechra colli ei effaith erbyn hyn ac ma' hi'n hwyr glas i'r Dolig 'ma ddŵad a mynd! Dim ond fory eto, ac mi fydd y cyfan drosodd diolch i'r drefn.

Now a Piff yn dal i deilo ac ar ôl gorffan mi driais i gael Now i fynd i'r bath rhag ofn iddo fo droi stumog Mam.

'Ddisgwylia' i nes daw'r fuwch *Limousin* 'na a llo. Rhag ofn bydd angan ei dynnu fo,' medda fynta yn ddigon rhesymegol.

232

'A phryd yn union ma' hi'n mynd i ddŵad a llo? ' medda fi jyst rhag ofn fod ganddi bythefnos arall i fynd.

'Heno, rŵan 'de. Ma' hi wedi clwyfo,' medda ynta, a chodi ei ddwy goes i ben y stôf a dechra hepian cysgu.

Biciodd Cen Cipar draw hefo'r twrci tra oedd Now allan yn cymryd golwg ar y fuwch ac mi lwyddais inna i'w guddio fo yn y pantri, cyn i Now ei weld o. A phan welais i o doedd dim rhyfadd ei fod o yn sbâr achos roedd o'n dwrci reit fawr. Yn fawr iawn, a deud y gwir. Roedd o'n anferthol! Ac os y buon ni'n ddigon hir cyn gorffan un llynadd dwi'n rhagweld y byddwn ni tan Dolig nesa cyn gorffennwn ni hwn!

Am hannar awr wedi un yn y bora y daeth y fuwch â llo yn diwadd ac mi fuo'n rhaid iddo fo gael help gan Now i ddŵad allan. Ac mi ddangosodd y fuwch ei gwerthfawrogiad trwy bibo dros ei frest o i gyd (brest Now, nid y llo!). Ac fel yr oedd Now ar ei ffordd i fyny'r grisia ro'n i ar fy ffordd i lawr. Ac ma' hi'n rhyfadd meddwl mai *dyn* oedd y Santa gwreiddiol tydi, achos rhyw feddwl y bydda' i mai merchaid ydi'r rhan fwya ohonyn nhw, hyd heddiw . . .

Doedd 'na ddim ogla da ar Now pan stwffis i'n ôl i'r gwely ato fo a doedd 'na fawr o dempar arno fo chwaith pan ofynnais i iddo fo godi am hannar awr wedi pedwar i'n helpu fi i roi'r y twrci yn y popdy.

'Un cysur,' medda fi wrth Now tra oedd o'n sefyll yn ei drôns yn y pantri yn edrach fel anghredadun ar yr anghenfil noeth o'i flaen. 'Un cysur, mi gawson ni o'n rhatach y pwys am ei fod o'n un mor fawr.'

'Rhatach? Do gobeithio, mae isio craen i'w godi o.'

A dim ond cael a chael i ffitio i mewn i'r popdy ddaru o, ar ôl torri ei ddwy goes a gwasgu'r ffoil yn dynn amdano fo fel condom.

Mercher, 25

Dolig arall drosodd. 'Gododd y plant ben bora, toc ar ôl i ni gau drws y popdy ar y twrci. A phan godais inna wedyn tua chwech roedd llawr y gegin yn gymysgadd o bapura, tegana, fferins a nialwch. Aeth Now allan i weld os oedd ei gyfeillion pedair coes yn dal yn fyw, eu porthi nhw a dŵad yn ôl i'r tŷ erbyn cinio, gwisgo het bapur wirion ar ei ben, gwneud mwy o sŵn nag arfar ac yfad seidar yn lle te. Stwffiodd pawb lond ei fol ac mi sychodd Mam gorneli ei cheg hefo'i *serviette* papur.

Mi gliriais inna'r bwrdd a golchi'r llestri a pharatoi at y pryd nesa. Ac fel ro'n i newydd orffan sychu 'nwylo a mynd i isda i lawr at Now i'r parlwr mi ffendiais i nad oedd 'na le i mi roi 'mhen ôl i lawr achos roedd Now yn chwyrnu cysgu ar ei hyd ar y soffa a Mam yn y gadair freichia ac roedd Sioned yn clepian ei theipiadur ar y gadair arall.

Ddaru neb gymryd rhyw lawar o sylw o de, dim ond rhwbio'u bolia ac ysgwyd eu penna' o'r chwith i'r dde. Felly mi steddais i yn y gegin hefo 'mhanad a 'nghacan Dolig, gan 'mod i wedi mynd i'r draffarth i'w gwneud hi, a chodi 'nhraed i ben y stôl. Ond fel yr o'n i ar fin plannu 'nannadd i'r eisin, mi ddechreuodd E.T. weiddi o'i got yn llofft. Roedd o mae'n amlwg, yn barod am ei de.

Noswyliodd pawb yn ddigon blin a phigog, a fuos inna rioed cyn falchad o weld 'y ngwely ers Dolig diwetha!

Iau, 26

Y miri a'r tinsl yn dechra pylu a dwi newydd weld hysbyseb gwylia tramor ar y sgrin o'mlaen i ac mi ddeffrais i Now jyst rhag ofn y basa'r hysbyseb yn digwydd ei atgoffa fo.

Ond ddaru o ddim. A'r unig beth ddudodd o oedd:

'Dechra'n gynt bob blwyddyn tydyn . . . '

Ac wedyn mi soniodd rwbath am roi *injection 7 in 1* i'r defaid fory a'u troi nhw i'r *antenatal* yn y sied. Ac un o'r petha cynta ddaru Now yn ystod y dydd oedd rhoi letric yn y darn newydd o'r sied er mwyn i'r defaid gael gola.

Finna'n baglu yn nhywyllwch y cowt eto heno wrth drio bwydo'r cŵn . . .

Gwener, 27

Piff yn ôl a dwi'n falch o'i weld o am unwaith, tasa ond iddo fo'n helpu ni i fyta'r twrci.

Mynd i ddanfon Mam adra ar ôl te ond fel yr oedd hi ar gerddad dros garreg y drws ac fel yr o'n inna'n mynd i weiddi 'Gwatshiwch y ci!' mi faglodd yn glewt ar ei draws o.

Ddaru Mot ddim byd 'mond rhoi un cyfarthiad gwylofus. Ond mi roddodd Mam amryw ac mi fuo'n rhaid i mi fynd â hi at y doctor, ac yn waeth na hynny, i Fangor am ecs-rê wedyn. A phan ddaethon ni'n ôl adra roedd pawb yn flin am ei bod hi 'mhell wedi amsar swpar, a Mam yn cwyno'n waeth nag arfar am fod ganddi hi boen a phlastar paris ar ei braich, ar ben bob dim.

A doedd y tywydd o ddim help chwaith; roedd hi'n rhynllyd o oer a phawb yn ei deimlo fo'n saith gwaith gwaeth ar ôl bod yn pobi yn Ysbyty Gwynedd.

Sadwrn, 28

Wedi cael llawar o rew mis yma ar ei hyd, ond ro'n i'n ei gweld hi'n oerach na'r cyffredin heddiw, a phan gyrhaeddais i'r gegin bora 'ma ro'n i'n meddwl 'mod i wedi cyrraedd Siberia. Ma'r tywydd 'ma'n gwaethygu, ma'n rhaid ei fod o, os nad . . .

'Ma'r stôf wedi diffod!' medda fi wrth Now.

'Gofiais di ordro'r oel do?' medda fynta.

'Ordro'r oel . . . '

A dyna pryd y cofiais i . . .

Gwneud tanllwyth o dân i Mam yn parlwr pella a rhoi selotêp rownd y drws i gadw'r drafftia draw. Tanllwyth o dân i'r plant yn y parlwr mawr wedyn, a chau drws ar y cwbwl. Gadael i Mam gwyno a gadael i'r plant ffraeo. Ma' bywyd yn rhy fyr i drio dal pen rheswm a 'dw inna wedi mynd yn rhy ddifynadd i drio!

'Wel, wnawn ni'm llwgu beth bynnag. Dim hefo'r holl gig oer sy' ganddo'n ni'n y pantri,' medda Now.

'Na wnan,' medda finna.

Ac mi aeth pawb i'w wely'n gynt o'r hannar nag arfar gan feddwl y basa dydd Llun hefyd, yn dŵad heibio'n gynt. Ac ma'n rhaid i mi ddeud, fedra' i'm disgwl i gael cydio'n y ffôn ben bora dydd Llun a ffônio Hiwi Paraffin.

Sul, 29

Dwrnod oer a hir, eto. Y gegin wedi colli ei chalon a neb yn pwyso
na sefyllian o flaen y stôf sydd yn ddim byd ond talp o enamel calad,
oer, digysur. Y plant yn flin a checrus am fod pawb yn trio chwara
ar draws ei gilydd ar ben y tân yn parlwr mawr; Mam yn swnian o
parlwr pella a Now allan o glyw pawb fel arfar.

Dyna pam y penderfynais i fynd â'r plant allan i gnesu ar ôl cinio;
ac mi roedd hi'n llawn cnesach i fyny yn y beudai a'r siedia yn yr
iard nag oedd hi yn tŷ.

Rhewi eto heno.

Llun, 30

Mam isio'r crystia wedi eu torri odd' ar ei thost ac isio help i wisgo
amdani a llnau ei dannadd gosod. Finna'n meddwl fod petha wedi
dechra gwella arnaf i ar ôl dyfnu E.T. . . . Ond dwi'n
cydymdeimlo fwy fwy hefo Bet bod dydd rŵan a'r holl waith sydd
ganddi hi hefo Nel. E.T. wedi cropian allan i'r garej eto heddiw a
chlap o lo yn ei geg a baw iâr ar gledar ei law.

Ond o leia mi gawson ni ddianc o grafanga Siberia erbyn pnawn,
ar ôl cael oel a thân a churiad calon yn ôl i'r *Rayburn* unwaith eto, ac
mi leddfodd dipyn go lew ar gwyno Mam hefyd, diolch i'r drefn.

Alwodd Cen Cipar fel yr *Evening Post* jyst cyn swpar i ddeud bod
Tyddyn Ffarmwr ar werth.

'A'r banc sy'n gwerthu. Codi llai o gomisiwn, medda
Barbie . . . ! Wel, dim ond deud be glywais i ydw i 'de,' mynnodd
Cen.

'Sonion nhw lle'r oeddan nhw'n mynd i fyw 'ta?' gofynnodd
Now.

'Do, wedi prynu *guest house* yn Torquay. Talu'n well o'r hannar
na ffarmio,' medda Kenneth.

Mawrth, 31

Bet a Dei yn dŵad draw heno yn ôl eu harfar blynyddol ar nos
Galañ, a dydw i ddim wedi prynu *Baileys*, leni. Meddwl y basa'n
well i Now heb ei weld o . . . ! Ond ma' hi'n braf cael cnesrwydd
yn y gegin unwaith eto, er dwi'n ama fasa Now a Dei wedi gallu
teimlo'r oerfal, hefo'r holl wisgi yn eu bolia.

'Gaddo iddi ddadmar fory,' medda Dei wrth Now.

'Ydi, ma' hi, ond sgwn i os byddi di wedi sobri, yr epa!' medda Now a chwerthin dros y lle.

Aeth y ddau ymlaen i siarad ffarmio wedyn ac os nad oeddan nhw wedi meddwi ar y licwid ffîd, ma' nhw wedi meddwi ar ffarmio ers blynyddoedd.

'Wyt ti am gael Now i wneud adduned leni?' gofynnodd Bet.

'Dydi o ddim wedi cadw un llynadd eto,' medda finna. 'A go brin y gwneith o bellach . . . Er, fedra' i'm cwyno. Ges i ddwrnod yn Llandudno ddechra'r mis 'ma 'do?'

'Do tad heb anghofio'r dwrnod 'na ges di'n Sioe Sir Fôn, wrth gwrs,' medda Bet â'i thafod yn ei boch yn dew.

'Ia, wel, dwi wedi bod yn meddwl, ella 'mod i wedi bod braidd yn rhy uchelgeisiol yn *trio* cael mynd i rwla leni deud y gwir ag Euros yn fychan a bob dim,' medda fi, yn reit ystyriol.

'Branwen fach, tasa Euros yn hogyn pymthag oed fasa fo ddim wedi gwneud y briwsionyn lleia o wahaniaeth i Now na chditha. Fasa fo ddim wedi stopio'r seilej, na'r gwair, na'r ŷd, na'r gwellt, na'r defaid a'r ŵyn, na'r buchod a'r lloua. A fasa Now ddim wedi gadael y cwbwl a mynd â chdi i nunlla ddim tamad cynt. Matar o flaenoriaetha ydi o i gyd ti'n gweld. A ti'n gwbod yn iawn be sy'n cael y flaenoriaeth gen Dei a Now a'u tebyg, bob gafal, dwyt.'

'Ydw, troedfadd ucha'r pridd a phob dim hefo pedair coes, dwy glust a chynffon sy'n cerddad arni.'

'Yn hollol. A phan fyddan nhw wedi gorffan lladd eu hunain yn rhedag ar ôl anifeiliaid ac yn trin troedfadd ucha'r tir, yr unig le ân nhw ydi'r pump arall yn is i lawr a hynny mewn bocs hirsgwar.'

'Wyt ti am wneud adduned *leni*, Now?' Bet ofynnodd.

Ac wedyn mi ddechreuodd Bet chwerthin yn afreolus ac mi chwerthais inna yr un mor afreolus â hitha; ac wedyn mi ffarweliodd pawb, ac ar ôl codi eu coesa dros Mot ar garrag y drws mi steddodd Now a finna'n sbio ar ein gilydd.

'Wyt ti'n dŵad i dy wely?' gofynnodd Now ac roedd ynta wedi cael y pwl chwerthin erbyn hyn.

Ac i fyny yr aethon ni ac yn 'y ngwely mi gofiais i:

'Hei, ma' hi'n amsar i chdi wneud adduned. Ydw i am gael mis mêl *leni* 'ta be?' medda fi.

'Mis mêl? Ond 'dan ni wedi priodi ers chwe — faint sy' 'na ers pan da ni wedi priodi rŵan 'fyd?' gofynnodd Now.

'Fydd 'na *wyth* mlynadd, leni' medda finna.

'Wyth mlynadd? Argol, pwy fasa'n meddwl 'de . . . o wel, mi fydd yn rhaid i mi fynd â chdi i rwla leni felly'n bydd.'

'Mynd â fi i *lle*?'

'Ar dy wylia 'de.'

'O ia, *bydd* siŵr . . . !'

'Hei! Dwi o ddifri sdi. Dwi'n gwbod sut ti'n teimlo a fasa 'na ddim byd yn well gen inna chwaith na mynd ar 'y ngwylia. Meddylia braf fasa cael gorfadd ar rhyw draeth melyn yn Honolulu rŵan a dim byd 'mond môr mawr glas cynnas o'n blaena ni ac awyr las wag uwch 'n penna ni a dim byd i'w wneud ond gorfadd yn yr haul. Dim gwaith, dim cyfrifoldab. Meddylia, dim gwarthaig na defaid. Dim byd 'mond chdi a fi . . . '

'Fyddi di'n meddwl fel 'na go iawn?' medda fi'n syfrdan.

'Rargol, byddaf siŵr, yn amlach na feddylia' ti. Ond ma' 'na rhyw seilej neu wair neu g'naea ŷd neu ddefaid ac ŵyn neu rhyw fuchod a lloua neu rwbath yn dragywydd, does.'

'Tynnu 'nghoes i wyt ti!'

'Naci siŵr. Fasa dim yn y byd yn well gen i na mynd â chdi ar dy wylia i rwla.'

Ac am y tro cynta rioed, mi welais i Now mewn rhyw oleuni gwahanol, er ei bod hi'n dywyllwch llwyr yn y llofft.

'Dduda i wrtha chdi,' medda fi wrth Now a gafael yn dynn amdano fo, 'yn lle mynd â fi ar 'y ngwylia leni, gei di wneud yr holl od jobsus 'na ti wedi gaddo eu gwneud nhw i mi ers blynyddoedd. Rhoi bylb newydd yn y gola-allan, rhoi silff yn y bathrŵm, trwshio'r landar, rhoi cliciad newydd yn nrws y ffrynt, lagio'r tanc dŵr oer . . . '

Ac mi gysgodd y ddau ohonan ni tan y bora bach, pan deimlais i rwbath yn cosi 'ngwallt i.

'Paid Now . . . !' medda fi'n chwareus gan droi i'w wynebu fo. Ond fel yr o'n i'n troi, mi ddisgynnodd cynnwys y tanc dŵr oer a'r to ar ein penna' ni.